这片海，汹涌澎湃

组织编写　中共烟台市委统一战线工作部
　　　　　中国散文学会
主　编　红孩　秋实
执行主编　凌翔

中国民族文化出版社
北京

版权所有　侵权必究

图书在版编目（CIP）数据

这片海，汹涌澎湃 / 中共烟台市委统一战线工作部，中国散文学会编. — 北京：中国民族文化出版社有限公司，2019.12
ISBN 978-7-5122-1298-5

Ⅰ.①这⋯　Ⅱ.①中⋯②中⋯　Ⅲ.①散文集－中国－当代　Ⅳ.①I267

中国版本图书馆CIP数据核字（2019）第279008号

书　　名：	这片海，汹涌澎湃
编　　写：	中共烟台市委统一战线工作部
	中国散文学会
主　　编：	红　孩　秋　实
执行主编：	凌　翔
责　　编：	陈丽红
出　　版：	中国民族文化出版社
地　　址：	北京东城区和平里北街14号（100013）
发　　行：	010-64211754　84250639
印　　刷：	唐山楠萍印务有限公司
开　　本：	710mm×1000mm　1/16
印　　张：	16.75
字　　数：	200千字
版　　次：	2019年12月第1版第1次印刷
书　　号：	ISBN 978-7-5122-1298-5
定　　价：	59.80元

序

在中华人民共和国成立70周年之际,全国文学名家走进烟台开展了统一战线历史、文化、人物、故事采风活动,用文学的形式弘扬和讴歌统一战线中取得的成果,向中华人民共和国70周年华诞献礼,很有意义。

走进依山傍海、景色宜人的烟台,你会发现这里独特的自然地理和历史文化交相辉映、相得益彰。黄海、渤海在这里交汇,儒家、道家文化在这里交融,"仙境海岸、鲜美烟台"特色鲜明。作为中国早期文化发祥地之一,早在7000年前烟台便形成了繁荣一时的白石文化。春秋时期,烟台成为齐国开辟的"东方海上丝绸之路"其中一个航地。秦始皇曾三次东巡,均在烟台留下足迹。1861年烟台开埠,成为中国北方最早开埠的城市之一。闻名于世的四大名阁之一的蓬莱阁坐落于此,登阁而望,"东方云海空复空,群仙出没空明中。荡摇浮世生万象,岂有贝阙藏珠宫。"在这里,流传着古老的神话传说——八仙过海。海上仙山之祖昆嵛山是全真道的发祥地,巍峨奇峻、清逸灵秀,令人神往。距今

900年历史的长岛妈祖显应宫，是世界重要的妈祖官庙之一，享"天妃北庭""北海神乡"之誉。

悠久的历史传承和厚重的文化积淀，深远影响着一代又一代的烟台儿女。近代以来，中华民族遭受了前所未有的苦难，在中国共产党的领导下，中国人民挺起脊梁、不屈不挠，进行了艰苦卓绝的抗争。在烟台这片红色的热土上，富有光荣革命传统的胶东人民，为中国革命的胜利和中华人民共和国的诞生，做出了巨大牺牲和重要贡献。其中统一战线发挥了重要作用，使烟台人民团结前进，谱写了一曲曲生动感人的红色赞歌。

穿过中国近代史的长河，无数的民主人士、党外人士如繁星闪烁，在烟台留下足迹，与烟台结下了不解之缘。孙中山先生北上经停烟台，下榻朝阳街克利顿饭店，并欣然为民族企业张裕葡萄酒公司题写了"品重醴泉"四个大字；宋庆龄先生捐资创建了胶东国际和平医院，争取联合国善后救济总署援助，支援胶东人民的革命斗争；民进中央名誉主席、著名作家冰心先生"一提起烟台，回忆和感想就从四面八方涌来"；以及著名社会活动家丁佛言、与黄兴并称"南黄北徐"的徐镜心、"辛亥百年、翰墨千秋"的辛亥老人孙墨佛、一生向党的印尼归侨李谦敬，等等，一幕幕统一战线历史、文化、人物、故事，使烟台这座历史文化名城更具影响力。

历史雄辩地证明，统一战线是我们党战胜各种困难的强大力量，是我们党不断从胜利走向胜利的重要保证，是我们党在政治上的巨大优势。统一战线工作开展得好，党的革命和建设事业就会事半功倍。中华人民共和国成立70年来，烟台统一战线广泛凝聚各方力量，推动烟台发展，取得了骄人成绩。特别是改革开放以来，烟台获批全国首批沿海开放城市，全市统一战线广大成员更加积极地投身改革发展大潮，踊跃建言献策、献计出力，烟台的第一笔海外投资、第一家合资项目、第一家独资项目，均来自海内外的烟台统一战线成员。集众智可定良策，合众力必兴伟业。如今，烟台已发展成为连续五届全国文明城市、连续七届全国社会治安综合治理优秀城市、连续八届全国双拥模范城，荣膺联合国人居奖和中国人居环境奖，被确定为山东新旧动能转换综合试验区"三核"之一，中国（山东）自由贸易试验区三大片区之一。新时代呼唤新担当，烟台统一战线事业也踏上了新的历史起点。抚今追昔，挖掘好、提炼好烟台丰富的统一战线资源和厚重的统一战线历史文化积淀，传承好、发扬好统一战线的优良传统，是新时代赋予烟台统一战线工作的新使命。

新时代的统一战线本质是大团结大联合，根本任务是凝心聚力。做这样的政治工作，需要下"绣花功夫"，讲方法、讲艺术，做春风化雨的思想引导工作。这正是文化的功能和魅力所在。根据汉语的辞源及释义，"文化"本意就是"以文化人"，在"润物细无声"中实现"化入人心"。从政治思想工作的效果看，以"文"化之能使人心悦诚服地认同权威、服从领导，助力统一和谐的社会秩序的维护，助力全社会共同价值目标的形成，这比武力胁迫和权力施压更胜一筹。人心和力量要凝聚得好，就要把统一战线工作开展好，就要以文化为纽带，发挥好文以载道、以文化人的强大力量，坚持绵绵用力、久久为功，在潜移默化中实现大团结大联合。

来自全国各地的文学名家们，为了展现好烟台统一战线宝贵的历史、文化、人物、故事，从全国各地相聚于此实地采风。他们的足迹遍及烟台的名山大川，他们踏遍海滩岛礁，访遍寻常巷陌，从历史遗址的痕迹中、从先烈后人的追忆中、从尘封已久的史书中，掬起史实、畅抒情怀、提笔疾书，把对烟台统一战线的探究和思索，对统一战线的理解、感受和情结升华到文学艺术层面，以文化的视角、文学的形式，传播统一战线历史，传承统一战线文化，讲述统一战线故事，赞美统一战线人物，一段段历史情愫、一幅幅斑斓画面、一宗宗感人故事、一个个鲜活人物，尽情抒发于字里行间，形成了丰富多彩的佳作名篇，使烟台统一战线工作更富感染力和感召力，更加深入人心。

本书的付梓出版，是全市统一战线工作的一件盛事，极大地丰富了烟台统一战线的文化内涵，也必将成为胶东红色文化的重要内容。在祝贺文学名家们精品力作问世之余，也相信烟台统一战线未来一定会诞生更多脍炙人口的名篇，新时代的烟台统一战线事业一定会更广泛地凝聚人心和力量，不断书写新的篇章。

是为序。

2019 年 9 月 18 日

作者简介：张术平，中共烟台市委书记。

目 录

岁月留痕　　周　明　/001

从"民先"说到参议会　　石　英　/008

古现东村的亮点　　王宗仁　/018

将军本色赤子情　　许　晨　/023

访于学忠旧居　　王贤根　/033

红色胶东　　田　霞　/040

追忆，那束闪烁统战思想的光芒　　曾祥书　/048

烟台好人　　朱佩君　/056

那些有形的和无形的碑　　綦国瑞　/060

夏日阅故园　　辛　茜　/073

五龙河畔的那个身影　　高丽君　/083

雷神庙的枪声　　陈　晨　/093

蒲公英花开　　初日春　/101

赴烟台之约　　峻　毅　/108

忆记那年知北游　　风飞扬　/119

到烟台寻找心中的海　　申瑞瑾　/129

昆嵛山的雨　　韩秀媛　/137

这片海，汹涌澎湃　　梅雨墨　/148

和平医院的窗口　　谭曙方　/164

龙口剪影　　林纾英　/171

大山深处有仙境　　孙美玉　/180

"台湾小麦先生"苗育秀　　朱相如　/188

艾崮情怀　　小　非　/196

五龙河畔播火人　　刘学光　/204

风雨涅槃　密送黄金　　桑　溪　/214

初心永驻　光耀千秋　　王　韵　/223

在有名和无名间　　曹瑞敏　/231

海路，让世界瞩目　　姜远娜　/240

凌霄花开，信仰永在　　王彦平　/249

神来之笔　　秋　实　/257

岁月留痕

周　明

1951年秋，在周恩来总理的关怀下，有关部门做了周密的安排，冰心全家历经艰险由日本回到祖国。1952年初夏，周恩来总理在中南海西花厅接见了冰心、吴文藻夫妇，听取了他们在日本为祖国工作的情况汇报，总理对他们夫妇的爱国精神倍加赞赏。

回国后的1953年，由老舍、丁玲介绍，冰心加入中国作家协会。1956年7月，加入中国民主促进会并当选中央委员。1979年10月，当选民进中央副主席。1989年11月，中国民主促进会第六次全国代表大会在北京召开，89岁高龄的冰心被推举为民进中央名誉主席。这时，有记者问她有何感想？她说："我老了，做不了什么事情了，但有一个想法，非讲不可，这就是，民主党派要同共产党肝胆相照、荣辱与共。同时，还要敢于民主监督。民主党派不要光是中共一号召，就举手同意，要认真、负责地对中共和政府的某些腐败现象进行批评、监督，真正地发挥民主党派的作用。"多么语重心长的肺腑之言！她说："民进有个好传统，就是注重教育。民进的成员大多是教育、出版、文化界的知识分子，希望他们为发展中国的教育、文化事业多做贡献。"

生于1900年10月的冰心，系世纪同龄人。生下的第七个月，全家即由福州迁居上海。因父亲系海圻号巡洋舰的副舰长，常常巡逻在海上，工作在舰上，全家便定居上海。

冰心一生曾于1903年、1917年、1935年三次来烟台，计在烟台生活八年。1903年年间，冰心由于父亲受命去山东烟台创办海军军官学校，举家由上海迁居烟台。先住市内海军采办厅，所长叶茂蕃让出一间给冰心家住。南屋是一排三间的客厅，就成了父亲会客和办公的地方。

冰心清楚地记得客厅有幅长联：

此地有崇山峻岭　茂林修竹
是能读三坟五典　八索九丘

在烟台，她记得父亲筹办海校，天天很忙，写方案、去查看地点、调查研究等等。而顽皮的小冰心，却常常缠住父亲问这问那，烦了，父亲就指着那副对联说："你也学着认认字好不好？你看那对子上的山、竹、三、五、八、九这几个字，不都很容易认吗？"于是好学的冰心就拿起一支笔坐在父亲身旁，一边认背，一边学写，就这样把对联的22个字都会念、会写了，但到老她却还不知道三坟五典、八索九丘究竟是哪本书上的？哪样典故？

在采办厅住了一段后，不久，父亲又带着全家搬到烟台东山北坡上的一所海军医院去住。这时，帮助父亲工作的文书是冰心的舅舅杨子敬先生，也把家从福州搬到烟台来了。两家便都住在这所医院的三间正房里。这所医院是在陡坡上坐南朝北。住在这里，冰心特别高兴！因为从廊上东望就可以看见湛蓝湛蓝的大海了！冰心说："从这一天起大海就在我的思想感情上占了一个极其重要的位置。"

在烟台的八年，是冰心离海最近的八年，是一段难忘的海滨生活。大海给予了她智慧和想象的天空。因而曾有评论界称冰心是大海的女儿。

从此，认字、读书成为冰心的日常课程。母亲和舅舅都是她的老师。母亲教她认"字片"，舅舅教她的正规课本，从"天地日月"学起。冰心在她1933年写的全集自序中，曾以海军医院为背景描述道："有一次母亲关我在屋里，教我认字，我却挣扎着要出去，父亲便在外面，用马鞭子重重地敲着堂屋的桌子，吓唬我，可是从未打到我的头上的鞭子，也从未把我爱跑的痞气吓唬回去……"

不久，冰心一家又翻过山坡，搬到东山东边新盖的房子里。这房是个四合院，住着筹备海校的职员们。父亲是营长。在这房子北面的山坡上，有一座旗台，是和海上军舰通旗语的地方。旗台西边有一道山坡路，通到海边的炮台。冰心常跟随父亲去看演习，她最羡慕那些身着白色海军服的乐队指挥。

炮台西边有一个小码头，这是每次接送父亲出海的小汽艇停靠的地方。

四合院西屋附近就是芝罘岛。远远望去，岛上有一座高高的灯塔，照耀着四方。常常是天近黄昏时，冰心最喜欢在风雨之夜，倚栏凝望那灯塔上的一停一射的强光，等待着父亲的归来。它永远给少年冰心以无限的温暖、快慰的感觉。

在家里，冰心最喜欢小舅舅，因为他会讲故事。讲得生动有趣，有声有色，还讲吊死鬼的故事，吓得冰心姐妹们睡不着觉。

父亲是军人，常常到军营或军校以外的山丘上骑马打枪，有时就带着冰心，牵马让她骑着在山上玩。夏日黄昏里，父亲常带着冰心去山下海边散步。父女俩无话不谈，有的话冰心听懂了，有的却不明白。有次冰心见岛上的灯塔一闪一闪地发出强光，问父亲：爹，你说这小岛上的灯塔不是很好看吗？烟台的海边就是美！不是吗？！父亲感慨地说：是啊，中国北方海岸好看的港湾多得是，何止一个烟台，你没去过就是了。冰心赶忙提出要求父亲什么时候带她去看看。父亲此时向海里扔了一块石头，心情沉重地说：现在我不愿意去，你知道那些港口现在都不是我们中国人的，威海是英国人的，大连是日本人的，青岛是德国人的，只有烟台是我们的，我们中国人自己的一个不冻港。从此，"只有烟台是我们的"，这句话冰心牢记在心。说到此，父亲就感情激愤。由此父亲谈起甲午海战，当时父亲是威远战舰上的枪炮二副，开战那天，他眼见身旁的战友被敌炮弹打穿了腹部，把肠子都打溅在烟囱上！父亲越说越气愤！他说：受外敌侵略、欺凌，死的人，赔的款，割的地还少吗！只有烟台是我们的。"只有烟台是我们的！"这句话一直印记在冰心的脑海里。提起这个话题，冰心每次都说：我恨日本，是恨日本的军国主义者，日本的人民是友好的人民。

20世纪以来，为了彰显和传承冰心文学精神，以冰心冠名设立了各类奖项和馆舍数家，计有"冰心儿童文学奖"，马来西亚的"福州十邑冰心文学奖"，北京的"冰心青少年文学大赛"奖，以及影响深远的中国散文学会的"冰心散文奖"。福建长乐是冰心的家乡，那里建有一座规模宏大的"冰心文学馆"，冰心研究会，还有山东烟台山上的"冰心纪念馆"等等。

1992年12月24日，酝酿已久的冰心研究会在福建福州成立。巴金任会长，王蒙、萧乾、郭风、张洁、张锲、张贤华、舒乙、吴泰昌、周明、吴青、陈恕等任副会长。巴金因身体不适未能到会，他从上海发来贺电。贺电说：冰心大姐是五四新文学运动的最后一位元老，她写作了近一个世纪，把自己全部的爱奉献给一代一代的青年，她以她的一生呕心沥血，为中国的文学事业做出了巨大的贡献，她是中国知识界的良知。

我敬重她的人品并以她为榜样。

时任福州市委书记的习近平会见了专程从北京去福州出席研究会成立的张锲、舒乙、吴青、陈恕、吴泰昌、周明等6人。习近平向大家介绍了福州改革开放的情况，福州有名的三坊七巷的历史故事，还谈及福建有成就的若干作家、画家及国内某些知名作家和作品，看得出他对文坛是关注和熟悉的。

这之前的1991年2月22日，时任福州市委书记的习近平曾在副市长龚雄的陪同下到北京寓所，给冰心拜年。冰心感谢家乡亲人的关怀，她告诉习近平说：请你们转达我对家乡人民的问候和祝福。习近平说：家乡变化很大，家乡人民都想念您，等到春暖花开时，回家乡看一看。

这时，随行的同志取出相机准备拍照，冰心忙问："这相机哪里产的？"回答："进口的。"冰心说："听说福建有一家照相机厂，希望好好组织攻关，生产出优质名牌的相机。我真希望，今后大家来看我时，用的是福州制造的名牌相机。"习近平书记说："我们一定把您的愿望转告照相机厂，请他们很好地组织攻关，尽快实现您老的愿望。"

这是一段宝贵的插曲。根据当时在场的冰心女婿陈恕教授记录整理。

当时，我们去福州开会离开北京前夕，大家提议我去向冰心请教，请她为研究会写几句嘱咐的话。我去了，老人家开始不肯写，后来在我的恳求下，她写下如此一篇别致而有深意的"贺词"。

她说："研究"是一个科学的名词，科学的态度是：严肃的，客观的，细微的，深入的，容不得半点私情。研究者像一位握着尖锐的手术刀的生物学家，对于他手底下待剖的生物，冷静沉着地将健全的部分和残废的部分，分割了出来，放在解剖桌上，对学生详细解释，让他们好好学习。

说起研究会的成立，还有一段曲折的过程。这是在1992年的一天，福建省文联理论研究室负责人王炳根和福建省文联副主席张贤华谈起他萌生成立冰心研究会的念头，得到了张贤华的支持。后来王炳根在北京参加一个文学研讨会时，又和我谈起此事，我也认为这是一件好事。王炳根又和张锲、舒乙、吴泰昌研究，他们也表示赞成。接着，王炳根与吴青联系，吴青说，妈妈不一定会同意。果然，冰心不太赞成。她说，她是一个平凡的人，她现在还没有死，死后会有人骂她的。这时，我便和冰心调侃起来，说，您是一个高尚的人，一个纯洁的人，谁要骂你，谁就是坏蛋。此后张锲、舒乙、吴泰昌等都为创建冰心研究会做过解释。后来，王炳根再去探望冰心，说起成立研究会事时，冰心就没有表示异议，只是建议成立大会可在故乡福州开。上面说的这个贺词随后也就顺利产生了。

90年代"三八"妇女节的一天，央视著名节目主持人陈铎去冰心家采访，两人谈起民主促进会的活动的事。冰心说："我们是民进成员，大多是教育工作者，现在义务教育还不能普及，很多边远山区的孩子们还不能上学。中国教育还赶不上印度的教育，我们国家要加大教育的投资，科教兴国，否则到了下个世纪，我们的祖国就会变成文化沙漠。"冰心说着难过地落泪了。冰心一生，最为牵挂的是三件事，即妇女、儿童、教育。她经常为这几件事呼吁、呐喊，希望引起社会的重视。

百岁老人冰心于1999年2月28日病逝于北京。在她最后病危的日子里，中央常委先后到北京医院看望老人。时任副主席的胡锦涛代表时任国家主席的江泽民送来大花篮，并说：作为世纪同龄人的冰心对中华文化的贡献，人们是不会忘记的。

2月13日夜里，冰心突然发高烧，心跳加剧，出现病危状况。2月14日医院就报病危。吴青上午打电话给我，告知了老人情况，我立即赶往北京医院，吴青守候在母亲身边，用英语给母亲唱着《平安夜》，祝愿老人平安度过虎年，跨进兔年。

下午4点多钟，朱镕基总理突然来了。他轻轻地慢步走到冰心身边，右手抚胸，轻声说：我来看望老人家。他向医院和大夫表示感谢。并向主治大夫询问了病人病情后交代大夫对冰心精心治疗。

吴青俯身在耳边对母亲说:"娘,朱镕基总理来看望你来了!"这时冰心已经睁开眼睛用微弱的声音说:谢谢。朱镕基总理看到冰心正在闭目养神,忙摆手说:不要打扰她,请她静静休息。

吴青想请朱总理为冰心题字,总理立刻应允。匆忙间,我掏出随身一支笔,吴青请总理在探望病人的登记本上签写,总理写下:"祝冰心老人健康长寿。"我们的领导人是何等尊重作家啊!

就在这之前的头年8月,冰心在医院电视上看到长江遭受特大洪灾,拿出自己的稿费先后两次向灾区捐款12000元,钱不多,心意长。多年来,她多次向灾区和希望工程捐款,表达爱心。她还把1995年8月出版的8卷本《冰心全集》的稿费十万元全部捐献给了"北京农家女实用技能培训学校",以支持贫困地区妇女和辍学儿童。巴金抱病为《冰心全集》的出版写了贺词:"一代一代的青年读到冰心的书,懂得了爱;爱星星,爱大海,爱祖国,爱一切美好的事物。我希望年轻人多读一点冰心的书,都有一颗真诚的爱心。"

2008年,烟台市政府在烟台山建成的冰心纪念馆正是一座展示冰心爱心的最佳地,也是弘扬冰心文学精神的最佳地,现在每天参观的人群络绎不绝。它已成为烟台山一道亮丽的风景线。

关于冰心,"民进"成员的冰心,在烟台,在北京,在各地的作为和故事,说不完道不尽,她是我一生读不完的一本大书啊!

作者简介:周明,中国散文学会名誉会长,中国现代文学馆原常务副馆长,历任《人民文学》杂志常务副主编,中国作家协会创联部常务副主任,兼任中国作家协会全国委员会委员,中国散文学会常务副会长,中国报告文学学会常务副会长,冰心研究会副会长,《中国报告文学》杂志社社长。享受国务院特殊贡献津贴。2017年6月,第六届"徐迟报告文学奖"揭晓,获中国报告文学事业终身贡献奖。

从"民先"说到参议会

石 英

福山,多福之山也。

对于福山,我并不觉得陌生。自小就听大人们说:"烟台市就在福山地界上",还说:"所谓烟台苹果实际上就是福山苹果。"但说来也怪,那时大人们的评说并没有涉及鲁菜源流这一问题。不过,那时候在我的头脑里已经形成这样一个概念,福山离我家乡并不远,中间只隔着一个蓬莱。

稍大,当我投入了故乡革命斗争之后,更知道福山与我县都同属于一个专区——胶东北海专区,而且从报刊上看到,由于福山离烟台很近,日伪也很重视这块地方,好像黄务、门楼等村镇都安过据点(中间也迭次被我军拔除)。

再稍后,又开始接触了一些福山人。解放战争期间,我在本县北海中学上初中,师范班的一位金姓女同学是福山人,身型利落灵动,给我总体印象是：福山人比较干净。国民党军队进攻胶东前夕，在一次坚壁清野动员大会上，县青会的一位干部同志上台讲话。有人说他是福山人，口音带点"东海味儿"（当时我乡对半岛偏东部口音的感觉）。

但此后若干年中，我并未专程去过福山，直至二十年前才在《烟台日报》孙为刚同志引领下拜谒过王懿荣纪念馆；再就是这一次——烟台市委统战部组织的统战工作采风活动，我有幸参与福山区组的行程，在福山大地盘桓了两日，对福山的方方面面有了较深印象与真正的了解。

在民族大义感召下

在座谈和采访中，福山区相关人士对我说：福山这地方历来相对而言比较富有，人民平时对吃食方面相当讲究，言外之意是穷极思变、奋起抗争的特性不足。但在另一方面，有一种情况却给了我较深的印象。这就是：福山崇文重教风气相对比较兴盛，在省城乃至京津等大城市中上学者为数可观。这些学子在时局大变动尤其是国难的紧要关头肯定受到了很大影响，爱国抗侮的意识在时代洪流中相应加强。与之同时，这些学子可能成为家乡土地上"易燃"的火种。现实的情况正是如此。"九一八"事变后，长城告急，热河等地相继沦陷，日寇咄咄逼近，冀东、宁津也危在旦夕，在中国共产党的领导下，"一·二九"学生运动爆发。随后爱国学生组织了一批批的南下工作团，从而影响到山东省的大城市济南和青岛，整个半岛地区也受到这种爱国抗日宣传的浸染，福山县在这一非常时间阶段中，在表面"润物细无声"中产生了强烈的呼应。他们中的先行者有：王锡玉、于业功、赵锡纯等"中华民族先锋队"（简称"民先"）骨干成员。其中王锡玉为福山县城西村人，1936年春在北平上学期间受到国民党当局迫害而回到家乡。由于他所在村庄距县城很近，经常到县民众教育馆（今福山文化馆前身）阅读图书，与此馆图书管理员于业功相识相交。王向于谆谆讲解中国共产党的理论思想，尤其是当前的抗日救国纲领，又具体介绍了北平"民先"组织的宗旨与活动情况，使于业功大开眼界，视王为可靠知己，并请求加入"民先"组织。

于亦为福山当地人。1912年出生于本县奇章村的一个贫苦教师家庭。因父早逝，17岁时便辍学至辽宁安东做学徒，"九一八"事变后回乡寄居于山后村其岳父家中，常去县民众教育馆阅读进步书报而为馆长李丕涛所关注而赏识，引为不可多得的人才，遂聘其为图书管理员。于从此有机会走上革命道路。

而赵锡纯为福山县南上坊人，原在芝罘新民小学任教，在烟台加入了"民先"组织，因经常到福山南关走亲戚，顺便去县民众教育馆借阅进步书籍，有机会与于业功结识，可谓志同道合。二人议决以民众教育馆为活动基地，在全县知识分子中发展"民先"队员，并待机正式成立福山"民先"组织。此后，经于业功介绍，赵又结识该馆馆长李丕涛。李本人属于国民党"左派"分子，对孙中山先生的革命主张竭诚拥护，他与赵锡纯等人联手，"民先"组织便在民众教育馆首先发展起来。

至此，多福的山以平原又得民族之魂、风气之先。民先，在上个世纪30年代中期以其勃勃生气在黄海南岸这片本就不算贫瘠的土地生根、开花、结果。

心心相连的巨大吸引力

爱国，进步，乃至对信仰的追求，团结了方方面面的积极分子，生发出前所未有的抗敌御侮的激情。最初阶段的"民先"队员仅仅是几个人，却有着近乎神奇的吸引力。在很短的时间内，由于于业功、赵锡纯他们卓有成效的工作，已经发展了进步教师邹本良（又名赵敏）、孙盛谓（又名丁一）、李丕涛等十几人。条件逐渐成熟后，1937年2月，"中华民族先锋队"福山县队部在民众教育馆宣告成立，隶属于烟台"民先"总队领导。赵锡纯、于业功为正副队长，下设分队长有邹本良、张作权、刘杰俊、纪大超等。随后，又发展了泊子村小学教师李善本。

20世纪30年代"七七"事变前后，黄海南岸的一个不大县份——福山，出现了一幅划时代的崭新图案，以"民先"组织为骨干的活动在村镇以致山野间如火如荼地展开。如利用县城和村镇集日，以自制的大喇叭进行"土广播"，宣传中国共产党的抗日救国主张，以唤醒民众，团结在共产党的周围，准备斗争；利用墙报、黑板报、油印报等形式进行宣传；在民众教育馆举办读书会、新闻学和社科研讨会，启发各阶层人士的救国意识。当时的福山民众教育馆已成为凝聚民众思想的中心，宣传红色文化的坚强阵地；自编自印的进步刊物《福山月刊》更表现了共产党人和先进分子们的胆识，它在福山的革命史、文化史和统战工作史上都是不可磨灭、堪可自豪的重要地位。后来，这个刊物易名为《活路》，更鲜明地凸显了那个特定时期民族的处境与广大民众的要求。

"七七"事变之后，福山"民先"的活动和民众同仇敌忾的斗志更跃上一个新的层面。如：在极度的情况下，于业功毅然摔碎了自己喜爱的日造"大正琴"，以示与侵略者誓不两立的决绝；"民先"队员李培真捐献了自己准备陪嫁的金银首饰。从更大范围看，全县教师罢课罢教，民众抵制日货，商家烧毁日货，可谓群情激愤、义薄云天。事实上，福山"民先"的活动一开始就是在中国共产党的影响下开展起来的；当进一步扩大和深化之后，更得到中共胶东领导层的高度重视。此时，胶东临时工委部长柳运光亲自赶至福山，与赵锡纯、于业功秘密会见，对此后的斗争作了具体的指导。随后，"民先"决定成立"福山县业余救亡歌咏团"，在此掩护下，便于开展更深入的抗日活动。由于统战工作有力、得法，救亡歌咏团也得到了县教育局长田温的大力支持，该团多达80余人，推举田局长的妻子王培英任团长，成员大多为各中小学的进步教师和青年学生，定期集结，学习与排练节目。这个歌咏团本身就是全面抗战爆发前福山统战工作的一个成功范例，也是抗日宣传动员活动历史的缩影。当时，该团演出的节目很多，如《义勇军进行曲》《松花江上》《毕业歌》《大刀向鬼子头上砍去》《五月的鲜花》等。另外，馆长李丕涛以充沛的爱国热情和艺术功力，接踵编创并带头排演了小话剧《打回老家去》《流亡三部曲》《血路》《回归》《合流》等，有力地揭露了日本帝国主义和投降派的罪行，大大激发了广大民众抗日救国的斗争精神。

"民先"作为骨干力量，在"一·二九"后至抗战初期所发挥的先锋凝聚作用，深深铭记在福山与胶东大地一切有心人的头脑里。

无愧为民族的先锋也是时代的脊梁

时代提出了更高的要求，先进分子义不容辞勇于担当。1937年10月，"民先"的骨干分子们根据中共北方局"脱下长衫，拉起武装，组织抗日游击队和打入敌人内部，发展武装力量"这一指示，适当运用了李丕涛、逄鸣皋等人士的上层关系，分别打入了福山县保安队及其他部门，如赵锡纯"摇身一变"成为县保安队的少校副官，苏新源任中队指导员，其他如李丙令等三十余位民先队员也都有了各自新的"身份"。当福山以至烟台沦于敌手后，这批骨干力量都成为抗日游击队的中坚分子。1938年3月，当山东人民救国军第三军进驻福山时，我们这些同志又与他们里应外合，成为日后胶东人民子弟兵的重要的支撑和策应力量。

与此相对应的是，以沈鸿烈等为代表的国民党反动势力，在民族的危亡关头，他们或则畏敌逃跑，或则虚与委蛇、浑水摸鱼，甚至妄想借抗日救亡浪潮汹涌之际投机"摘桃",但均被我方感觉敏锐的同志识破。相反,我们的同志与国民党中正直的爱国人士自始至终都合作得很好,在福山"民先"的统战中得到充分的体现。

更为可喜的是,福山"民先"中的优秀分子,在日后若干年中的革命斗争历程中都经受了考验,没有辜负党的期望和人民的重托,如于业功后来成为福山县委第一任宣传部长,福山早期党的领导人之一;赵锡纯在新中国成立后担任过国家铁道部副部长。可谓是:"民先奋起展鹏翼,砥砺中国是栋梁。"

1940年5月,福山县青年抗日救国联合会成立,福山"民先"组织的历史使命才告终结。但作为一种精神,其存续是永久的。以下我要说的是参议会,它与"民先"表面看起来是互不相干的两个概念,但其内核——民主、包容、合作、共进,尤其是在共产党领导广泛的统一战线,其精神都是一脉相承的。

"多福的山河"在民主参政方面也不落人

胶东区第一届第一次参议员大会是1942年6月15日在海阳县后夼村召开的。会上选举了参议长和副参议长等等(这件事我本人也有印象,当时我已上二年级,喜欢看报,是从富家子弟、进步青年、我初小的张校长那里看到的)。

却未想到,此次(2019年7月)来福山采风得知:福山县临时参议会第一次会议早在1941年7月就已召开。其实,这种"先行之明"也是有根据的。因为一是有陕甘宁边区参议员大会的做法可为参考,二是早在1940年上半年,福山县就根据中共北海地委的具体指示,经过紧张有序的准备工作,福山县抗日民主政府便在本县西北毗邻地区——蓬莱县大道刘家秘密建立，郝一军同志为第一任县长，并同时组建了县大队。尽管当时环境仍然艰难，县政府下属机构的四梁八柱，包括公安局、民政科、教育科、粮秣科、经济建设科等职能部门一应俱全。同时，在公安局还设立了押犯所如警卫队。这表明我县政府尽力在法制、民生和应有的建设方面开展有效的工作。此时因胶东反投降战役之后，形势稍有改观，我福山党政领导机构基本可在本县秘密驻地——狮子山区一带活动。但本质上仍处于游击移动状态。当年七月召开的福山县临时参议会第一次会议，就选在西邻的栖霞县下夼村。战争中友邻地区的相互"借用"，既是出于环境所迫的一种无奈，也是革命战友之间的一段佳话（当时被称为"住租界"）。

当然，由于条件所限，第一次县临时参议会在仪式、事项和日程上都比较简单，但相信在内容的实质上是绝不马虎的。它充分表明，在近八十年前，我们从党政领导到基层干部群众，都有非常可贵的民主参政意识，在党的领导下团结抗战的统战思想贯穿于方方面面，这与国民党当局的专制、霸道、践踏民主的施政路线形成鲜明对照。

可贵的"住租界"，可贵的临时参议会。

邪恶是一切反动势力的本性

就在我党全心全意团结一切可以团结的力量为打败日本侵略者而斗争，并在根据地内推行民主建政、召开各级参议会的过程中，福山境内与周围地区的日伪和国民党投降派从来没有停止对我根据地与抗日军民的袭击、破坏乃至制造血腥事件。在福山县及附近地区，敌对方有一个颇具代表性的家伙，此人名叫陈昱，他的反共反人民的生涯中贯穿着一条认贼作父、无恶不作的黑线，有时还要弄一点"变色龙"的伎俩，实际上是一种翻云覆雨、颠倒黑白的卑污伎俩。血腥罪行可谓比比皆是，最典型的一桩如：该陈于1941年5月初，趁我主力部队在外地作战，福山境内军事力量薄弱之机，自莱阳突袭福山我根据地，杀害了我十多名党员、干部和革命群众，手段极其残暴，其仇视革命人民，仇视根据地民主建设之凶残可见一斑。

在福山采访，当我听了当地同志讲述以上历史事件，再一次印证我久已感受极深的一条至理：邪恶残暴是一切反动势力的本性使然。愈是对国家对人民利好的事物，这类家伙就愈是恨之入骨；你愈要建设，他就愈是要破坏，甚至置之死地而后快。古今及日后皆然。

陈昱是福山历史上的一个反面、邪恶的符号，也是长久醒示善良人们的一个警号——勿忘历史！

福山县参议会——清晰而美好的记忆

残枝败叶萧萧下，福山清流滚滚来。

1943年5月，为进一步推进抗日根据地的民主政治建设，福山县临时参议会在一区（狮子山区）的前富村召开大会，参会者有工人、农民、士兵、妇女及有影响的民主人士等共200余人。这在福山县民主参政历史上可谓空前"盛大"。会场设于前富村村头，虽是临时用苇席搭成的"礼堂"，却也庄重大气。主席台中间的后方挂着在白布上绘成的孙中山和毛主席的放大像。"礼堂"门外摆放的两幅门板上书："热烈庆祝福山县临时参议会召开！""热烈欢迎德高望重的参议员先生莅会！"

大会经过反复酝酿讨论，选出县农救会会长王松（狮子山区东回里村人）为临时参议会参议长，还有三位具有代表性的人士被选为副参议长。在酝酿参议员时，有不少与会者不同意推选王慎斋（此人曾追随陈昱后被我俘虏）入选。但县委经过反复斟酌，认为该王在国民党中尚属中间状态，被俘后经过教育有所悔悟，具有一定的代表性，按照党的"三三制"（共产党员、"左派"分子、"中间"分子各占三分之一）原则的政策，以选入比较有利，从而得以通过。

一个有趣的现象是，在选举县长之前，会上还允许正当的"拉票"以表达代表的意见。如县青救会长辛广义（蓬莱县人）就当众大声疾呼："代表们，林纯之同志是咱们庄户人的好干部，他领导咱福山人民打鬼子、锄汉奸、建立抗日根据地，咱们大伙应该选他为福山县人民的县长！"

他的这番话得到大伙的热烈响应，一时掌声雷动。最后经过无记名投票，林纯之得到与会者一致通过。这是福山人民开天辟地当家做主选出来的真正是人民的县长。随后又选出了政府委员。其中包括一些赞成抗日的国民党员、开明士绅也被推选参与民主政府的工作。

县长林纯之最后发表的"就职演说"使大会的气氛达到高潮，他的语调如他的名字一样纯朴真诚："咱们都是同一块土地上的人，祖祖辈辈生在这块土地上，长在这块土地上，今后，咱们要一个心眼把这块土地侍弄好，建设好……旧社会是坏人当道，好人受气，现在咱们成立了自己的政府，就是要好人当道。我们好人要过好日子，就得在自己的政府领导下，拿起枪杆子，打走日本鬼子，打倒汉奸卖国贼，打倒陈昱这类投降派！"

县长的话语重心长，深深地打动了参会的代表们，他们相互点头评说："真是咱们打心眼里选出的县长！"

抗战胜利前夕，福山县参议会正式成立，经在全县范围内民主选举，选出参议员59人，候补参议员20名。8月15日，在县参议会的大会上，选举王松为参议长，孙德生为副参议长。会议宣布成立福山县人民政府，再次选举林纯之为县人民政府县长，柴满山为副县长。

抗战时期的福山县参议会，是福山县民主政治成功的尝试与历练，也是党的统战工作结下的历史性硕果。

当福山县参议会召开之际，也是日本帝国主义宣布投降之时。随即，烟台和福山收复。但不久国民党即对解放区发动大举进攻，解放区军民奋起反击，历史又翻开了一个新的篇页。

作者简介：石英，中国散文学会名誉会长，原《人民日报》文艺部副主任。历任《新港》月刊编辑，百花文艺出版社副总编辑，《散文》月刊主编，天津作协副主席，享受政府特殊津贴。著有长篇小说《火漫银滩》《血雨》《密码》等，诗集《故乡的星星》《石英精短诗选》等，散文集《秋水波》《母爱》《石英杂文随笔选》等，短篇小说集《气节》，中篇小说《文明地狱》，传记文学《吉鸿昌》，专著《怎样写好散文》等。

古现东村的亮点

王宗仁

不可否认，在离开故乡的这几十年里，我从来没有淡薄过怀念它的印象。相反，越是走得远，离开的时间越长，竟反而感到她一直跟随在身边。这次来到烟台，应该是第三次了吧，但确实不曾记得它怀抱的这个古现东村。不知何故，第一次相遇就觉得那么熟悉，总有一种回家的感觉。路旁那高低参差的土木结构房舍，房墙头开始泛黄的小草，特别是从屋顶飘散出来的，不知是炊烟还是工匠铺铁砧上带着火星的烟火，闻着就很亲昵。汽车从停放着一堆自行车旁驶进一条窄狭的胡同，眼前是一个普普通通的街门，一辆马车停在门前。一侧的麦秸垛是一个时令消失的纽扣。村委会办公室到了，我看见一只鹰以翅膀和身躯组成十字，从远处飞翔而来，是欢迎我们吧！我立时感到离土地很近，离太阳也近了，闻到了泥土和庄稼苗的味道。

我在这个420户人家1260口人的具有悠久历史的村庄采访，接触到了村里几个带头人和他们上级的领导。非常之人的非常之功。他们不忘初心,方得始终。古现东村遇上他们算是村庄的幸运,也是我此次采访的机缘。世间所有的相遇,都是久别重逢。我就是这种难以抹掉的感觉。

"有子能文何必贵,做官致富不如贫。"这是村党支部书记王明忠在我落座后,给我说出的一副对联,当然是与古现东村有密切关联的对联。我听了好像有人给我心里点了一盏灯,眼前豁亮,灵魂都在颤动。好个"何必贵","不如贫"!这是对高贵与贫贱、奋斗与享乐超拔的深刻解读!我逮住这对联不放,让他再说一遍。于是他抬高嗓音又复念了两遍,声如洪钟。我细细扫视了一下这位村庄书记,印象是:略显方形的结实的脸盘上那双眼睛格外饱满,给人的感觉说话的声音像从眼睛里发出(后来村里一位年轻人告诉我,冬天的风雪越大,他说话的声音越响)。村里人都知道书记有读书的习惯,总是在随身的提兜里放上一两本书或报纸。可见知识充实了他,磨砺了他。就凭他一见面就把这副对联送给我,我便觉得他既像我曾经见过的基层党支部书记,又不像他们中的任何一个。这时他指指坐在身旁的《古现东村志》执行主编徐志明说:"让我们的秀才给你讲讲这副对联吧!"老徐便讲了起来:

"这副对联原是古现东村爱国志士王懿荣九世伯祖王鹭撰写的家训对联,王氏家族被誉为科举之家,出过27名进士,63名举人;又是官宦世家,县令至尚书140多人,另有104人无功名记录但有官职;还是文化世家,著书立说诸多。这个家族清廉做官,倾心为民,无一个人有贪腐劣迹。"

"一族廉政清纯,满村受益荣光!"王书记插话。

王氏家族给古现东村带来了宁静的活力。新中国成立后,全村人弘扬他们的光荣传统,践行社会主义价值观,热爱生活,勤俭持家,村庄多次荣获先进基层党组织、开发区和烟台市文明社区、民主法治示范村等先进称号。一个家族的家训,上升为1200多人一个村庄的村魂。这个数代人的传承，不仅是量的变化，更是淬炼后的提纯，质的飞跃。我们这个世界有那么多色泽和光芒，岁月在时光里老去，唯有后来人不断忠诚它，信仰不变，给它淬火添彩，它才能超越生死，在纯洁中存活，亮于原色。

期间，王明忠把一本很厚的书递给我，说："你采访需要的素材，它都会满足你。"我接过一看，是一本《古现东村志》，方志出版社出版，23万字，沉甸甸的。它是全国第一批24本名村志中的一本。它的传统志版本2016年曾被评为全省优秀村志。我说："这本村志对我写作当然会有很重要的帮助，但是我要的素材更多的还是活的有生命的，你们讲出来的故事都是带着土地的味道，庄稼的味道，就是有生命的！"我们都笑了。

提起村志，不能不提到执行主编徐志明。而徐志明却说，不能不提到王明忠书记，他是村志的编审，是他具有超远的眼光，我们古现东村才有了这本有特色的村志。超远眼光？何以见得？

不必说在古现东村，就是周围十里八乡的人，大家都对他投以敬佩的目光。他做事的远行目光，交友访道，不被常规束缚的言行，加深了他名声的传播。他总是干别人很少干过或干了没干好的事。对于编写这本村志，他一开始就站在高处去规划，具体负责编村志的同志拟定了一个方案，他看后不满意，明确提出：我们的村志绝不能搞成一般的大事记，而是要把古现东村最有亮点最有特色的事挖掘出来，记录在案。他再三提醒编写组：大事不一定是亮点。

好一个大事不一定是亮点！滴水中的太阳，溪流里孕蕴的波涛！谁能不愿意捧起这片阳光！

什么是东村志的亮点呢？

我们的村支书做了这样的解释：我们说的大事不一定是亮点，这是针对"名村志"与"传统志"的主要区别而言。传统志注重存史，突出资料性，所以要面面俱到，凡有必记。而"名村志"则重视教化、资政，挖掘弘扬村落传统文化，突出"名"和"特"。从一定意义上说，是挂一漏万，这个"一"自然是以"一"顶"万"的"一"了。《古现东村志》定位是历史文化名村志，我们不是把它做得多么精美漂亮，而是首先考虑的是要经得起历史的考验，得到不仅是东村人而且要让东村以外的人的认可。它的"名"和"特"——也就是那个可以当"一万"的"一"是什么呢？经过我们挖掘、考证，大家公认的应该有三个方面。除如前面提到的爱国志士王懿荣的家族是科举之家这一点外，还有两点：王氏家族文化哺育了华夏文明的佐证者、甲骨文之父、民族精英王懿荣；另外，古现东村是鲁菜的发源地之一。这三点都是一枝独秀，不仅在今天，即使在时间的长河中，它永远会散发自身的光芒。

　　《古现东村志》的这三个独具的特点，从东村挤不出去，别的村也挤不进来。因为这只是属于它的亮点。好多事情往往就是这样，它们会挤出一些东西，又可以填进一些东西，或者是好的或者是坏的。东村不是这样，它的东西就是它的，挤不走，别的也挤不进来。属于自己的东西最有价值。

　　最后，王书记这样对我说："在编写村志的整个过程中，我们始终坚持做的还有一点，就是对于陈旧的、腐朽的、惰性十足的历史文化，必须绕开它们。但是，这需要有辨别能力，有的时候看似野性的、原始的、混沌初开的文化，却是瑰宝，我们并不弃之远离。总之，我们要独辟蹊径，编写出摁有我们指纹的独特的村志！"

　　王明忠书记仍然固执地把话题转到了徐志明身上："平心而论，这本村志的成功出版，作为主要的编写人，志明同志功不可没。他丰厚的学识以及脚踏实地的调查研究，还有大量的案头工作，值得称赞，为我们树立了榜样，没有他的具体操办，这本村志不会这么快就得以出版。"徐志明忙摆手："书记过奖过奖！我来东村这些年，在这个广阔的天地里学到了在机关和书本上很难学到的知识和见识。我觉得自己过得很充实。我特别要说的是见识，它往往比书本上的知识更有用场！我珍惜这些难得的收获！"

徐志明并不是古现东村人，他原来的工作单位是栖霞市乡镇企业局，从局长岗位退下来后，2016年5月应王明忠之邀，参与中国名村志文化工程之《古现东村志》的编纂。期间他接触到大量的王氏家族资料，感到震撼和感动，其中不少是他和同事们的深究才浮出水面的。领导把这项任务搁到他肩上，他认为是对他的信任，自己应该做，有责任做，他也喜欢做。2017年他把党员关系从栖霞市转到古现东村党支部。2018年村里给他安排了住房，妻子也随他常住东村。他就这样无牵挂地把家安在村里。《古现东村志》出版获奖后，徐志明又编纂了《古现东村名人苑》。在不断发掘村庄历史文化的进程中，他越发感到先辈创造的丰富历史文化，值得后人弘扬，自己有责任做更多的工作。2017年底，他起草了"关于王懿荣及王氏家族故居的恢复与开发利用刻不容缓的报告"，经王书记首肯、支持后，上报区、市政府引起重视，催生了古现文旅小镇的策划和方案的诞生。

在古现东村，王氏家族遗留下来的一座屋舍的旧址，一块砖瓦的碎片，一段流传不衰的传说，也许都会蕴藏着文化。我们从历史看，从文化看，都可能澎湃着宁静的活力，都是民族的瑰宝。这就需要有像王明忠、徐志明这样的人去领略它的丰姿和来龙去脉。这也是笔者写这篇小文的初衷！

作者简介：王宗仁，中国散文学会名誉会长，总后勤部原创作室主任。1955年在《陕西文艺》发表散文处女作《陈书记回家》，2010年散文集《藏地兵书》获得第五届鲁迅文学奖。先后出版《传说噶尔木》《雪山无雪》《情断无人区》《苦雪》《拉萨跑娘》《藏羚羊跪拜》等散文、散文诗和报告文学专集。

将军本色赤子情

许 晨

你的家乡在河南，我的籍贯是山东。

你骑马挎枪横扫胶东半岛的日寇鬼子，我还没有来到这个世界之中。

你率领大军在南疆打响自卫反击战，一举攻克谅山城，我刚刚入伍成为一名济南军区的新兵。

你是老前辈，我是后来人，我们中间相隔着半个多世纪的时空距离，可我一点儿也没有感到遥远和陌生。

因为你姓许，我也姓许，一笔写不出两个"许"字来，"五百年前是一家"。你是我们的本家豪杰与骄傲，是当代军人学习的楷模和标兵。

从上小学起，我就知道了你的英名，与小伙伴们争强好胜时，往往会来上一句：我们老许家有大英雄。对了！这就是大名鼎鼎的许世友司令员，一位个性鲜明、嫉恶如仇的中国人民解放军上将军！

2019年7月初，一个细雨霏霏的日子，我随同中国散文学会"烟台统一战线历史、文化、人物、故事采风团"来到海阳市郭城镇，参观设在这里的"许世友将军在胶东纪念馆"，以及当年胶东军区机关驻地。一步步，一程程，穿越时空，走进那枪林弹雨、炮火纷飞的年代……

毋庸讳言：在创建新中国的血火征程上，在从"八一"南昌城头、井冈山大小五井走来的人民军队里，涌现出无数敢打、必胜的战将，许世友只是灿烂星河中的一颗"将星"。在他挥舞大刀黄麻起义、红军长征爬雪山过草地，以及千里奔袭打日寇，率部攻克华东重镇济南，直到新时期还指挥千军万马的军旅生涯中，胶东战场只是其中的一段烽火岁月。那为何要专门修建这座纪念馆呢？为何我要特别前来拜谒、写写这位老将军呢？

同宗同源，使我对本家将军怀有天然的感情，况且他在我军众多的高级将领中，是一位有勇有谋具有独特魅力的传奇勇士。更重要的是：许世友在胶东，可谓一生最难忘的不凡经历。从战争年代到新中国成立初期，他纵横齐鲁大地十六年，而在胶东一带就整整战斗了九年，同当地军民结下了血浓于水的情意，还与胶东姑娘田普结下了良缘，堪称第二故乡。同时，许将军经略胶东要地，从抗击日寇到解放战争，联合各方结成统一战线，奋勇拼搏，为新中国的诞生立下了汗马功劳。

这样的虎胆将军怎能不让人们爱戴？

这样的英雄事迹怎能不让作家激动？

纪念馆展陈面积1000多平方米，外观采用胶东传统民宅四合院的形式，以"军爱民"精神为主题，集中打造"传奇许世友"、"军民血肉情"、"胶东子弟兵"三大板块。整个设计融合传统与现代元素，通过实物、图表、影音、雕塑、半景画等多元化表现手法，全面展示了这座展馆的深厚内涵。

仿佛老天爷知道我们要来参观似的，下了车，竟然放晴了，红色的仿古建大门、灰瓦白墙的院落，经过雨水的洗礼显得分外清新。迎面门楣上，是中央军委原副主席迟浩田题写的馆名："许世友将军在胶东纪念馆"。红底金字，遒劲有力。迟浩田就是当年许司令率领的华野九纵部下，地地道道的胶东子弟兵，已年过耄耋，对老首长的敬仰之心始终不渝。

胶东，是一个山东省特有的地理名词。古时为东夷族中莱夷地，因地处胶莱谷地（由潍河、胶莱河、大沽河等河流冲积而成）以东而得名。秦汉之后其名淡出历史，直到近代因民国时设胶东道、抗战时期设胶东根据地，胶东之名才重新震响起来。它三面环海，西接山东内陆地区，北临渤海海峡与辽东半岛隔海相望，泛指青岛、烟台、威海三市，简称青烟威。无论是战略位置，还是历史文化、经济资源，都在山东乃至神州版图上非同小可。

纪念馆所在地名叫战场泊村，听听这个村名，就感到这是一个不平常的所在。就地形和交通位置来说，它位于海阳北部第一高山——林寺山的东麓，向南距离昌水河谷地也不远，四通八达，地势险要，属"兵家必争之地"。相传明朝时，就有将军曾在此布阵胜敌，村子取名为"战胜泊"（泊，方言指村落）。清雍正十三年（1735 年）建海阳县后，刻有"战胜泊"石碑上的"胜"字被毁坏，遂改名战场泊村。它是许世友将军在胶东的主要驻地。

当年胶东军区司令部，就设在海阳市郭城镇战场泊村 425 号，至今这所旧址保存完好——一座青砖黑瓦的胶东民居，由 8 间小瓦房组成，在一棵老槐树掩映下透着沧桑的味道。作为司令员的许世友曾在这里先后指挥了榆山大会战、发城围歼战、长沙堡伏击战、收复栖霞城等大小上百次战役，创建了牢不可破的胶东红色根据地。

我们一步步迈进了纪念馆，迈进了一段血火交织的峥嵘岁月。迎面影壁墙，首先见到了如雷贯耳的许世友将军：身穿威武整齐的解放军上将礼服，头戴威风凛凛的大盖帽，胸前是一排勋章，连同帽徽、肩章、领花似乎都在金光闪闪。他紧抿嘴角，圆睁双眼，倒背双手，脚踏在山呼海啸之间，彰显着刚烈、勇猛而忠诚义气的性格。哦，这是一尊根据主人授衔照片创作的浮塑，栩栩如生，虎虎生威……

许世友，1905年2月28日出生在河南省信阳市新县田铺乡许家洼，早年家贫，8岁出家到少林寺，练就了一身武功，后来回乡闹革命参加了黄麻起义，英勇杀敌，战功赫赫，由班长、连长、团长，一直升到了红军军长；抗战开始后转战山东，指挥反投降打击日伪军，开辟巩固胶东根据地；新中国成立后他历任山东军区、南京军区司令员，授开国上将军衔，甚而在七十四岁高龄还领兵打响了对越自卫反击战，勇冠三军，威镇敌胆。直到叶落归根，八十高龄病逝后归葬母亲坟旁，实现了他"生要尽忠，死要尽孝"的人生信条。

年轻的女讲解员身穿一套草绿色的服装，面庞清秀，感情真挚，如数家珍地讲述着许世友司令员的悠悠往事。给我的感觉：她就像一名将军麾下的女战士，又像是爷爷疼爱有加的亲孙女，引领着我们细细观看，默默倾听，深深思考，整个身心完全沉浸在一种圣洁的氛围中了。

在这里，我们印象最深的还是他的勇敢与忠诚。红军时期，许世友曾经七次参加敢死队，四次当敢死队长，手持一把大刀，杀得敌人魂飞魄丧，真正是把脑袋掖在裤腰带上，从死人堆里杀出来的一员虎将！同时，他只要认准了方向，便始终不渝。从延安时期到新中国成立后，一代伟人毛泽东主席与他的相识相知，从为他改名到说服归顺、生死相依。

此外，许世友的孝子之情，三跪母亲，更是震撼人心。一是1932年红军主力西征，他随同部队转战离家，此一去不知何时再见，向母亲叩头告别。二是1949年，时任山东兵团司令员的许世友派人把老母接到身边，当着100多名部属的面，"扑通"一声跪在娘亲面前。三是1957年秋天，已是上将的许世友回家探母，见到年近八旬的老母亲背着柴草回村，心里像打翻了五味瓶。他快步跑过去，接过母亲背上的柴草，再次跪倒在母亲面前："娘，您这么大年纪了还上山砍柴，儿心里实在难过啊！"

当讲解员深情地讲到这一幕时，眼圈红了，声音哽咽，同时也引发了我和许多参观者地强烈共鸣，情不自禁地热泪盈眶。那一瞬间，我完全理解了战将许世友那铁汉柔情的一面：尽管儿子已打下"天下"做了"大官"，可母亲还是那样勤劳朴实，自食其力，不给儿子和政府添一点儿麻烦。

难怪几十年来许将军嫉恶如仇、爱兵如子，他有这样一个好母亲啊！望着展板上许母那张已经有些模糊的黑白照片：身穿一件整洁的深色布衣，一头白发梳理的一丝不乱，慈眉善目，面含微笑，我感到分外亲切，好像见到自己的母亲一样。站在那里，我久久地没有挪动一步，进而低头弯腰，恭恭敬敬向她老人家深深地鞠了一躬！

随着展室的延伸，我们陆续详尽地了解到将军在胶东的诸多事迹。1941年春天，正值皖南事变爆发，日伪顽掀起反共高潮之时，时任八路军山东纵队第三旅旅长的许世友，奉上级命令，率领清河独立团出任胶东反投降指挥部总指挥，说出了那句火光四射的名言："我来胶东是要打仗的，太平我不来，我来不太平！"

此后五个月，他与政委林浩等人指挥部队，奋勇作战，捷报频传，一举打垮了赵保原、蔡晋康等为首的投降派，收复了以牙山为中心的广大地区，使胶东抗日根据地连成一片。中共山东分局乘势成立了胶东军区，许世友任司令员，率领得力部下聂凤智、吴克华等人驰骋胶东，冲锋陷阵，打出一个红彤彤的新局面，有力地支援了山东乃至全国的革命战争。

海阳郭城镇的战场泊、西古现、迎驾山等村庄，就是他们当年驻扎较长的地方，叱咤风云，出生入死，谱写了一曲曲脍炙人口、高亢响亮的战歌。众所周知，许世友将军好酒量，当年一碗酒一把大刀杀得敌人鬼哭狼嚎。在转战胶东时，他的通信员不管走到哪儿，身上都背着一只酒壶，保证司令员随时喝到酒，喝了酒就能打胜仗！然而你可知道，就在战场泊村，许世友还喝过一次血酒呢？！

那是1942年底，日酋岗村宁次指挥大批日伪军，对我胶东根据地进行了残酷的"大扫荡"，最后将数千群众合围在马石山上。尽管我抗日军民顽强抗击，涌现出解救群众宁死不屈的十勇士，但寡不敌众，五百多名同胞惨遭毒手。过后不久，一个雪花飞舞的上午，胶东军区在战场泊村开会追悼烈士。一张杀猪用的案桌放在会场上，桌上摆着一把明晃晃的菜刀和一只绑着双腿的大公鸡。一名士兵提起酒坛向蓝花大碗倒满了酒。许世友司令员走到案前，声若洪钟：

"同志们，我们吃了大亏！敌人拉网大'扫荡'，制造了'马石山惨案'。这一方面说明了敌人的凶残，另一方面是我的工作没有做好……"说罢，他忽然手起刀落，一刀剁掉鸡头，让鸡血流到酒碗里，然后一口气喝了下去，接着道："今后，胶东如果再出现'马石山惨案'这种情况，当杀我许某之头，就像这只鸡！"

顿时，全场群情激奋，追悼大会开成了向鬼子讨还血债的誓师大会！"打倒日本鬼子，为死难烈士报仇！""以血还血。以牙还牙！"愤怒的口号声此起彼伏，犹如春雷阵阵，怒涛声声，震荡着周边的牙山、林寺山和万里苍穹。此后，许世友集中部队，奋力反击，猛打猛冲，接连攻克夏甸、日庄、朱桥等日伪军据点，一举粉碎了岗村宁次的铁壁合围。

时至1944年，胶东周围的日军已经明显弱于抗日队伍，许世友指挥东海、西海、北海、南海、中海等五个军分区，率先对日、伪展开了反攻，克文登、战荣成，根据地扩大近6000平方千米。抗战胜利后，他又遵照中央命令，协助罗荣桓等山东分局领导，组织跨海运兵经略东北。同时，他亲手创建的胶东子弟兵西进参加大决战，血战孟良崮、解放济南城，南下京沪杭，整编为有名的27、31、32、41军等王牌部队，为建立新中国立下了不朽功勋！

这些彪炳史册的赫赫战绩，在图文展示的文史资料和现代科技的电子显示屏上，在许世友将军用过的大刀、长枪、短枪，八路军缴获的三八大盖、歪把子机枪等珍贵藏品中，都无比鲜明而清晰地述说着、见证着……

胶东的山山水水忘不了许将军的豪迈身影，胶东的父老乡亲牢记着许司令的爽朗笑声。有间展室里，首入眼帘的是一幅题字："红色胶东，军民情深"。这是许将军的夫人田普女士，于2013年12月专门为筹建纪念馆题写的。字里行间，传递着又一段英雄佳人、战地良缘的佳话。

在抗战爆发不久的1939年，毛泽东主席选派虎将许世友前往山东战场，交待任务后又关心他的婚姻状况，得知由于种种原因，已经35岁的许世友还是单身时，关切地嘱咐他要领一个胶东媳妇回来，并且手书一张条幅赠送："山东的山，山东的水，山东的姑娘胶东的美。毛泽东。"

好一个许世友，果然不负领袖重托，三下五除二，在胶东打出了一片红彤彤的新天地。胜利曙光初露的1944年来到了，周围战友和乡亲们当了一回"红娘"，他与贤慧美丽的莱阳姑娘田明兰（后改名田普，普通人的普）喜结百年之好，不离不弃相伴终生。他成了胶东人的女婿，用胶东话说：一个女婿半个儿，更是亲上加亲了。

展馆前广场上，树立着一座军民鱼水情群雕，从白发苍苍的老大爷，到牙牙学语的小儿郎，正把苹果送给八路军战士，更是生动形象地诠释了军爱民、民拥军的动人场景，也昭示了许司令为何能率部"打红了胶东半边天"的奥秘所在。由此，许世友不管走到哪里，都与胶东人民心心相印、血肉相连，就连他挑选警卫员，首要一个条件就是"山东兵"！

时光如流，公元2015年迈着大步走来了。这是一个特别值得纪念的年份：中国人民抗日战争暨世界反法西斯战争胜利70周年，同时也是许世友将军诞辰110周年，以及他逝世30周年。一个十分有意义的巧合！中共海阳市委、市政府决定在当年胶东军区机关所在地战场泊村，建设一座以许世友个人名字命名的纪念馆，以此向与胶东人民息息相关的老将军致敬。

海阳是闻名中外的"地雷战"故乡，其郭城镇战场泊村又是许世友率军驻扎胶东最久的地方。早在1945年抗战胜利之时，许世友就为海阳民兵题词赞道："英雄造雷乡，雷乡出英雄。"在这里建设上述主题的纪念馆，名正言顺，众望所归。

据陪同的市委统战部人员介绍：从2013年开始，海阳有关部门便积极行动起来，南下北上东奔西走，征集历史资料和实物展品，公开招标设计建设场馆。这又引出一个当地的优秀人物来：他就是离此不远的郭城镇西古现村党支部书记、山东省劳动模范于笃平。

西古现也是当年胶东八路军驻扎过的村子，于笃平对此怀有特殊的感情，父辈中有不少跟着许司令当兵的，为了新中国的诞生血洒战场。而他自从30多年前选上村支书以来，乘着改革开放的春风，带领乡亲们艰苦创业，把一个穷山乡建设成安居乐业、富甲一方的社会主义新农村。当得知筹建将军纪念馆时，于笃平立即召开村两委会做出决定：以村办建筑公司出面，用最低的价位投标。这不是为了赚钱，而是弘扬一种精神！

果然，他们一举中标。虽说政府资金迟迟没有到位，可于笃平不等不靠，率领西古现建筑公司垫资干起来，与有关装修公司、布展单位密切合作，风雨无阻精心施工，仅用不到半年时间，赶在上述纪念日到来之前，于 2014 年 10 月 24 日正式竣工开馆了！噼啪响的鞭炮声、红艳艳的彩绸带，把战场泊村再次推向了时代潮头。

许世友将军回来了！咱们的队伍回来了！

这座纪念馆寄托了胶东人民太多的深情厚谊，人们奔走相告，老少皆欢，立时成为烟台、山东乃至全国社会各界爱国主义和革命英雄主义的教育基地，成为青少年汲取红色营养、锤炼意志品质茁壮成长的熔炉学校。每当入队、入团、入党宣誓之日，每年春节清明、七一建党、八一建军、十一建国等重大节庆，这里便是花的海洋、旗的世界……

走出纪念馆，意犹未尽，我们又来到了恢复原貌的"八路军胶东军区机关旧址"参观。南街为抗日街，全长 196 米，北街是爱民街，全长 182 米，区内修建有演武场、磨盘广场、抗日军民学校、组织科、许世友旧居、胶东军区司令部、警卫连宿舍、野战医院手术室等等，历史还原，情景再现。

在许世友司令员居住的平房前，专门设有一个演兵练武的小广场，旁边立有一块石碑，上写："省级文物保护单位 战场泊村许世友抗战指挥部旧址 山东省人民政府二〇一五年六月二十三日"。演武场平整宽阔，最奇特的是一排类似"少林寺练功"用的梅花桩，提示着带头人是一位具有特殊经历的传奇将军。

我久久地凝望着那黑漆漆的院门、青石铺地的老街以及空无一人的练兵场。倏忽间，眼睛模糊了，继而又清亮了，我分明看到院门"吱呀"开了，身穿一套八路军服装、腰扎武装带的许世友将军走了出来。他挺着健壮的身板，咚咚地踩着青石板路，大步来到空场上，拉开架势，虎虎生风地打起了一套少林拳……

作者简介：许晨，中国作家协会会员，中国散文学会理事，中国报告文学学会理事，山东省作家协会原副主席，青岛市作协名誉主席。《山东文学》社原社长主编。国家一级作家。出版有《居者有其屋——中国住房制度改革纪实》《人生大舞台——"样板戏"启示录》《血染的金达莱》《巍巍"泰山"——鲁能泰山足球队夺冠之路》《琴声如诉》《再生之门》《第四极：中国蛟龙号挑战深海》等多部长篇报告文学和散文集。曾荣获第七届鲁迅文学奖、第五届冰心散文奖、全国海洋文学大赛特等奖、山东省文艺精品工程奖、"中国梦"征文一等奖等奖项，并入选《山东新文学大系》。

访于学忠旧居

王贤根

蓬莱是享誉神州的仙境,八仙过海的故事家喻户晓。在这方丰厚的土地上,世代的黎民百姓以农耕、渔业为生,而历代志士仁人为了民族的存亡、人民的命运,总是尽心竭力,前仆后继。他们的胸襟,似浩瀚的大海,坦荡无垠;他们的精神,如巍峨的艾山,岿然屹立。

于学忠就是其中的一位。

盛夏的七月,该是赤日炎炎,而临海的蓬莱,却是微风习习,凉爽宜人。蓬莱市委统战部部长刘兵兵认真地向我们介绍蓬莱民先组织创始人于仲淑、于眉兄弟和杰出抗日爱国将领于学忠的情况,又委派市华侨联合会副主席刘翔宇陪同前往于学忠旧居。

于家庄曾是乡政府所在地。道路两旁,村民们摆着许多当地的农产品和日用杂货,人来车往显得十分拥挤。刘翔宇说,今日许多村民赶集。在广袤的原野上,能成为集市的村落,一定是人口众多、人文颇具影响的大村。

于学忠出生于 1890 年,自小他勤奋好学、体察民情,懂得身边社会底层农民的艰辛与苦楚,懂得华夏民族受尽外敌蹂躏的屈辱与苦难。当他怀着壮志走向社会、走向军营、走向军界高层的时候,广阔的胸襟、民族的担当,就自然而然地呈现出来。

于学忠的旧居位于村庄一旁。我们伫立在他的旧居前,刘翔宇娓娓说起于学忠的身世和他返乡改建学校的由来。

从农村走出去的于学忠,进过旧式军校,在军阀混战、民不聊生的年月里,他也图谋为民族效力、为百姓祈福,却无法施展抱负,可他仍是坚守自好,寻求与选择较为光明的落脚之处。1927 年,他率部投奔奉系,张作霖任命他为第三方面军第十军军长。与张学良见面,相似的性格与情趣,让这两位年轻气盛的将才宛如兄弟。1928 年,于学忠奉张学良之命击溃张宗昌的直鲁联军,守住东北门户山海关。1930 年中原大战,于学忠率东北军入关。蒋介石觉得于学忠是个人才,千方百计拉拢,然于学忠不为名利权贵诱惑,明确表态唯张学良之命是从。由此,深得张学良的信任与器重。

"九一八"事变,中华民族到了危亡的关头,于学忠慷慨激昂发表积极抗日的主张,得到广大民众和军队的拥戴。1932 年 8 月,任河北省政府主席兼陆军五十一军军长,1933 年 6 月移师天津,又兼天津市市长。1934 年,日方为配合军事行动,以天津日租界为据点,用各种卑鄙手段扰乱我军后方,收买汉奸、流氓扰乱社会治安,被保安队击溃后,日特机关长土肥原和日本驻屯军武官柴山,要求会见河北省主席于学忠,妄图趁机游说他与一些汉奸拼凑所谓的"华北独立",遭到了于学忠的严词拒绝。

一计不成,又生一计。日特机关收买已被撤职的于学忠的部属,窥视他的动向，伺机刺杀；买通厨师、副官，下毒、入室枪杀。一桩桩阴谋，一次次脱险，没能消沉于学忠的意志，反倍添了与日军斗争的勇气和胆识。他果断警告日本驻屯军："如果日军不停止挑衅与阴谋刺杀等一切险恶行动，即向日租界开炮！"

血性与正气跃然可见。日军视于学忠为眼中钉，网罗各种理由，要求北平军分会、蒋介石撤换他。身在北平的何应钦与他通话，要他自请长假。于学忠深恶痛绝，觉得何应钦这帮人对日斗争的软弱妥协，必将危及整个华北乃至中华民族的根本利益。在电话中他愤怒地说："叫外国人逼迫请长假，太丢人，你撤我的职吧！"

不幸的消息接连传来。何应钦与天津日驻屯军司令梅津美治郎签订《何梅协定》；蒋介石任命他人为河北省府主席，调于学忠为甘肃省府主席，并令他率五十一军所属四个师移驻陕甘"剿共"。

1935年，对于于学忠来说是一个"黑色"的年份，然甘肃的百姓却因于学忠的到来感受到了希望。坊间至今还在流传：于学忠率领部队入住河西，又干又酥的甘肃连续下了三天雨，自此，甘肃处处见天水，山河改变了旧日的容颜。

就在于学忠任甘肃省府主席的时候，他抽暇回到了思念已久的老家，看到了无大变化的旧时模样，而孩提时的伙伴，生活的折磨让他们并未年迈的脸上刻上了岁月的伤痕与愁苦，令他心酸欲泪。他想：要改变农家的命运，必须从孩儿抓起。他果断决定，将自家旧居改建学校，让更多村民的孩子入学念书。

1935年的这天，从某种程度上说，于学忠的决断不仅改变了于家庄和附近许多农家的命运，也改写了于家庄的历史。

于学忠旧居建于1931年，可谓新房，改建为学校后，将整个院落一并赠予父老乡亲。家乡人民感激他的爱国爱民情怀，称这所学校为"立德小学"。

由本村的两位老人引导，我们走进这座在当地当时来说已经是恢宏的建筑。大门上方和左右的石刻、砖雕，许多图案栩栩如生，山墙顶端砖雕的蝙蝠，寓意"遍地是福"，福兆安详的期望，深深铭刻在于学忠和设计者的心里。照壁原是木雕，可惜在一次火情中损坏，现存的砖雕线条流畅，活灵活现，让我们流连忘返。

坐北朝南、两进三排的旧居，原有34间房，改为教室，每排并列两间，每间可容五六十人就座。墙体下部由条石打磨垒筑，上是青砖浆砌。前后窗户宽大，室内通透明亮。后院有围墙，将教室护在院落之中。

有位叫乔殿喜的村民告诉我们，院落的东侧原是教工宿舍、厨房，西侧是操场，当时，于学忠聘请黄县、蓬莱的名师来校任教，十里八乡的孩子慕名而来，一时成为蓬莱教学兼优的一所名校。

上世纪三十年代的这座建筑，在几十年后中国已经发生根本变化的岁月里，仍然是培养、教育农村孩子的福地。

立在院内几颗粗壮挺拔的水杉下，我蓦地想念于学忠改建时的心境。他是有着浓烈的故乡情结，有着明智的前瞻意识的。那他是否想到来年叱咤风云、震撼中国的西安事变呢？

西安事变前夕，他参加张学良主持的高级军事会议，坚定支持"兵谏"，并在"八项抗日主张"上签名。为策应西安事变，他在甘肃省会兰州同时发动兰州事变，坚定支持张学良。西安事变后，奉张学良手谕，全权负责东北军。1937年1月，与杨虎城联合通电质问南京政府："调兵西进是何用心？"他先后奔波于杭州、奉化、南京、上海等地，积极活动，为释放张学良四处周旋。蒋介石不悦，将他撤职留任。就在这年4月，调任他为江苏省绥靖公署主任，他所统领的五十一军调往蚌埠、淮阳、宿县。8月，该军又调往山东，担负海防守备，他任第三集团军副司令。

于学忠是位深受民族之难、关键时刻勇于担当的国民党军高级将领。他率部参加津浦路南段战役，淞沪会战、台儿庄战役和武汉会战，期间也多次与八路军合作抗日，是位战功赫赫、深得百姓拥戴的战将。随着战役的推进，他的职务也在变迁，后任第三集团军总司令、鲁苏游击战区总司令、山东省政府主席、国民党军事参议院副院长等职。

八十多年后的今天，我们在静穆的于学忠旧居，回想他抗日战争时期指挥千军万马的威武形象，敬仰之情油然而生。陪同我们造访旧居的乔殿喜，年届七十，神情爽朗。他说，那时于学忠将军在战争间隙回家乡看看，总是不忘旧情，送村民布匹，在那段艰苦的年代，温暖着乡人的心。

"你家也受过于将军恩德？"

"他给我们家是最多的。"

"为啥？"

"当年我爷爷乔九令就是遵照将军之意，负责改建学校的。"乔殿喜自豪地说，"就像现在包工头。"

"哦，那于将军对你爷爷很信任。"

"我爷爷很负责，尽心尽力把将军的意图落实在建筑中。"

巡视校舍，看到墙体下方的条石打磨得那样的细腻、光滑、平整，整体的框架结构，八十四年后仍是那样的牢固结实，不禁让我联想到于学忠将军的精神内核。

我们一行边看边聊，又忆起将军在抗日战争、解放战争期间与共产党真诚合作的情景。

1938年9月，毛泽东提出"派兵去山东"。八路军一一五师师部及部分作战部队由司令员陈光、政委罗荣桓带领，挺进齐鲁大地。苏鲁豫皖边区省委改成中共中央山东分局，其所在地沂水县王庄村，距于学忠所在的国民党省政府所在地仅二十公里，相互往来，合作抗日。早在1936年9月，中共中央派彭雪枫造访于学忠，携毛泽东亲笔函，内有这样的话语："凤稔先生热诚爱国，对日抗战早具同心……抗日合作成功之日，两军之利，抑亦民族国家之福也。"于学忠对中共的抗日主张深表赞同。在抗日战场上，于学忠与八路军领导常有往来，建有特殊的情谊。

与此同时，于学忠一如既往，秉公办事，对一批隐蔽在国民党军中的我方人员量其能力委以重任，如共和国开国少将郭维城，随于学忠进驻山东，担任鲁苏战区秘书室主任，经于学忠推荐，1941年春参加在重庆召开的国民党战地党政会议，年仅29岁的他被委任为少将处长，代理鲁苏战区总部秘书长。另一位共和国开国少将解方，1936年就在于部任中校侦察科科长，后任上校副旅长、少将参谋长等要职，并任中共五十一军工委书记。共和国开国中将万毅，当年在国民党军中任旅长，1941年2月被顽固派扣押，同年押送到鲁苏战区总部。蒋介石多次下令处决，于学忠以各种理由拖延一年多未执行。1942年8月，蒋介石再度严令处决，于学忠将此信息透露给郭维城，郭维城找到常恩多，发动部队解救。紧接，常恩多、万毅、郭维城率全师官兵起义，正式加入八路军。

于学忠是中国共产党真诚的朋友，他对中国的革命事业作出了重大的贡献。同时，我们清楚地看到，于学忠是位有才学、有谋略的高级将领，即使国民党兵败如山倒的日子，蒋介石还指派一架飞机给他，让他携全家飞往台湾。他不从，隐居四川乡村。

于学忠留居大陆，迎来新中国的诞生。1952年12月任河北省政府委员，1954年8月当选为第一届全国人大代表，9月任国防委员会委员，1955年2月任河北省体委主任，1956年被选为民革中央第三届委员，1964年9月22日在北京逝世，享年74岁。

乔殿喜指着珍藏在一间屋内的镶有玻璃框的于学忠将军图像说："这

幅穿将军戎装的放大照片,一直挂在墙上。"

看着于将军的英武形象,倾听乔殿喜富有情感色彩的介绍,觉得于学忠将军在天之灵也会为之感到欣慰。

如今,于学忠旧居已列为山东省文物重点保护单位,立德小学列为烟台市文物重点保护单位。这不仅是文物保护的一种举措,更重要的是将军行事为人所彰显的品德人格,已经深深地嵌入家乡人民的心田,他那威严、庄重且又亲近、和蔼的形象,也早已矗立在人们的心里。

作者简介:王贤根,中国作家协会会员,中国报告文学学会理事,中国散文学会理事。原总参谋部大校。著有报告(纪实)文学《援越抗美实录》《中国秘密大发兵》《雷神》《西线之战》《邓东哲将军纪事》《火红的阳光》《鄱阳湖情怀》《远泉绿色之梦》《千古长城义乌兵》,散文集《山野漫笔》《用自己的头站起来》《又是烟雨迷蒙时》等。

> 伟大的中国人民抗日战争，开辟了世界反法西斯战争的东方主战场，为挽救民族危亡、实现民族独立和人民解放，为争取世界和平的伟大事业，做出了彪炳史册的贡献。
>
> ——题记

红色胶东

田　霞

82年前，卢沟桥的炮火拉开了中国全民族抗战的序幕，伟大的抗战精神便从那时起，书写出可歌可泣、波澜壮阔的全民族抗日红色篇章。

今天，站在新中国成立70周年的时间节点，让我们沿着岁月年轮，拜谒烽火岁月中，胶东人民在中国共产党的领导下，不惜抛头颅洒热血，为争取民族大义和人民解放而担当的奉献与牺牲的民族气节；踏访前辈战斗足迹；追寻胶东儿女英雄传奇。

重温伟大的抗战精神！

（一）

追溯历史，走进胶东。

地处山东半岛东北部，濒临黄海、渤海，与日本、韩国、朝鲜隔海相望，这个地方，就是胶东。

1937年抗日战争全面爆发后，抗日烽火燃遍中国大地。在民族危难之际，中国共产党担负起民族救亡的历史重任，呼吁建立民族统一战线，团结起来一致抗日。

是年8月，一位年轻的共产党员，受中共中央北方局的委派，肩负党的重托，回到家乡，组织领导胶东蓬莱革命斗争，他就是于眉，中共蓬莱县委第一任县委书记。

于眉出生在蓬莱安香于家村一个富裕的大家庭，兄弟5人，姊妹3人，于眉排行老五。抗日战争时期，于眉家中先后有于寄愚等8人参加革命。其中，于眉二哥于仲淑，是蓬莱抗日武装起义发起人之一，蓬莱县抗日民主政府第一任县长。

兄弟俩人早年先后在北平求学，积极参加党领导的进步学生运动，接受革命思想的熏陶。

一本书页泛黄的《安香于家村史》，记录着抗战时期，安香于家村这个只有200多户人家，不足800人的小村庄，就有79人参加抗日队伍，其中妇女多达23人。

目睹一页用铅笔书写的满满漂亮文字，是安香于家村抗日勇士们的名字。

就在村委会，安香于家村的后代们用洪亮的胶东口音，追忆抗战时期前辈的浴血荣光；讲述着于眉和哥哥于仲淑兄弟在蓬莱组织发动群众，领导开展抗日宣传和斗争的辉煌历程，如数家珍。

（二）

于眉少年时期就读于北京弘达中学，受第一次国内革命战争的影响，开始阅读《共产党宣言》和《国家与革命》等进步刊物。后来进入北大攻读教育系，并从事共青团组织的革命工作。因秘密活动暴露，经党组织决定回到家乡蓬莱乡间隐蔽。在这期间，他组织当地小学教师学习时事，宣传抗日救国，同时利用社会关系集资办小学，自兼教员，向学生讲述岳飞、戚继光等英雄奋勇抗敌的故事，极大地激发了家乡人民的民族情感和爱国思想。

1934年，于眉回到北大就学，在团组织的领导下，宣传我党关于《中国人民对日作战的基本纲领》，开展北大的抗日救亡运动。同年暑假，于眉为平津学生救亡运动筹集经费，再次回到蓬莱，并积极开展蓬莱知识分子的抗日救亡运动。

1935年12月9日，北平"一二·九"运动爆发后，全国各地纷纷行动起来，形成了全国规模的抗日民主运动高潮。于眉参加并成为这次抗日游行示威活动的领导。同时在党的领导下，组织了中华民族解放先锋队（即"民先"），并成为这个组织的领导成员。1936年于眉加入了中国共产党。

1931年秋，"九一八"事变爆发，东北沦陷。于仲淑怀着强烈的民族意识和爱国热忱，积极投入到抗日宣传活动中，并被推举为蓬莱县教育会和县抗日救国会会长。

与此同时，蓬莱人民纷纷举行游行示威、集会演讲，编演抗日救亡文艺节目，成立抗日救亡团体，掀起了轰轰烈烈的抗日救亡运动。

全国的抗日浪潮高涨。于仲淑写信给在北平大学读书的于眉，信中写道："日本鬼子在中国得寸进尺，国民党不但不抵抗，反而同鬼子一个鼻孔出气，不许人民抗日，作为一个有良心的中国人，我不能视而不见，听而不闻。我要离开家乡,到外地参加抗日活动。"于眉回信说:"你对家乡情况熟悉,更便于开展活动,在家乡坚持斗争也很重要。"于仲淑考虑到自己曾担任过蓬莱县教育会会长、小学校长等职务,与各方面的接触广泛,具有开展抗日救亡工作的方便条件,接受了于眉的建议,随后在蓬莱积极开展抗日救亡活动。

于仲淑根据党的指示,团结和组织坚决拥护共产党领导、忠实执行党的政策的进步青年、小学教师和学生,利用在地方上的威望,积极做好统战工作,开展各种形式的抗日救亡活动。

1935年10月,于眉回到蓬莱,建议在蓬莱成立统一领导的抗日群众团体。经过反复商讨,决定成立蓬莱县小学教师抗战服务团,主要任务是向全县人民宣传抗日救国道理,动员人民开展抗日救亡活动,保家卫国。抗战服务团下设宣传队、歌咏队、救护队,于仲淑任团长。

随后,小学教师抗战服务团积极开展抗日救亡宣传和组织发动工作,他们搜集揭露日本帝国主义侵略中国的罪行;演唱《松花江上》《新的女性》等革命歌曲;积极学习战地救护,广泛开展救护训练活动;在课堂上向学生讲政治常识,组织学生办墙报、推广新文字;学习军事知识,在铁匠铺打大刀,准备抗战武器;贯彻党的抗日统一战线政策,加强对各区"乡校"武装的抗日宣传,争取各方面人士加入到抗日救亡阵营中来。

在他们的影响下,抗日救亡的热潮四处涌动,遍及全县。不少群众跟小学教师抗战服务团人员学会了几乎所有的抗日歌曲,许多青年在他们的感召下,阅读了《母亲》《铁流》《八月的乡村》等进步书刊,纷纷加入抗战服务团。

1936年暑假,于眉回到蓬莱,向于仲淑等人介绍了在中国共产党领导下建立起来的中华民族解放先锋队的活动情况。于眉要求于仲淑在蓬莱建立和发展"民先"组织,并做了具体安排和部署。于眉回北平后,立即介绍于仲淑加入"民先"组织。很快，北平"民先"组织来信，批准在蓬莱建立"民先"县大队部，并迅速展开工作。共产党员、"民先"队员通过多种途径购买反映延安革命斗争的书籍，发给进步青年学习；积极开办夜校，吸收贫苦农民、渔民，教他们识字、学文化。揭露日本侵略的暴行，宣传抗日救亡，号召人们"脱下长衫，到游击队去"、"开展武装斗争，发展抗日民族统一战线"，在当地传播革命思想。

蓬莱抗日救亡活动蓬勃发展，"民先"组织队伍不断扩大，觉悟的人民，抗战激情空前高涨。

（三）

这是一片红色热土；这是一个红色村庄；这是一串红色的名字。

时间追溯到1937年8月，在中共山东省委和胶东特委的领导下，于眉迅速组织恢复了一批中共党员的组织关系，发展了一批新党员，以蓬莱"民先"组织为骨干，建立公开的抗日救亡团体"蓬莱县抗日服务团"，发动群众投身抗日。

那是一次重要会议。根据党的指示，于眉在安香于家村召开共产党员会议，会议决定，蓬莱县"民先"组织直接受党支部的领导，继续实行半公开化斗争；进一步扩大"民先"组织，宣传发动群众，筹备武装抗日起义。

在党的领导下，蓬莱县抗战服务团组织抗日救国宣传队到各区演出抗日剧目，教唱抗日救亡歌曲。在进行抗日宣传活动的同时，抗战服务团还广泛搜集民间枪支，准备武装斗争，并派人到抗战服务团人员讲授游击战术，进行军事演习。男团员四处找铁打大刀，练兵习武，女团员学习扎绷带等战场救护知识，为举行抗日武装起义创造了积极条件。

1938年2月3日，一个被载入史册的时刻。

中共蓬莱县委决定发动武装起义，成立山东人民抗日救国军第三军第三大队，于仲淑任大队长，于眉任政委。自此，正式揭开了蓬莱人民抗日武装斗争的序幕。

同年3月4日，第一次武装起义号角在蓬莱吹响。

于仲淑带领武装起义部队决定攻打蓬莱城。当时的伪县长见势不妙，打开城门迎接起义部队入城。这是起义部队第一次旗开得胜，军威大振，抗日武装力量得到进一步扩大。

接着，3月18日，"三军二路"第二次攻打蓬莱城。

3月25日，蓬莱县抗日民主政府宣告成立，于仲淑当选为蓬莱县抗日民主政府县长。

这是胶东地区历史上第一个共产党领导的民主政权。蓬莱县抗日民主政府的建立，各区"乡校"中队纷纷投奔三军二路，自愿接受安排调度。在民族危难之际，团结一切可以团结的力量，积极投身抗日斗争。

在于仲淑的卓越工作下，抗日民主政府克服重重困难，巩固了蓬莱抗日根据地，保证了人民武装部队的供给和发展，为迎来抗日根据地抗战的黄金时期奠定了坚实的基础。

1938年9月18日，山东抗日队伍实行统一整编，三军二路被编入八路军山东人民抗日游击队第五支队。

1939年，于眉在胶东地区当选为山东省出席中共七大的代表。之后随同徐向前、张经武领导的山东代表团，担任代表团的秘书，从山东辗转到延安。

于仲淑继续在家乡组织领导抗日武装。

1942年是抗日战争最艰苦的时期，日寇"扫荡"频繁，并实行经济封锁，斗争相当残酷。胶东蓬莱抗日军需供应很困难，战士的被服用布难以供应。于仲淑带领妇救会的工作人员，发动妇女，共同纺纱织布，生产自给。解决了部队的被服供应问题，对打破敌人的封锁、解决军民用起到了很大的作用。

胶东人民抗日热潮激荡澎湃，势不可挡。

这是一幅红色生动的历史画卷：

胶东人民，冒着枪林弹雨，面对敌人的刺刀毫不动摇，打开粮柜，掩护党的同志，利用村子房屋结构，出入巷道，诱开敌人，帮助党的组织和同志脱险转移；

胶东的老乡，驾着自家的骡子和马，长路飞奔跋涉，把粮食送往数十里外的根据地，送到抗日的队伍里；

胶东的母亲，收藏起儿女血肉深情，把一次次牵挂担忧埋在心底，送夫携子上战场，义无反顾，勇敢坚韧；胶东的妇女，用脚力丈量着速度，穿梭在敌人的封锁线，为抗日胜利，把情报及时传递到抗日队伍；胶东的新媳妇，把嫁妆缝成新军装纳成新布鞋，送到抗日前线去。

胶东儿女用鲜血和生命谱写了一曲曲英雄赞歌。

1945年，日寇宣布无条件投降。胶东解放。

中国人民经过14年艰苦卓绝的抗战，迎来抗日战争暨世界反法西斯战争全面胜利！

时光不停留，岁月的年轮穿越时空。蓬莱安香于家村于眉于仲淑等一批抗日先锋，行进在全国解放大军的行列里，走上新中国的高级领导岗位。

"父辈虽已离开我们多年，但精神永远没有离开我们，并激励着我们世世代代前行。"86岁的于眉之子如是说。

蓦然发现鲜艳的党旗雕塑闪亮在蓬莱安香于家村，永恒飘扬在胶东大地上。

倏然懂得，那追忆里是一份怀念，一份骄傲，更是一种世世代代的红色赓续与继承。就像那不变的胶东口音，别致而独特！

此刻，胶东正是初夏。清澈宽广的大海啊，拥揽着这片红色的土地，也守候着祖国的疆域和绵延美丽的海岸线。

作者简介：田霞，中国作家协会会员，先后担任中国新闻奖报纸副刊初评评委，全国英烈讲解员大赛评委等；先后获各类奖项百余次，如全国第七届冰心散文奖、第二十六届和第二十七届中国新闻奖报纸副刊作品一等奖、第七届长征文艺奖。

《信仰的高地》《巴丹吉林的生命礼赞》《天山的守望》《白桦林，在边疆》《致英雄记忆》《清贫与富有的人生》，纪念改革开放40周年撰写的《在深圳呼吸》《纽扣情思》等获奖作品及数篇见报文章被收入各类书刊，并被人民网、光明网、中国作家网等多家媒体转载。

追忆，那束闪烁统战思想的光芒

曾祥书

我们辗转、徘徊、沉思在这个用鲜血浸染的院落，位于山东莱阳市山前店镇北薛格庄 40 号的农家院落，是中共莱东行署和中共莱东县委的组建之地。站在被岁月剥蚀的墙根，抚摸那段疼痛的民族记忆。依稀中，1941 年 2 月 14 日的那个黑夜，注定成为抗日的火种，它播洒在胶东抗日军民的心中，镌刻在中国抗日战争、世界反法西斯战争的光辉史册上。感觉里，这个曾见证风云变幻、荣辱兴衰的院落，浓缩着一段不鲜为人知的岁月，凝固着一段戛然而止的历史。

攻心为上　化敌为友

沿着时空的掌纹，寻着历史的脉络，透过斑驳的老屋，仿佛，七十多年前胶东军民抗战的英雄史诗又一次再现在眼前：1937年7月8日，中共中央针对日本侵略军发动的全面侵华战争，即时通电全国，号召国共合作，建立民族统一战线，抵抗日本侵略。在中国共产党的推动下，以国共合作为基础的抗日民族统一战线正式形成。与众多抗日前沿阵地不同的是，1937年12月，日本侵略军渡过黄河，进逼济南。国民党第三集团军总司令兼山东省政府主席韩复榘不战自退，各县之长，弃城而逃。大局无主，人心惶恐，日军乘虚而入，山东半岛沦陷。

一方面是强大的日军长驱直入，另一方面是群龙无首的山东人民处在水深火热之中，此时，我党的统一战线工作显得更加重要、迫切。在中共胶东区委的统一领导下，各地共产党人，以不同形式团结各阶层爱国人士，发动武装起义，组建抗日武装，推翻日伪政权，建立抗日民主政府，坚持抗日斗争，很快扭转了山东抗日前沿阵地的被动局面。为了更进一步扩大战果，中共胶东区委选调黄县抗日民主政府民政科、实业科科长王讷为莱东行署主任并兼任县大队大队长。王讷接受组织任命后，带领莱东县人民开展抗日救国、减租减息、翻身求解放运动；发动群众，坚壁清野，以室空、村空、山空的"三空"措施，对付敌人的"三光"政策。早在1941年1月，日本就制定了《对华长期作战指导纲要》，调整了对华作战方针，把共产党和抗日根据地作为主要进攻对象。依此方针，日军通过政治诱降和军事进攻的压力迫使蒋介石统治集团保存实力、消极防御。胶东的国民党顽军则由政治反共为主转为以军事进攻为主。为配合主力部队开展反顽斗争，中共胶东区委组织莱东县委、莱阳（今莱西）县委及抗日民主政府，动员组织所有力量，与招远、栖霞等县武装联合，全力以赴投入反投降斗争。到1941年7月底，共歼顽军1.5万余人，打败了以赵保原为首的"抗八联军"对八路军和抗日根据地的进攻，削弱了胶东投降派的军事力量，巩固了大泽山、昆嵛山根据地，恢复了牙山根据地，使胶东抗日根据地东西相连，胶东抗日局面大为好转。

为此，胶东区党委提出在莱东县开展以抗日民族统一战线为中心，乘胜开辟新区、扩大根据地的新任务。

此时的日军，在敌占区，对建立县、乡、村各级伪政权，大力推行"治安强化运动"和"清乡运动"，强化乡村保甲制度，扩大警察特务组织，镇压一切抗日活动；控制经济物资，掳掠压榨劳工，加紧对人民的征敛搜刮；大搞奴化教育，实行军事、政治、经济及思想文化等全面的殖民统治。对游击区，以"蚕食"为主，通过修筑碉堡群、公路网、封锁沟墙，制造无人区。对抗日根据地，以"扫荡"为主，实行"烧光、杀光、抢光"的"三光"政策，进行严密的分割和封锁。并在不断强化敌占区的殖民统治疯狂"蚕食"游击区、进攻我根据地，以极其野蛮的手段屠杀手无寸铁的人民。

莱东县委"一班人"在认真分析敌我双方势力后认为，反动派之所以能够长时期控制沦陷区的人民，根本原因是以其在广大农村的保甲制和对人民进行反动的宣传教育。实现这种控制的手段就是其任命的乡保长和教师，作为日伪的耳目，成为日伪顽的统治根基。

要想完全彻底改变这一局势，必须用党的统一战线思想理论指导当前工作，将乡保长和教师争取到抗日的阵营中来，扩大抗日民族统一战线的群众基础。经过综合分析认为，他们中持顽固反动立场的只是极少数，绝大多数是中间分子，不少人本质是好的，只是长期被蒙骗利用，不了解抗日形势。鉴于这类人与人民群众联系最密切，与其上级的利益不完全重合又存在矛盾，争取他们既十分必要，也很有可能。于是一个有着前瞻性且实用性的大胆决策在这个小屋行成：创办敌伪顽占区乡保长和教师培训班，攻心为上、化敌为友。很快，这一创新基层统战工作方法的典型事例，不仅受到了胶东党委的表彰而且很快普及到其他抗日根据地。

知者易悟　昧者难行

1943年8月中旬，这一创新基层统战工作的方法在莱东县正式展开，为了做到安全、保密，从而达到预期目的，莱东县委还针对当时的敌社情研究制定了具体策略、措施以及专门的教育训练计划，并在根据地开办了第一期教师集训班。

为什么先要对教师进行集训？接待我们采访的村中老人姜振宇介绍说：老师，是那个特定时代为数不多的知识分子，而知识分子比起目不丁的农民来说更易接受革命道理，从他们的工作属性来说，在传播革命道理方面有着极大的隐蔽性，就教师本人而言，在特定的地域大都有着一定的社会影响，老百姓习惯称他们为先生。

锁定目标人群后，接踵而来的是如何深入虎穴请出虎子，现任山前店镇北薛格庄村委会主任姜雪勇补充说，派出武装人员化妆为小贩、剃头匠、算命先生，或是以走亲戚、访友等方式深入到日伪顽占领区，接近目标后再通过说服、"威逼"等手段强行邀请，对个别不配合，或是思想上一时转不过弯的个别教师，采取半夜派人到其家门口挂黑灯笼或是其他更"损"的办法晓之以情，动之以理。

用当下人的惯性思维来看，"招"是损了点，但这在对敌斗争最严酷的时刻已足够仁慈。想出这一谋术的县委书记辛少波，出生在这片土地，对这块土地人们的处事方法了如指掌，从青少年时代起，就追求革命真理、投身进步活动的他，早在1937年就在莱阳参加中华民族解放先锋队，从事抗日救国的宣传教育和发动组织群众工作，同年11月加入中国共产党。1939年至1941年，在中共山东分局组织部任秘书、干事。1942年任中共莱东县委书记。

当武装人员将邀请来的400多名中、小学的校长、教师集结在到根据地后，辛少波先后做了多场次《关于抗日民主政府抗战方针、政策的报告》，并组织受训教师到根据地参观我八路军投弹、射击、拼刺刀表演。通过理论讲解、实际参观等多种机动灵活的方式，极大地增强了教师队伍对中国共产党所领导的八路军的抗战信心。紧接着，辛少波审时度势，在400多名校长、教师队伍中精心挑选了一批思想进步较快、有组织能力、有影响力的校长和教师送至胶东行政公署接受更深、更高层次的培训。

受训的教师，听取胶东区党委负责同志的报告，党外进步人士的促膝谈心，在华日人反战同盟的反战讲话。经过培训，他们普遍认清了谁抗战、谁不抗战的真面目，加深了对共产党坚持抗战的认识，表示要宣传共产党八路军政策，支持八路军抗战。

如果说广大教师队伍是知者易悟的话，那么乡保长队伍则是昧者难行。为了进一步瓦解敌人，扩大根据地盘，从而抢滩占点，摧毁敌伪组织，巩固抗日民主政权，胶东区党委要求各支部、党小组，认真做好伪组织人员的转化教育工作，特别是那些顽固不化的乡保长。经过长期的私下约谈、政策引导，仍有部分乡保长对我党的方针政策不甚理解，更有的认为，共产党的抗日力量有限，不可能取得政权。针对这些死心眼的乡保长，胶东区党委表示："不吃软的，我们就来硬的。"于是，莱东县委遵照胶东党委的这一指示，于1944年1月11日开办了乡保长集训班。此次集训班分两个阶段，第一阶段由莱东独立营实施，将一、二、三、四、五、九、十区的乡保长共172人强行集结，由莱东县委强化政治改造，军事技能训练。其教育内容主要为县委党政领导动员，讲形势、讲政策、学习毛泽东经典著作、学习党的统战政策等，并以班组为单位组织座谈会，交流学习心得体会。认识提高后，动员他们认清形势，放下包袱，转变立场，自觉维护中共在敌占区的形象。

与第一阶段相比，第二阶段的集训则火药味更浓一些。在莱东县初步培训后，集体护送到胶东区党委驻地进行深造。在这阶段，不仅由胶东区党委讲解当前的时局和我党的方针，更重要的是对受训人员按好、中、坏三类划线定性。虽说在编制上采取混合编班集训，仍是集中上课、分组讨论，但在教育过程增加了自我检讨，对照检查、坦白交代罪行等内容、环节。为了扫清乡保长思想上长期存在的"日本兵，是神兵，不可战胜"的谬论，胶东区党委请日本反战同盟成员小林清和做了《中国必胜、日本必败》的报告。在报告中，小林清和就中日军队人数，国土面积等作了全方位的计算、对比。真是不算不比不知道，一算一比吓一跳。那些原铁了心充当汉奸、在敌占区为非作歹的乡保长们较好地坚定了中国军民必胜的信心。

中间势力参加革命　　顽固势力戴罪立功

经过严格的组织训练后，大多数乡保长的思想觉悟有了很大提高，那些处于中间势力的乡保长们也不同程度地端正了态度。自觉接受我党的抗日方针和政策，改变了原有的错误观念，识破了反动势力的欺骗宣传。训练班结束时，许多乡保长向县委、胶东区委呈上了保证书，并当场表决心：将功折罪，利用自己公开身份为八路军、共产党贡献力量。

南务村保长多次掩护抗日民主政府干部进村开展工作，亲自带领群众将粮食送到抗日根据地，带头联名保释被顽二区捕去的八路军十六团侦察员。庄子村保长梁承先将家里两头骡子进献给军区十六团，并携带妻儿到根据地安家落户，后来入了党，成为支前模范。仍留在敌占区的乡保长们则成为"白皮红心"的抗日重要力量，积极配合我八路军作战，他们有的负责收集情报，有的负责观察敌情成为我党和八路军的千里眼、顺风耳。

1945年2月11日，我胶东军区发动的万第战役在农历除夕的黄昏时打响，这些经过强化训练改造的乡保长们有的组织乡民支前，有的组织乡民放暗哨，更有的组织乡民为部队提供给养、送水。

特别是当战斗进行到12日上午9时，接到增援命令，驻守在濯村的敌赵保原部第三团、驻守在乔家泊的二十五团1000余人从南北两侧向万第进发，濯村保长、乔家泊村保长见此，立即将此情况向我军做了详细的描述和汇报，并巧妙地将这俩增援的敌第三团、敌二十五团引进我军打援部队的伏击圈，经过两个小时的战斗，两路援敌被歼灭。19时许，我军发起对万第的总攻创造了条件，又经过4多小时激战，前万第村守敌5个营和赵保原山东第十三专署兼保安司令部人员被全部歼灭。至21时，赵保原见大势已去，只好率领前万第村的残敌向即墨县逃窜，后万第村和西万第村守敌也相继逃窜。发现敌军逃窜迹象的后万第村保长大声喊道："我是后万第村的保长，你们的方向错了，前边都是八路军，快往回跑。"此时被打得晕头转向的敌残部，哪里知道这个白皮红心的保长是共产党的人，当他们往回跑时，正中我八路军的下怀，至死他们都不明白什么叫人民战争的汪洋大海。

万第战役后，为了巩固我抗日根据地，当地政府对那些勾结日伪、横征暴敛、鱼肉乡民，且死不改悔的乡保长进行了公开宣判、镇压。或许是受我党抗日统一战线的感召，或许是胶东培训班的针对性、实用性很强，抑或是这些乡保长、教师的人性并没泯灭，在八路军前往新的战场时，赭埠村的保长吴天祥以及大芦口、鹿格庄、褚家疃村的部分教师直接参加了革命，且义无反顾。这不能不说是一种信仰的力量，而这种信仰的力量来自我党的统一战线政策。

结束对北薛格庄的采访，我登上村口的山丘向村庄眺望，经过统一规划的村民院落在雨幕中更显整齐、洁净。而那座曾点燃胶东人民心灯的院落仍然是那样的古朴、威严，时时给人一种血雨腥风的时代印记。我念及70年来的和平时光，当我明白胶东这片抗日热土的颜色恰是国家主权、民族独立的血色时，又一次感到"不忘初心、牢记使命"的时代意义。

惜别村庄，一首抗战时期在全国广为流传的歌谣涌上心头："最后一碗米送去做军粮，最后一尺布送去做军装。最后一件老棉袄盖在担架上，最后一个亲骨肉含泪送战场。"或许，这是抗战时期山东人民的真实写照。

作者简介：曾祥书，中国作家协会会员，中国报告文学学会会员，中国散文学会会员，国家二级编剧。著有报告文学集《中华第二国门的守卫者》《万里长江写忠诚》《北京，今春没有沙尘暴》《一个指挥部与两个阵地前沿》，话剧剧本《守水人的故事》《国旗卫士》，共出版文学作品八部。《中华第二国门的守卫者》获武警文艺大奖一等奖，《北京，今春没有沙尘暴》获"黄浦江源"全国文化大奖关注森林文化艺术奖一等奖，话剧《守水人的故事》《国旗卫士》获武警文艺大奖二等奖、团中央"五个一"工程奖、中国人口文化奖二等奖，散文《叩拜塔里木河》获第六届冰心散文奖，《母亲的肤色》获徐霞客散文奖。

烟台好人

朱佩君

仲夏 7 月,由中国散文学会、烟台市委统战部和市散文学会联合举办的烟台统一战线历史、文化、人物、故事采风活动正在烟台拉开帷幕。来自全国二十余位作家在烟台地区深入基层,认真采访,多角度重温了烟台这座拥有丰富文化底蕴,感受了统一战线为这座城市增添的城市魅力。

在胶东革命纪念馆里,感人的故事很多。在激情燃烧的革命战争年代,胶东党组织和革命志士始终高扬信仰旗帜,不怕牺牲、前仆后继。英雄的烟台人民一直在中国共产党的领导下,发扬胶东革命精神,锐意进取,奋勇争先,谱写了一曲曲绚丽篇章。

特别是吴胜令老人的事迹深深地打动着我们……

吴胜令是栖霞县孙家洼村一位穷苦的母亲,1941 年加入中国共产党。她将两个儿子、两个女婿都送去参加了八路军。1947 年,听说部队回来了，她与村里的母亲们结伴去看望儿子，前来迎接的首长沉痛地告诉她，已是副营长的大儿郭守全牺牲了，二儿负伤，听到这个消息，吴胜令呆住了，眼泪在眼眶里打转。这位坚强的母亲来到了儿子的战友中间，忍住内心的悲伤，平静地说："守全是我生的，是党把他养成人的，他是为党和国家牺牲的，为咱老百姓牺牲的，他死得值！"老人遗憾地说："他的任务还没有完成，还需要你们这些哥哥弟弟接着干，你们都不用哭，使劲练兵，多打胜仗，保卫咱的胜利果实！"回家的路上，她看上去依然还是那么平静，进了家，她关上房门，便一下子瘫坐地上，再也忍受不住撕心裂肺的痛，失声大哭……听着老人的故事，泪水不由得溢满我的眼眶。

当天，我们市直采风小分队迅速地进入了主题。短短二天的参观，却给我留下了非常难忘的印象。中铁渤海轮渡码头，是连接华北至东北的海上铁路大通道，它的成功运营，创造中国铁路跨海运输的新奇迹。台湾苗玉秀先生投资的台华食品实业有限公司，引进先进的生产线，是国内大型面粉厂之一。"台华"，饱含了一位老者毕生经历和他那颗拳拳的报国之心。这座由民建会员集资兴建的17层烟台民建大厦，是由民建会员张金祖董事长亲自督建的，听张董介绍，他还陆续地建设着二期（已基本完成）、三期大楼。民建大厦的落成给会员企业提供了新的发展平台，激发了会员的创业热情，更是增加了党派凝聚力，扩大了民建对外的影响力，为当地经济发展做出了贡献。市直采风小分队参观过统战部旧址（张裕酒文化博物馆旁边）后，便在民主党派机关与各党派代表人物座谈。

见到这位老人，是在烟台民主党派大楼的会议室内。老人给我留下的第一印象颇为深刻。中等身材，小平头，两只眼睛炯炯有神，他上身着鹅黄色绸缎印花上衣，下着中式蓝裤，极像一位习武之人，自带一身江湖豪气。经过会议主持人介绍后方知，他是中国民主同盟的成员，一位 85 岁的退休教师——陈泰田。提起这位老人,在他身上发生过许多感人的故事,说起这些故事就要从烟台的关心民生,教育事业以及许多古建筑老街巷的拆迁保护和利用说起。老人声音洪亮,慷慨激昂,身上溢出的是满满的正能量。他如数家珍般的给我们讲述着他的故事……

按规定 60 岁就应从政协委员岗位上退下,芝罘区委和政协一致挽留陈老师到 69 岁,还不舍得放走,绞尽脑汁想出了个"政协顾问"的名分,要他继续发挥余热。为保护历史文化街区和历史建筑,他只身奔走于市、区两级政府有关部门。为给领导提供可靠资料,他请专家对每一座历史建筑都进行了研究,写出一份又一份有理有据的长篇建议。烟台一中的历史风貌要不要保护?当年曾经发生过激烈争论,陈老师和许多老教师都坚决反对一中校园进行商业开发,为此他进行多年不懈的奋斗,才保住了一中的历史文化风貌。参加市水价、供暖听证会。1998 年烟台市举行水价听证会,物价局请陈泰田老师做代表,他对自来水的经营完全是门外汉,因此,会前他到新华书店抓住厚厚的一大本《自来水企业经营管理》,在书店研究了整整一周,做了半本笔记。保护烟台绿地建设市区绿化问题,陈泰田老师把自己的想法写成文字材料多次向政府有关部门提出建议。

热心公益事业的陈老师作为一个教育工作者,时刻把教育放在心上,虽然年过古稀,仍精神充沛地活跃在讲坛上,担当了许多课程,如:师德、孝道、家风。到学校、到幼儿园、到社区、到企业,他没有架子,不讲条件,不取报酬,不管人多人少,都认真讲。他还治家有方,三个子女个个成才,他的家庭被评为市十大文明家庭。退休后的陈老师发挥余热,投身公益事业,现为烟台母亲教育中心首席顾问,被誉为"烟台母亲教育第一人",每周坚持为母亲们义务提供咨询指导。作为一位退休教师,陈泰田对于母亲教育有着自己的理解。1999 年,陈泰田向自己的好友徐耀国商讨,决定在烟台义务推广母亲教育,十年来吃过无数闭门羹。当时，母亲教育这个概念，说出来都没有人能听懂。"老天不负有心人"，陈泰田说，在被拒绝了十多次后，他们终于在东南哨村的一家幼儿园受到了欢迎。2006年1月，烟台工人子弟小学成立母亲教育基地，成为烟台市区第一个把母亲教育纳入基础教育的公办学校。后来，母亲教育中心陆续在幼儿园、小学、企业、社区等成立了"母亲教育培训基地"。在福山路社区，陈老师是远近有名的好邻居，"无论大事小事，与陈泰田住同一栋楼的居民都愿请陈老爷子帮忙。"由于他经常助人为乐，被烟台市政府授予"百名文明市民奖"，被市教育部门授予"关心下一代"先进奖章。其实陈泰田并没有觉得自己多么了不起，他依然低调做人，低调处事，烟台好人哪！

采风活动虽然结束了，但像吴胜令老人这样坚持信仰舍小家、顾大家的一幕幕感人故事，像陈泰田老师坚持真理、一心为民、实事求是的工作作风，都像影片一样不断浮现在我的眼前……今日，烟台的繁荣发展与你们的付出是分不开的呀！

作者简介：朱佩君，中国散文学会副秘书长，中国艺术研究院《艺术评论》杂志社外联部主任，小桔灯艺术团团长。曾在全国多家报刊发表《秦腔缘》《小草忆大树》《王昆老师教我唱民歌》《天上去了个兵马俑》等文章。多篇作品荣获2006中国世纪大采风金奖、全国总工会"中国梦·劳动美"职工散文大赛一等奖、"漂母杯"华人华文散文诗歌大赛二等奖、"金锣杯"全国散文大赛二等奖。其中散文《赶牲灵的哥哥哟我来了》被收入《2016年中国精短美文精选》；散文《小草忆大树》入选"2017中国散文排行榜"；散文《幽默的邓大人》入选"2018中国散文排行榜"；著有散文集《秦腔缘》(作家出版社)，2018年获全国第八届冰心散文奖；2019年8月散文《我的监护人周明》获2018西部散文选刊年度优秀作品"特别贡献奖"。

那些有形的和无形的碑

綦国瑞

7月,大江南北都是暑气蒸腾的季节,可胶东是个童话世界,当你踏上这片土地的时候,繁茂的绿树和庄稼组成的绿浪涌来,立刻驱走了你心中所有的烦躁,从黄海里吹来的习习凉风,让你身心清爽、惬意。

在这样醉人的时刻,我与著名作家石英先生结伴来到胶东著名侨乡烟台市福山区。

这是一片多么丰饶美丽的土地啊。巍巍的狮子山苍茫成福山大地的脊梁,滔滔的黄海广阔出走向世界的众多航道,从海阳发源的外夹河和从栖霞发源的内夹河横贯全境,狮山夹水,辽阔海洋,福山福地孕育出一个温柔多情的鱼米之乡,名动天下的水果之乡,声震华夏的鲁菜之乡。福山是著名的中国大樱桃之乡,这里生产的大樱桃,粒粒如大宝石,晶莹光亮,年年通过现代物流撒向全国各地,受人宠爱,产量占到全国的五分之一;人尽皆知的烟台苹果,最好的产地是这里的绍瑞口村,当年这里的果农把它作为礼品敬献给毛主席。

物产丰富，生活节奏就会慢下来，家家重视烹饪，讲究厨艺。有普及便有提高，福地名店众多，名厨辈出，最终成为鲁菜三大发祥地之一。许多福山人凭借厨艺走向京津大埠，更有一部分人凭借厨艺，从民国时期，近走日韩、东南亚，远赴欧美，巴西、阿根廷等国，甚至太平洋岛国都有他们的足迹。全县各地华侨、港澳同胞多达6万余人。

凭借着超群的厨艺和忘我的打拼，不少人在异国的土地上，创造了实力雄厚、享誉当地的烹饪王国。郭光甲在日本大阪创办了高级饭庄"八仙阁"；潘士义在日本创立"锦城阁"；刘家齐在日本开办"新北京"；吴继正兄弟在英国开设"大中华"餐饮，还有遍布欧亚的"新华阁""集英楼""天津阁""东兴楼""朝阳阁""英豪楼""齐鲁饭店""永乐饭店"……真是个个满含乡情，又如雷贯耳，分外提气。据资料记载，福山华侨在世界各地开设的有字号的饭店、餐馆就多达100余家。

这些发达了的华侨逐渐成为当地名流，他们出则车马，入则锦衣玉食，风光无限。可他们都有块心病，他们牵挂祖国的父母、兄弟姊妹，他们也思念养育自己长大的土地，有的已在异国成家，但他们依然思念着自己的结发妻子和儿女。共望一片明月，却不在同地；共住一个地球，却不能同屋，多少思念化作滂沱的泪水，多少泪水化作声声长叹和无奈。

改革开放的春风，吹开祖国的大门。郭光甲、刘家齐、于学成、潘士义等一个个海外游子，奔走相告，喜泪长流，像傍晚归巢的鸟儿，不顾一切地扑向福山故土。

他们成为第一批为福山引进外资的人，他们成为第一批为家乡捐款、捐物的人，他们成为第一批为家乡捐资助学的人，他们成为第一批帮助穷困乡邻的人。在改革开放初年，在农民还没解决温饱的年代，那是旱天喜雨，是雪中送炭，起到夺人先声、开路先锋、振聋发聩的作用。

侨务部门把这些人称为新中国成立后的第一代华侨，倘能健在都有百岁左右。

当我拿着有关部门提供的名单去寻访这些人的事迹时，得到的信息，他们都已离开人世，推算一下，大都应该庆过八十大寿，但我心中总有无奈的伤感，惋惜的沉重，惆怅的遗憾，正是带着种种的纠结，在酷暑的日光下，在多次的雨雾里，我怀着虔诚的心，在480平方公里的山水间寻找到第一代华侨的或深或浅的闪光足迹。

一本老相册

"福山第一代华侨中最有影响的应该是郭光甲了。因为是他最先提出了建设华侨宾馆的倡议，又是第一个捐款"。

在区委统战部简洁明亮的会议室里，年近七旬，头发斑白，精神矍铄的老侨办主任孙祖新对我这样说。

改革开放初年，他从部队转业到侨办，还不到30岁，正赶上了那时的华侨回国热潮。他充满怀念地还原了那段让人动容的日子：那时是侨办最有事干的时候，也是最有权威的时候。1981年中央发出落实华侨政策的指示，凡是华侨的房子，不论现在谁居住，都要买回来归还给他们。区里根据当时的物价状况，定了一个标准，以五檩房500元，一柱香（三角梁以一根木头支撑）250元，旧草房200元的标准回购。他说，这些钱现在看不多，在当时是个大价钱，大家都高高兴兴地把房子卖给国家。房子收回来，侨办就同海外的华侨联系，华侨们听说了归还房子的消息都非常激动，原来还在犹豫观望的也纷纷携妻带子回到家乡。一时之间，侨办侨联门庭若市，大家没白没黑地为华侨回乡牵线搭桥，寻找亲人，接站送站，最多时侨办组成车队，有7辆车服务，孙祖新自己也开了一辆车，为华侨们忙前忙后。

当时，还是物资匮乏的"短缺经济"时代，全县没有一家像样的宾馆，条件最好的县招待所也就是几排平房。农村还是露天茅坑，苍蝇横飞，臭气难闻。不少华侨回乡看亲人、拜祖坟，可就是无法在家住下，因为他们的孙子孙女从未用过臭烘烘的茅坑，大便不出来，哭闹着要回县城。

这种尴尬的状况让侨办着急，也被华侨郭光甲看在眼里。他第一个提出捐款建华侨之家的倡议，并且带头捐款3万元。接着，打电报、持电话、写信，四处串联，八方求援，忙得不亦乐乎。郭光甲15岁时独自一人，东渡日本谋生，受尽欺凌，凭着出色的厨艺逐渐发展，1964年在日本大阪创办高级饭庄"八仙阁"。改革开放后，他的饭庄先后接待过若干祖国的艺术团体和著名演员。先后与梅兰芳、侯宝林、郭全宝、白淑湘、张君秋、方荣翔、尚长荣、李万春、耿其昌、李维康等著名艺术家结下深厚友谊。他们都把这里看成一个中国艺人的家。

这个华侨中的领军人物捐款建立华侨之家的义举，在福山华侨中迅速传开，离开家乡的人更知爱家乡，身居国外的人更知爱祖国。世界各地的福山华侨纷纷解囊相助。港澳福山同胞也闻风而动，捐款迅速达到80多万元。这在当时可是一笔巨款。事情汇报到县委、县政府主要领导那里，他们十分感动，决定从财政再拨一些钱建一座现代化的华侨宾馆。那是让人怀念的说干就干的火红年代，1983年破土动工，1984年一座造型典雅、庄重大方的三层楼房便耸立在县府大街上。

宾馆建好了，但宾馆没轿车，房间没有冰箱、彩电、洗衣机、空调。这些设备一是没钱买，二是有钱也买不到。港商王国梁在香港听到这个消息上火了，他利用自己的影响和地位，串联世界各地华侨和港澳同胞赞助。他这里成了中转站，他接受来自各家的捐款，又在香港买了30台彩电、30台空调，还有几台最流行的冰箱、洗衣机，连当地人从未见过的复印机也买上了。他们还购置了7部轿车和面包车。王国梁亲自指挥

063

着把这些东西装在7辆车上，浩浩荡荡地通过了罗湖口岸。

由华侨捐资建宾馆在山东尚属首创，轰动了齐鲁大地，开业典礼空前热烈隆重。正说着福山区委统战部的同志拿来了一本旧相册。孙主任看到这本相册，激动地两眼放光。因为这本相册真实地记录了1984年8月20日开业的盛况。

翻检着这本35年前的相册，清晰地看到人山人海的庆祝场景，听到震耳欲聋的鞭炮声，看到孩子们载歌载舞的喜悦笑脸。当时，这不但是福山的喜事，也是烟台市和山东省的喜事，省侨办主任、侨联主席都来了，烟台市委副书记亲自剪彩。郭光甲、王国梁、于静深等几十位华侨和港澳同胞都到了，参加盛典的多达400多人。孙主任指点着照片，这是郭光甲。看上去他已年近花甲，着浅灰色西服，扎红色领带，身材敦实，目光炯炯，光彩照人。他又指着一张照片，这位发言的是王国梁。身材高大，虽逾六旬，仍红光满面。孙主任一个个的指点着，他的眼角里有了泪光，他说："这些人虽然去世了，但我们永远不能忘记他们，他们是掏心挖肺地爱国爱乡啊。"

看着相册上的最后几张照片，孙主任又笑了，他说为了庆祝盛典，郭光甲先生利用自己的影响把李万春、张君秋、郭全宝等大腕都请来了，他们在福山连唱了5天大戏。从照片看演出的剧目有《穆桂英挂帅》《大闹天宫》《捉放曹》《三岔口》等，这是小县城从未有过的热闹。有一张说相声的照片，仔细一看，竟是郭光甲与郭全宝，可见他对宾馆的落成是何等的喜悦。（郭光甲先生虽在日本产业可观，但始终信奉叶落归根的观念，暮年将饭庄交给儿子经营，自己回归故里，并终老于斯。）

若干年间，这是福山最现代最高档的宾馆，在接待华侨和外国客商中发挥了重要作用，为改革开放立下了汗马功劳。

从区政府大院走出来，我专门去瞻仰这座功勋楼，在如今已是流光溢彩的街道上，这座大楼已不时髦，而且已经改作他用，挂上了工业和信息化局的牌子。但阳光下，身披米黄色瓷砖的大楼，依然不失雍容华贵的风采，方正的造型仍透着庄重不俗的气度。

我在心中郑重向这座楼房致意，他是福山华侨用赤子之心建造的一座有形的丰碑。

为了记住他们的名字，我拍下了捐献碑上的文字，现实录如下：

福山华侨宾馆已落成，承蒙广大海外华侨、港澳同胞诚心关怀与大力资助，为誌纪念，谨将热情捐赠之诸君芳名列左：郭光甲、陈远良、王宝英、潘士义、柳鸿新、邹立域、初春霖、由毓浩、王建超、吴语超、姜鸿渐、王尊英、王国梁、姜鸿陆、藏维康、徐少楠、吴炳铸、林锦浩、王寿光、张传乐、安香圃、吴语廷、曲善亭、林家珠、吴浩锋、于继仁、柳中梅、于学成、于振鳌、王环海、李作功、张卓如、张心正、于桂兰、朱相奎、王文乐、刘玉山、王琪（1984年8月20日立）

记住吧，记住这些爱国爱乡的海外游子。

给与不给的选择

从区政府出来，在区老干部局的宿舍里，找到了老史志办主任柳宗铎，他已86岁，行动不太方便，他是《福山区志》《福山地名志》《海外游子》主要编纂者，一肚子华侨的故事。这是个爽朗人，他对第一代华侨充满了理解和崇敬。他感慨地说：其实这些在改革开放初年获得殊荣的第一代华侨，都有一部奋斗史、辛酸史。19世纪二三十年代，这些人为谋生计离开家乡，凭着菜刀（厨师）剪刀（裁缝）剃头刀（理发）闯荡天下，能够出人头地的是凤毛麟角。因为大都是手工起家，所以没有真正很大的企业家，他们捐款捐物都是一腔爱国热情。

他反复称赞的一个华侨叫刘家齐。门楼村人，1920年出生，1935年去日本经营餐馆生意，受尽屈辱。到日本后，与家乡断了音讯，他娶了一个日本女人，并生了两个儿子，后来，他在家乡的妻子和两个儿子漂洋过海找到了他，他心怀大义，与日本妻子离婚，又与前妻和孩子生活在一起。后来在大阪开设了"新北京饭店"，虽然赚了不少钱，但也不是特别富有，可他为家乡捐款捐物是最多的。19世纪60年代建侨联办公室时捐款10万日元；建华侨宾馆时捐款1万元人民币和2台彩电；修区志时又积极捐款。特别令人感动的是先后捐款200多万元人民币在门楼、河格庄、曲家、大屋四个村庄，建起四所"佑民小学"。

听着柳老的介绍，我的心中涌起阵阵热浪，既为刘家齐的事迹感动更为他的人品感动。我决定到门楼村去看看他捐建的"佑民小学"。

坐车在福山的原野上由北向南穿行，我越来越喜欢这片土地，到处可见青山锦绣，而山的下边就是一片肥沃的平原。这样的地形地貌孕育出许多大的村落，动辄就是千户以上，高低错落的农舍，洋洋洒洒地铺展在大地上，让人心生温暖。

地处福山南部的门楼村也是这样的一个村落，这是一个古老的村庄，远望马山如黛，阡陌蓊郁；门楼水库水平似镜，镜中杨柳氤氲，一派田园美景。

门楼水库北侧，夏阳下的佑民中心小学两排高大的二层教学楼，红瓦放光，白墙闪亮，异常明亮，在偌大的广场上显得气势非凡。传达、伙房、宿舍、操场、花坛等各种配套设施一应俱全。在当时，这是全县最好的小学。学校姜校长闻声赶来，他动情地讲述了建校的过程。1992年初，刘家齐先生回到阔别的家乡。当时的门楼小学，只是几排平房，设施简陋，门窗破烂，多为危房。年过7旬的刘先生，身材高瘦，面目清癯，看到这种情况面露恻隐之色，他试探着问我能捐款建所新校吗？镇领导反应很快，不久双方就签订了刘先生捐款70万人民币建新校的协议。刘先生只有一个要求，他做出这样的义举也是实现他父亲生前的一个嘱托，他的父亲刘佑民深明大义，看到村中陈旧的校舍，生前就希望发达的儿孙捐资助学，他希望将学校起名佑民小学。经请示上级，刘老先生的愿望得以满足。事过一年，新校落成，20个班级进入新校。开学那天，镇村一起在操场上立下一块黑色的石碑，这是一个有形的纪念，为求永记，敬录如下：

我村旅日侨胞刘家齐先生，身居海外，心系故乡。遵其令祖刘佑民老先生"兴办学校，培养人才，为社会造福"之遗训，于公元1992年春，慷慨解囊，捐赠人民币70万元，建起此地设施齐全的学校，命名为"佑民中心小学"。

教育乃立国之本，捐资助学，功在千秋，刘家齐先生无私奉献，热心教育的功绩，将永载史册，流芳百世。

门楼镇门楼村民委员会

刘家齐在家乡建校的消息传开，又有不少村庄找来，他当时资金并不宽裕，面对村民眼巴巴望着自己的眼光，他不忍说出拒绝的话，又先后投资150多万人民币，在三个村庄建起三所设施完善的小学。

听说，刘老先生的叔侄刘恩绪就住在刘家的老宅里，就决定去看一下。门楼村还保留了不少老房子，依稀可见旧日的风貌，铺了沥青的道路并不宽畅。远远地见到一个高门楼，虽然破旧，依然显示当年主人在村中的地位。穿过门楼，里面是一个四合院，一棵大樱桃树长得十分茂盛，华盖如巨伞。接待我们的是刘恩绪的妻子林元珍，这是个干练利落的农村老太太。问起刘家齐的情况，态度并不十分热情。她说，我现在住得是南屋，北屋就是他出国前住的地方，现在送给我了。我不自觉地称赞刘家齐的高尚义德，她却咂了咂嘴，醋酸地说："有什么用，他死了村里连个花圈也没送，他那么有钱，手指缝嘀嗒一点，就够我们家用的，可他拢共只在我们翻新房子的时候给过 700 元钱，我的三个孩子就业他也从来没帮过，都是自力更生。"说到这里时，她不自觉地带出一句话，"不过他也没帮过自己的孩子，他的孩子读完了高中，就再不管他们，让他们在社会上自己闯荡。"她这句不经意的话一下子让我心头一热。华侨并不都是十分富有的，刘家齐也不是了不起的大企业家，他的钱来得不容易，是一勺一勺舀出来的，不是风刮来的。他支配自己的钱财时，在给与不给上是有执着的选择的，对乡对民有利的事不遗余力，而对自己的家人却十分节省，这是多么博大的胸怀和崇高的境界啊。

虽然，在区里和他侄子的家里，都没有找到刘家齐照片，但他的形象已永记在百姓的心中。林大嫂虽然有点抱怨，但在她善良的心中，还是念着刘老先生的好，在送我们出村的路上，她幽幽地说，他回乡探亲时，请俺家刘恩绪吃饭，他把自己盘中一只通红的大虾让给他，说，我在国外吃的机会比你多，这只虾你吃了吧。由此可见他们无法割舍的亲情。

留在侄女心中的自豪

福山的乡村真是美丽，依山傍水几乎成为一个共有特点。这个特点在高疃镇渡口村更为突出。村东有清洋河潺潺流过，不远处是苍翠的合子窝山头，一个 230 户的村庄就深藏在山河间，像粒蚌壳里的珍珠，也像是闭门不出的小家碧玉，真是静如处子，连"文化大革命"时期的高举毛泽东思想伟大红旗的红色标语还保留在墙上。

到这里来是想了解一些潘义士的情况，潘义士其实叫潘士义，因为他身材高大，是典型的山东大汉，且具有山东大汉的豪爽性格，急公好义，乐于助人，所以人称"义士"。他 1915 年生，16 岁时才出外谋生，

1945年时回乡干过一段八路军的村财粮委员，所以对家乡对乡亲有着血肉相连的深情。

村妇女主任先领我们到了潘士义的叔弟潘士温家，一溜气派的10间红瓦房，宽大的玻璃门窗，屋内摆放着时髦的红木家具。潘士温光着膀子坐在轮椅上，已经87岁，神情有些迷顿。他的老伴于淑珍与他同岁，因腿脚不便也坐上了轮椅。已经64岁的女儿潘春兰，跑前跑后地照顾他们。

见我们来了解潘士义的情况，一家人热情地围拢过来。问起潘士义的情况，刚才还昏昏欲睡的潘士温也来了精神，他说，哥哥是个有志气人，在家结婚后，因生活所迫，开始外出谋生，后来在日本发迹，开设了著名的"锦城阁"大饭店。他在日本娶了老婆，生了两个孩子。说话间，他的女儿拿来一本相册，翻出了他在日本一家四口的照片，照片上的潘士义高大魁梧，仪表堂堂，看架势足有一米九的个子。改革开放前潘士义不能回家，他寄钱回来，给在家的妻子在烟台华侨新村买了一栋别墅楼。说着，她的女儿又翻出了他烟台一家人的全家福，一位白发老太太端坐中央，周围大大小小的子孙足足围着20多人。

他们说，潘士义是个重情义的人，发达了也没忘记结发妻，也没忘记家乡的亲人。从1982年开始，多次回乡。每次回来都要到山上转一转，都要去看望儿时的伙伴和熟人，那时温饱问题还没解决，他是个热心肠，大好人，每次与乡亲见面，都不空手，多则几百，少则几十。有些有困难的找到他，总是不让对方失望。有些华侨因为这些原因，不愿回来了，他却说，都是乡里乡亲，打断骨头连着筋，能帮多少是多少。

妇女主任说，那时，运输还靠肩挑小车推，潘士义看到乡亲的辛苦，就为村里买回来一台25马力的拖拉机。随着生活的好转，全村兴起了建房热，那台拖拉机可是出了大力，凡是盖房的没有不用到它的。

她的女儿接上话，那时，我还上小学，大伯一次为学校捐了40台电脑，学校专门搞了电脑室，齐刷刷地摆在那里，同学们都看呆了，我因为是他的侄女，感到特别自豪。她接着说，当时，我们从来没有见过电视机，他却从日本给村里捎回了一台24寸日立牌彩电，大队把它放在会议室，有专人负责每晚开门为村民放电视，总是不到开门时间，门前就排上了人，这台电视机给村民带来好多欢乐。

　　从他家出来，一棵大槐树下正有一些乘凉的人，我去攀谈，大家争着说他的好处。有的说他为儿时的伙伴出资治病，有的说他为困难户送去面粉和大米，也有的说他为华侨宾馆建设捐了10万元，也有的说他为村里和县上买了两部车，还有的说他为修县志捐款……

　　听着大家七嘴八舌的赞美，我的心里突然涌出了一句话，金碑银碑不如老百姓的口碑。是的，渡口村没有为他立什么碑，但是口碑也是可以代代相传的，潘士义虽然已经远赴天国，但他侠义忠诚的样子将永远留在村民的心中。

急雨里的致敬

　　依照华侨宾馆捐款碑上的名字，我们又到回里镇巨甲村寻找于学成的行迹。

　　这又是一个大村落，在册的就有1300户。已近正午了，村委会办公室里，只有一个老传达，瘦干干的，抱着试试看的心情，问他有关于学成的事情，没想到，他张嘴就来。于学成是高陵王官庄人，离我们村只有三里路。他的姐姐嫁在我们村，改革开放后，他的父母去世了，所以他每次回乡都在我们村落脚。我见过这个人，中等个子，慈眉善目，见人不笑不说话。那时我们村还很穷，饮水特别困难，要辘辘挽水，还常常干井。于老头看到这种情况，就给大队捐了51万元。大队用这笔钱挖机井，建了水塔，然后家家户户安上了自来水。剩下的又盖了大队办公室，就是这十几间大房子。他见村里运输全靠人力，就又买了一台嘎斯汽车；村里看电影难，就又送了两部放映机，男女老少不出村就看上了电影。

我还想问更多的细节，他说，我们村里为于先生在村头立了碑，上面记载得很详细，你可以去看一看。

从村委出来，天空突然下起了大雨，是冲天而降的瓢泼大雨，雨柱砸在车窗上发出嘭嘭的声响。从春天就没下过一场像样的雨，这突然而至的急雨，让人兴奋。

车行不久，远远地就可见到一座高大的黑色石碑，因为是罕见的高大，迷蒙雨雾中仍看得十分清晰。雨太大，大家劝我在车上看一下就行了，我执意要近前去看。雨实在是大，头顶着雨伞，下身全被淋透了。公路上已是水流成河，我踏着泥土上的水洼，走到碑前。这真不是一座普通的碑，它的体量巨大，高有3米，宽约1米，厚有80厘米左右。沿着7级石阶而上，碑稳踞于厚重的碑基之上。碑顶别出心裁地雕成三条水纹状，下有"宽仁"二字，碑的正面楷书"于学成纪念碑"几个大字，碑后面是长长的碑文，不顾风吹雨打，我一个字一个字地默读着：

于学成，1922年10月12日生于山东省牟平县高陵镇王官庄，于2005年7月26日去世，享年83岁，少年即立创业之志，19岁阔别故里，东渡日本，走上背井离乡的求索之路，备尝辛酸，自强不息，几经磨砺而艺成，于1953年初创业大阪蓬莱阁饭店，后生机盎然，声威大振，重建名大成阁。于公在日本享有盛誉，曾任华侨大阪总会领事及大阪山东华侨同乡会会长。虽身居异国，心系华夏，以炎黄子孙为荣，凭独特人格魅力为中日两国交流做了大量工作。国人东渡日本皆热情相待，亲于兄长，有政府考察鼎力相助，为报乡梓曾慷慨解囊发展我市文教卫生事业，为表达对乡亲炽热真情，多次捐款捐物，兴建公共设施，发展生产，惠及故里，并资助数名学子赴日留学深造，以长者崇尚气节传承建功立业之道，现已有数名学子就任于国外工商科研等领域，均业绩斐然。

于公一生，品端志远，广兴善事，广传梓里，可谓之宽仁蕴德，堪称当代。

为表敬慕，本埠旅日学子举义自荐，主揽资费，村委会亦竭诚相助，并呈文于政府。予谨立此碑，以铬永誌，名垂千古，光启后人。

巨甲村两委会镌石
2008年7月26日

一颗多么动人的赤子心，一曲多么真诚的家乡情。这段稍长的碑文因为有着具体的事实，让我的眼角发湿。

转到碑的正面，我突然发现碑座上有几束鲜花和若干纸花，着雨的鲜花更加鲜艳，纸花仍挺直腰板。看着这些花朵，我的眼泪终于控制不住潸然而下，任凭它流着，我在急雨中，郑重地三次弯腰鞠躬。

我在心中想，以现在的眼光看，他们捐款的数字不够巨大，他们捐助的物资在物质丰富的今天已微不足道，但是那是物质还不丰富的改革开放初年啊，他们的努力为引进外资开了先河，他们的捐助给平民百姓带来了温暖，让我们永远记住这些赤胆忠心的第一代爱国华侨吧。他们的功绩应该记入改革开放的史册。

树立在福山大地上的那些有形和无形的碑，就是对他们的念想吧。

作者简介：綦国瑞，中国作协会员，中国散文学会理事，山东省散文学会名誉副会长，烟台市散文学会名誉会长，胶东历史文化研究会副会长，《烟台散文》主编，先后出版专著10余部。诸多作品和著作获得全国、省市奖项。2014年获得第六届冰心散文奖。

夏日阅故园

辛 茜

古现东村

大海越来越近，胶东半岛、凤凰山下的古现东村，在夏日朗照下浮现。郁李成熟，挂在树梢，碧绿的叶沉而缜密。村里的党支部书记王明忠边摘边自言自语："再不吃就掉了，落在地上多可惜！"

郁李酸甜，口舌生津。绵绵细雨中，书记又发出感叹："多少天没下了，这稀罕的雨，应该都落在绿化带！"大家都笑了。

古现东村西依磁山，东望大海，年年岁岁，绵延着中国北方人的朴实无华、勤劳勇敢，文人士大夫的壮志愁情。作为人不就应该这样活着吗？何况眼前的古现东村，仅明清两代王氏家族便先后考中二十七进士、六十三举人、五百一十五生员，其中督抚者有三、翰林者为六。而且在这些科举英才之中，敢于为民请命，为国分忧的"养素尚书"王鹭、被百姓称为"白面包公"的王柔、"清廉总督"王检、经学家王兆琛、金石学家王祖源、文学家王照圆等等都乃鼎鼎有名，更有甲骨文之父，民族忠魂王懿荣为后世，为村里人留下的美德。

雨水浸湿了小路，村支书王明忠和退休后自愿入籍到古现东村的文人徐志明，陪我一起漫步在村子的小巷间。

村子的安逸和平静超乎我的想象，淡山明水中，古现东村既不似南方海滨小镇那般喧闹，又不像少有人住的北方村落空聊寂寞。排排房舍均砖墙石砌，素顶红瓦；条条小巷温暖清净，舒适宜人，还有一户人家，竟用红娟荷花由门及里装饰，表示自己喜悦的心情。街上少有行人，偶尔路过背着手闲走、拿着工具、骑着摩托的，都与书记亲热地打着招呼。村里名人辈出，故事和业绩，分别被王书记请来的画家、书法家，恭恭敬敬绘制于各家院墙之上。

王懿荣的画像为兰花绿蝶环绕，他微笑着，有智慧，有从容，也有凌然之气。王懿荣生于1845年，字正孺，清光绪六年进士。1899年是一个不寻常的年份，戊戌变法宣告失败，很多文化名人诞生，身任国子监祭酒的王懿荣因过度劳累得了伤寒，病倒在床。家人根据太医开的药方，到宣武门外达仁堂抓药，药抓回来后，王懿荣发现一味叫"龙骨"的药里几片拇指大的骨头上有似篆似镏的刻画。第二天，他抱病来到药房，再三嘱咐店家以后若购到此药，千万别捣碎，一律卖给他，并留下一锭银子作为定金。这年秋天，山东潍坊古董商人范维清，在河南安阳小屯村收购到42片甲骨，经人引荐送至王懿荣家中。得到这批甲骨后，王懿荣经过研究比照，确认上面的刻画为象形文字，即商代汉字，龙骨也并非真正的"龙骨"，而是商代遗留下来的乌龟壳和牛肩胛骨。甲骨文的发现，直接影响到考古学界对安阳殷墟的发掘，使我国历史学、古文字学的研究进入了新的领域，中国汉字起源也因此上溯至3000多年前的殷商时代。

发现甲骨文是王懿荣学术上的巨大贡献，古老历史的难解之谜有望解开。能够有此见识发现，与王懿荣青年时期对金石学的研究，玉器、字画，三代以来铜器、印章、泉货、残石、片瓦的收藏爱好、广博积累，文物鉴赏之功有关。那么，他不甘屈辱，为国捐躯的浩然气节则更让人敬佩有加。

清光绪二十六年（1900年）八国联军入侵北京，清王室及文官武将纷纷敛财逃命。紧急关头，清廷任命兵部侍郎李端遇、王懿荣为京师团练大臣，以应外敌，保卫京城。在此重要时刻，李端遇托病请假，王懿荣却抱必死之心指挥作战。

农历七月二十日，八国联军攻打北京东便门，王懿荣"以巷为战，拒不投降"。半夜，八国联军攻打东华门，慈禧太后携光绪皇帝等逃跑。七月二十一日，王懿荣自知败局已定，无力回天，对夫人说："吾义不可苟生，吾可以死矣！"随即写下绝命辞："主忧臣辱，主辱臣死。于止知其所止，此为近之。"写罢，与夫人谢氏、长儿媳张氏更衣，跳入花园深井，以身殉国。

消息传来，古现东村人悲愤，惆怅，心生自豪。王氏家族熟读经史，诗书继世，学问渊博，桀骜不驯的优秀基因、家族文化，成了支撑古现东村人的精神支柱。

1900年，王懿荣逝去当年，古现东村将火神庙改建为凤凰山小学，希望后来人在王家文化熏陶下，努力用功，传承读书兴家、为官清廉、敢于担当、舍身报国的良好风尚。

1929年6月，一代名将彭雪枫受党组织委派到烟台，潜入刘珍年的21师政治处，秘密从事兵运工作。在戒备森严的情况下，彭雪枫启发21师炮兵营士兵关心国家民族安危，并利用一黄姓连长克扣士兵几个月军饷的事件，在士兵中大造舆论，让刘珍年撤了黄连长的职。当时，21师炮兵营士兵情绪高涨，组织决定由彭雪枫任内线指挥兼炮兵营营长负责这支部队哗变。正当彭雪枫力促哗变之时，一人无意泄露机密，被撤职的黄连长听到，连夜向刘珍年汇报，使正在积极筹备中的哗变受挫，但由于彭雪枫已经打下坚实基础，哗变最终成功，这支队伍被收编为红军。

1929年12月，中共中央派遣彭雪枫到福山县古现东村，以凤凰山小学校长身份为掩护宣传马列主义，开展农民运动。那段时间，彭雪枫与当地贫苦农民结下了深厚友谊，不仅发动群众反贪官污吏、反土豪劣绅、反卖国军阀，还办起农民夜校，让贫苦农民学习文化，提高政治觉悟，为福山创建红色根据地做准备。12月底，由于身份暴露，彭雪枫被迫离开了古现东村。抗日战争时期，彭雪枫任新四军第四师师长兼政委，1944年9月，他率部西征，围歼顽军一个纵队，不幸中流弹牺牲，时年37岁。毛泽东闻听噩耗，对彭雪枫的一生做出了高度评价："中华民族英雄，共产党人好榜样。"

许是冥冥之中的安排，1944年，彭雪枫牺牲同年，中国共产党领导的抗日武装攻克日伪古现凤凰山据点，古现解放。凤凰山小学改为"古现完全小学"，改建后的校舍规模更大，占地面积3200平方米，平房57间，建筑面积1098平方米。如今，位于古现东村北街的古现小学书卷气浓厚，依旧淡雅，依旧安宁，依旧窗明几净。扶窗细听，似有少年俊秀，王照圆般伶俐聪慧的女才子歌咏般之读书声隐隐传来。

不舍中，离开了古现小学。回头望时，青砖砌就的拱形校门中西合璧，一枚红色的五角星闪耀着昔日光泽。

村支书王明忠是位典型的胶东汉子，王氏家族后代，同样拥有家国情怀、远大抱负。自1999年返回家乡当选村委会主任，又连续多年任支部书记、居委会主任，至今没有离开过家乡。经过他的不懈努力，古现东村集体经济壮大，短短几年时间便走向富裕，实行了和城里人一样的养老金政策，男60岁、女55岁村民均可享受退休金待遇，且逐年递增。更重要的是，他秉承王氏家族的文化传统，兴办幼儿园，鼓励村里的孩子读书，9年义务教育期间的学杂费、书本费全部由村委会承担，考上大学后再由村委会重奖。

我认真地倾听徐志明老师的讲述，内心涌起阵阵感激的浪花，可眼见书记王明忠淡定自如，仿佛这是件极平常的事。但他平静的面容中流露出的欣喜之情、昂扬之力，完全是人类拥有的共同的东西，恰如渤海湾的蓝色碧波，浩瀚无边、奔腾不息。生活在这样的村子里，快乐美意，志在必得不言而喻。历史和当下，传统和未来一脉相传的家风、文风，雄风与文化自信，就像中华民族生存的根本，永恒不灭的灵魂。

大葛家村

和古县东村一样，潮水镇大葛家村，也将村内旧时神庙改建成了学校。不过，大葛家村的建校过程颇费周折。

靠山不靠海的大葛家村原属于山东蓬莱市，最近几年才划归烟台开发区。大葛家村民风淳朴，绿野遍地，虽不具滨海小镇古现东村条件优越，但村中之人也是终年勤劳持家，芳菲满堂。葛氏兄弟的父亲葛启彬，年轻时曾在北京一家面粉店当学徒，后回乡务农，在村里开设了经营日用品和杂货的小铺。20世纪30年代初，葛启彬去世，夫人王氏勤俭持家，家中由长子葛庭炬当家。葛庭炬非比寻常，眼光深远，全力支持两个弟弟读书，成就了他们一世英名。

葛庭燧排行老三，从小聪明过人，12岁考取烟台老八中。1929年，17岁的葛庭燧回家探亲，暗地组织村内青年把大葛家村老庙里的泥神像全部拉倒，连夜搬到河套里，并用毛笔写下一字贴："清泥神的一切后果，由我葛庭燧一人负责！"

葛庭燧离家赴北京师大预科上学，村中老人、负责人联络镇上有名望的人与他家算账，要求修复泥神像。当时，只有大哥葛庭烜一人在家，村人共同决定罚他们家500大洋重修神庙，否则绝不罢休。葛庭烜为息事宁人，凑足500大洋奉上，但葛庭烜和葛庭焜再三思忖，与潮水镇进步乡绅商议，极力主张用这笔钱将神庙改建成了学校。此事轰动一时，受大葛家村影响，潮水镇平畅衙前、李家村等村庙泥神像全被清除，空庙房多数改建成村办小学。

再说排行老二的葛庭焜。19世纪初，葛庭焜和弟弟葛庭燧一同到烟台上中学，毕业后考入河北省保定大学农学系园艺桑蚕专业，毕业后回到烟台，在芝罘区东山与他人合资创办烟台蚕丝专科学校，担任学校董事兼讲师，并规划创建了桑、柞养蚕实验场教学基地，上海商务出版局出版了他的讲稿《柞树栽培法》《中国重要果树园艺》等农业科技书。

日本侵略者入侵烟台，葛庭焜带领全家人回到大葛家村，利用村内自家500大洋改建的学校办学，担任校长，亲自授课，采用八路军编写的简易"国防"课本宣传抗日救国思想。

葛庭焜乐善好施，看到农民生病后无钱求医买药却去拜鬼求佛，又开始钻研医学，并用稿费购买中西药，为乡亲治病，从不收贫困户的钱。经他医治痊愈后的病人感恩戴德，称他为"神医"、善人。潮水镇的乡亲和县、镇人民政府曾推举他为晓凤区医药卫生、抗日救国会主任。

葛庭焜喜爱京剧，唱老生是强项，当年常在烟台俱乐部登台演出，很受欢迎。抗战时期，他从《胶东日报》上看到八路军连长陈善抗日救国的故事，编成京剧剧本《一面镜》，经认真排练，搬上舞台演出，自己既是编剧又是导演、主演，热情宣传抗日救国英雄们的本色，表现军民鱼水情深，成为当时流行剧目。

当时，盘踞在烟台的伪军经常于夜间到乡村抓捕进步人士和抗日老师，每天太阳一下山，葛庭焜全家便趁天黑从后院潜到村南一独身老人家过夜，天色微明时离开。

1945年8月15日，日本宣布投降，葛庭焜却因劳累过度病倒，9月9日离世，年仅45岁。当时，地方政府为他举办了隆重的追悼会，各行各业纷纷送花圈、挽联表示哀悼，夫人将葛庭焜生前置办的中西药、药学书籍及其出版的著作和未出版的书稿，全部无偿地捐献给了地方人民政府。

有幸的是，70多年后的这一天，风和日丽，我在烟台开发区统战部领导的陪同下来到大葛家村，见到了葛庭烜的大孙子葛树德、葛庭焜的三儿子葛运勋，及葛运勋的夫人、两个女儿，他们特意为我们的相见从烟台赶来。

大葛家村亲切宜人，弥漫在泥土的清香中。地里的玉米、核桃还未成熟，各家菜园子里的茄子、豆角、西红柿已经长大。社区服务中心的拱形圆门和古现小学校门相仿，院内敞亮开阔，屋舍门窗深绿，石墙红瓦。西头设有戏台，不知葛庭焜是否在此尽情演唱。村里的书记、主任诚实敦厚，一位年轻的公职人员忙前忙后，迎接着我们。

来到葛庭焜的老屋，一家人热情相待。园中绿树缠绕，果实累累，一盘熟透的梅栗子晶莹透亮。我仔细倾听着葛运勋对父亲、叔叔，葛树德对爷爷葛庭烜的点滴记忆，虽然有些话听得有些费力，但已然能够从他们激动的话语中，感受到他们对前辈的那份敬仰之情。

1930年，少年勤学的葛庭燧考入清华大学物理系。读书期间就积极参加爱国学生运动，反对独裁和不抵抗主义。在"一·二九"运动中，参加了中华民族解放先锋队。1937年，葛庭燧毕业于清华大学，留校任教。1938年，曾秘密到冀中游击区参加自制火药和地雷的试验，用日本造的肥田粉氯酸钾、硫酸钾制作高能炸药，帮助爱国学生用回收的旧弹壳，铁板币生产子弹头炸日本军列、铁路。在党组织安排下，葛庭燧扮成牧师和两名传教士一起，护送一批科技人员通过日伪军多层封锁线奔赴根据地。

1941年，葛庭燧就读于美国加利福尼亚大学伯克利分校。1943年获物理学博士学位，应邀到麻省理工学院工作，参与研制远程雷达发射、接收两用气体放电开关，参加研制原子弹的曼哈顿工程，二战结束后，又应邀到芝加哥大学金属研究所从事基础研究，任副研究员。

葛庭燧的爱人何怡秀，山西灵石人，名门望族之大家闺秀，1937年获美国密歇根大学物理系哲学博士学位，是著名的物理学家。她和钱三强的爱人何泽慧乃同胞姐妹，夫妇二人又同是钱学森最好的朋友、同事，均为我国中科院名望极高的资深院士。葛庭燧具有强烈的爱国主义精神，早在新中国诞生前夕，就在美国芝加哥发起成立了美中"留美科学工作者协会"，并担任理事会主席，积极号召和发动留美学者回国参加新中国的建设事业。他始终信奉"科学无国界，但科学家有祖国"，一直将自己的命运和祖国紧紧联系在一起。1993年，葛庭燧80华诞前夕，钱学森写信向葛庭燧表示祝贺，他说："我绝不会忘记是您提示我早日从美国归来，为新中国服务，再过三个月就是您的80寿辰了，我也就向您拜个寿！"

1949年，葛庭燧怀着报效祖国的一腔热血回到祖国，任清华大学教授和中国科学院应用物理研究所研究员，默默承担着"两弹一星"的后台研发工作。1952年，葛庭燧前往沈阳参加中国科学院沈阳金属研究所的筹建工作。先后任研究员、副所长，最先将"全息照相技术"和"激光技术"引入国内，推动了这两项技术在中国的发展。1955年，他当选为中国科学院数理化学部委员。1960年，葛庭燧翻译了英国科垂耳先生1954年所著的《晶体中的位错和范性流变》一书。1980年，葛庭燧从沈阳举家南迁合肥，参加合肥科研基地建设，任中国科学院合肥分院副院长，负责筹建固体物理研究所。1999年3月，葛庭燧从美国领取梅尔奖归来，于病中坚持学术著作的写作。6月，做手术时，发现左腿上有一恶性纤维组织细胞瘤。7月，又进行了腿部扩大手术。2000年4月29日上午10时，葛庭燧在安徽合肥105医院去世。

葛庭燧毕生致力于金属物理学的发展研究，主要从事固体内耗、晶体缺陷和金属力学性质研究，是国际上滞弹性内耗研究领域创始人之一，著名的金属物理学家。1946年，他第一个创制了研究"内耗"用的扭摆仪，被国际上命名为"葛氏扭摆"；1947年，他第一次用该仪器发现了晶粒间界内耗，被命名为"葛峰"，阐明了晶粒间的黏滞性质，奠定了滞弹性内耗的理论基础；1949年，他提出晶粒间界无序原子群模型，被称为"葛氏晶界模型"。他所领导的研究集体在晶界弛豫、位错阻尼和非线性滞弹性内耗研究方面取得了大量的原创性成果，本人也因杰出的科学成就先后获得内耗与超声衰减领域的甄纳奖，桥口隆吉材料科学奖，美国金属、矿物、材料（TMS）学会的梅尔奖和何梁何利科技进步奖。

2018年4月29日，葛庭燧的儿子葛运建敬送父亲葛庭燧的骨灰安葬至大葛村葛氏墓地，让他与自己的父亲葛启彬，两位兄长葛庭烜、葛庭焜长眠于此，守望故土。在场的人，无不感喟落泪，为葛庭燧一生卓越、煌煌成就深感自豪。

知道大葛家村的人不会很多，知道葛氏兄弟的人就更有限。大葛家村，这座静谧的小山村，从未因此居功自傲，也从不会停下努力前行的步伐。葛家子孙后代低调从事，只在心中铭记着前辈热爱祖国，献身科学，抚爱家乡父老，为人类做出的贡献。如此，除了感谢葛氏兄弟，我们还得感谢村庄，感谢村庄的麦秧、玉米、核桃树。是村庄的阳光、温暖和归属感，村庄的沉默和荣誉，让牵挂它的人，无论走到哪里，都在为这片土地的芬芳馥郁，孩子们的悄然绽放呕心沥血。春华秋实，人生几何。所谓回望家乡，就是追寻自我生命的故园。

作者简介：辛茜，中国作协会员，中国散文学会理事，中国报告文学学会会员。出版散文集《眼睛里的蓝》《茜草为红》《一望成雪》，长篇散文《我的青海湖》，长篇报告文学《尕布龙的高地》。获第四届冰心散文奖、首届全国人文地理大赛特等奖、"人民文学"近作短评金奖、首届中国"丝路散文奖"、2018《北京文学》优秀报告文学奖。鲁迅文学院第二十四届高研班学员。

五龙河畔的那个身影

高丽君

（一）

和统战部的同志驱车赶到莱阳时，已是傍晚六点多了。天上挂满了乌云，不一会儿就下起雨来，隔着车窗，著名的梨乡笼罩在一片雨雾中。

如果把山东之行比喻成各种色彩的话，莱阳无疑是黄色的，又是红色的。因为久负盛名的"莱阳梨"色泽黄绿，肉质细嫩，甘甜如饴，美名在外；而莱阳又是胶东农村第一个共产党员、第一个党支部、第一个县委和中心县委的诞生地，曾为周边乃至胶东党的建立和发展做出了重大贡献，自然是红色的。

莱阳城据说已建立1355年之久，足见历史悠久。城市不大，县级市，像缩小版的烟台，但整洁干净，特别是这样的雨天。旌旗山耸立的山丘，远望并不高，但格外醒目。五龙河缓缓流淌，顺流而下，滋润着万千生灵。马路边，挺拔的松树和高大的泡桐，站满街头；田野里，绿意萋萋，烟雨蒙蒙，煞是美丽。

对这座城市，我是满怀热望的，因为它还有"翰墨之乡"之美誉。山水育人，人杰地灵，小小的地方，却出不少的名人：明代画家崔子忠、董其昌、清代诗人、宋琬、书画家王景崧，还有当代书家画家孙墨佛、王垿、崔子范（今为莱西）等。"文以地生辉，地以文溢彩"，孔孟之乡，厚德传承，一个地方的文学艺术发展，不但是地域文化的核心内容，也是衡量区域文明的重要尺度，更是对一方水土的最高礼赞。

一路上，年轻的挂职干部王东阳不停地介绍着一些情况。几天来，莱阳人的温厚敦实，彬彬有礼，给我留下了深刻的印象。尤其是统战部长张洪峰、办公室主任张耀宁及各位工作人员，提起工作，如数家珍；接待人物，又是无微不至。齐鲁大地不但有好风光，有山水圣人，而且民风淳朴，有礼有节，礼仪之邦名不虚传。

车过广场，远远望见一座浮雕。五条巨龙紧紧合在一起，用口托起一个硕大的圆球，像托举起一个希望、一个信念。透过雨帘，仿佛看见一个女人，眼睛直视着前方，眉宇间流露出果敢。她的身影，在傍晚的细雨中，有一种孤独和卓绝，也有一种坚定和刚毅，仿佛没有什么能阻挡追求信仰的脚步。这一刻，我的眼酸涩起来，心开始颤抖。我知道，我离她，离这位心目中的英雄更近了一步。

（二）

时穷节乃见，自古皆然。时代的滚滚洪流中，更能看出一个人忠诚的品格、信仰的坚守。

90多年前，在印度尼西亚一所中学的课堂上，个子不高，圆脸剪发，皮肤光滑，嘴唇微厚，眼睛明亮的少女，正满眼热泪，盯着讲台上侃侃而谈的老师，心中燃起了憧憬的火苗。祖国在哪里呢？祖国在远方。出生在异国，生活在他乡，虽然家境富裕条件优渥，但自己总感觉属于二等公民，永远受人歧视和排挤，所以，当张国基老师（注：中共党员，是毛泽东同学，50年代回国后，曾任全国侨联主席）讲起祖国悠久的历史、灿烂的文化时，她就觉得无比自豪；当听到近代中国遭受帝国列强践踏的屈辱历史时，心里就播下了热爱祖国、振兴民族的种子；当老师教她唱《义勇军进行曲》等革命歌曲时，她就转头，久久望着北方。遥远的祖国像盏明灯，熠熠生辉，吸引着年轻的人，渴望的心。

1949年10月，中华人民共和国正式成立了，消息传到海外，万千游子欣喜若狂，掀起了一股报效祖国的浪潮。无数海外华侨以各种方式辗转回国，投入到新中国的怀抱。

"我也想回到祖国去"，当中学毕业后的少女经过郑重思考提出这样的要求时，整个家族都震惊了。

父亲勃然大怒，"咱们家经过百年的苦心经营，在印尼已有了一定的名气，有了较高的地位。你从小就娇生惯养，现在回到一穷二白的地方，能吃了苦？难道你要放弃继续深造的机会？"

母亲的眼泪滚滚而下，"你就舍得抛下我们，舍得离开这个家？"

少女哽咽着，但还是坚定地说："爸爸妈妈，你们就支持我吧。生活在这里，我一点儿也不幸福。我要回到中国去，回到我的祖国去！因为我身上流淌着炎黄子孙的热血，我的胸膛里跳动着一颗中国心。"

1950年5月，在父亲的沉默中，在母亲的泪花里，少女义无反顾地背起背包，放弃了继续深造机会，和80多位同学一起，踏上了回归祖国之路。阵阵汽笛，仿佛离别的心声；朵朵浪花，好像无言的嘱托；隔着茫茫大海，父母亲的身影渐渐远去，再也不见；她擦干眼泪，立在船头，望着前方。

就这样,少女告别了父母家人,毅然决然地离开了印度尼西亚,怀着一腔爱国之心,远渡重洋,回到了祖国的怀抱。

回到祖国的少女既是新奇的,又是兴奋的;既是快乐的,又是幸福的。她被身边的一切深深感染,准备投身于轰轰烈烈的社会主义建设之中。这时候,"雄赳赳气昂昂,跨过鸭绿江……"响亮的歌声响彻祖国大地,抗美援朝开始了。

"报告首长,我要参战,我要到前线去。"年轻人的眼里满是热切与盼望。

"你是归国华侨,又是女生……"组织上对她,关爱有加。

"不,我要积极响应号召,以自己的实际行动报效祖国。"她转身,一路小跑,从屋里抱出自己的高档衣物,拿出了父母给自己救急用的金银首饰。"我知道现在国家不富裕,军费十分紧张,我捐出这些东西,就是为了表明决心。"黑亮的眸子里,全是坚定。

一同回国的男同学拉拉她袖子,悄悄提醒道:"你也不留点底子,万一将来有点什么事怎么办?"

她豪迈地拍拍他的肩膀:"我才不怕呢。有这么大的祖国做后盾,还怕什么!"

当穿上军装时,她欣慰地笑了,因为自己是归侨青年中第一个报名参军的人,第一个走上保家卫国征途的女兵。沉浸在自豪中,此时的她,已将青春、奉献、理想、追求、执着、信念等词镌刻在心;已将忠贞不渝、热爱共产党、永远跟党走作为终生的誓言!

1951年,她被分配到张家口军委通讯工程学院学习邮政通讯。毕业后,被分配到山东莱阳某部通讯营工作。爱岗敬业、兢兢业业的她,常常会思念起远方的亲人。

"爸爸妈妈,我在这里一切都好,你们放心吧。我受到了上级部门的各种关怀,日子过得充实快乐。回到祖国的感觉真好啊!再也不会受欺负，再有没有寄人篱下的感觉。我多么希望你们也能回来看看，感受一下祖国的强大"。冬去秋来、微风吹拂之夜，她认真地写着一封封书信；春夏之交，繁星密布，她把自己的快乐传递给远方的亲人。几年间，她给远在印尼的父母写了大量的信件，详细地讲述了祖国人民和政府对侨胞的深情厚谊，讲述着新中国伟大建设的各种成就；讲述着人民生活水平日渐提高的事实，讲述着自己不断成长进步的过程。终于，父母动心了，同意回来看看了，她高兴得走路都一阵风。

1954年，当父母决定和6个弟弟妹妹回到上海定居时，她幸福得心里开了花。1955年，从部队转业到上海，她成了一名光荣的人民教师。和父母团聚后，生活也安定了下来，个人问题就提上了日程。第二年，她与在莱阳认识的邮电局技工张复森喜结良缘。按照当时的侨务政策，完全可以向组织上提要求，将丈夫调到上海，和父母亲人生活在一起，他们也表达出强烈的愿望。但是，当她听到党号召有志青年到农村去、到边疆去、到祖国最需要的地方去时，就毅然决定放弃优越的大城市生活，回到急需技术人才的莱阳，到邮电局工作。

"这个女人是不是傻了啊？"听到她要回莱阳的消息时，很多人都这么说。

面对别人的质疑，她却很坦然，"莱阳是我当兵时驻防的地方，邮政通讯是我的专业特长。当祖国建设需要科技人才时，我愿意回到曾经战斗过的地方，做一个普通的邮电人，干一辈子邮政通讯事业"。从此，第二故乡莱阳的大地上，红色革命的根据地，到处都有她忙碌的身影，到处都印下了她清晰的印迹。

（三）

苏轼说，古之立大事者，不惟有超世之才，亦必有坚忍不拔之志，这个弱女子，正是靠着坚忍不拔的志向、忠贞不渝的热爱，走完了奋斗的一生。

艰难的三年经济困难时期来了，每天连饭也吃不饱，还要坚持工作。这时，一些归国华侨思想上产生了动摇，相继离开了祖国。父母也决定从上海迁往香港。临行前反复劝说女儿一同迁居香港，可是她坚决回绝了。

她说最可怕的敌人，就是没有坚强信念的人。

她说不戚戚于贫贱，不汲汲于富贵才是真正的热爱。

困难时期终于过去了，接下来的日子却更艰难，由于有海外关系，她被打成"特务""叛徒"，遭到了不公正待遇，受尽了磨难。父母又从香港来信，敦促她尽快离开这"是非之地"。

她说只要朝着阳光，便不会看见阴影；只要有信念有追求，什么艰难困苦都能忍受，什么环境也都能适应得了。

她说乌云一定遮不住太阳！祖国一定会理解自己女儿的赤子之心！

十年浩劫结束后，党和人民为她恢复了名誉和工作。祖国给了自己女儿应得的荣誉。

（四）

1979年，她光荣退休了，按说完全可以含饴弄孙、颐养天年了，可她主动请求继续干一些力所能及的工作。于是不论春夏秋冬，还是刮风下雨，每天都有个骑着破旧自行车的身影，匆匆赶往市邮电局。当原单位提出要给报酬时，都被她直接拒绝："我是想为祖国发挥自己的余热，这样我的生活才会感到充实。"她用实际行动实践着自己的人生格言：生命不息，工作不止；忠诚于党，奉献于民。

退休后的她不仅在工作上孜孜不倦，在思想上也毫不放松。通过学习，她了解到中国致公党是中国共产党领导下的爱国统一战线中的一个民主党派，是以归侨、侨眷为主的社会主义劳动者和拥护社会主义的爱国者的政治联盟，是为社会主义服务的政党。于是1987年4月，她郑重地递交了加入中国致公党申请书。接着，便把"致力为公，团结奋进"八个字作为自己的座右铭，以满腔的热忱投入到了繁忙工作中。

"阿姐，能不能帮我找一下我弟弟？"面对一双双饱含热泪的眼睛，她郑重地点了点头。

"阿姨，我父亲说有个哥哥在台湾，您能不能帮我们联系联系？"面对一张张充满希望的脸庞，她微笑着接过信件。

"我想我儿啊，他在那边是不是忘了我？"面对头发雪白的母亲，她含泪提笔代写着书信。

"父母不知道还在不在人世？求您帮帮我们吧！"面对哽咽着的儿女，她立即投入到查找的行动中。

于是，她不辞辛苦，走遍了莱阳市的大小地方，走进了莱阳市所有归侨、侨眷和"三胞"的家门，先后帮助300多户"三胞"眷属查找亲人，其中有40多户和海外亲人取得了联系。

"李大姐那心就像一团火，温暖着我们，"侨属杨志强每次提起都眼含热泪，"1993年，我们单位发不下工资，李大姐知道后积极联系，将我调入了新单位，月月都能按时领到工资和奖金。"

台属郭洪欣说自己退休后生活比较困难，"是李大姐跑前跑后，为我排忧解难。现在我有了固定收入，生活也得到了保障。"

除了这些，她还主动向海外侨胞发出上千封联谊信，介绍了祖国、家乡近几年的变化，鼓励海外侨胞们回国观光、投资。

作为致公党支部主委，她明白民主党派的基本职能是参政议政、民主监督，参加政治协商。每到召开两会之前，她都会围绕社会热点、难点问题进行广泛调研，积极反映社情民意，做到科学参政议政，为当地经济社会发展积极建言献策。她提交的提案，多次得到烟台市政府的高度重视，为当地精神文明、物质文明建设发展起到积极的推动作用。

从主委岗位退下时，她仍然坚持上门拜访华侨、侨眷，听他们吐露心声，帮他们解决实际困难；坚持参加各种学习活动和力所能及的社会服务活动。在每次义务劳动、爱心助学等活动现场，都能看到她和蔼可亲的笑容；每当中国共产党有重大政治活动和新政策出台时，她都会在第一时间写出心得体会，与年轻人进行交流沟通，并提出一些指导性建议。她还经常为社会弱势群体及受灾地区人民奉献爱心，从微薄的工资中拿出一部分支援灾区人们。

2010年，切除肿瘤手术后，本就积蓄不多的她，还对致公党烟台市委会领导提出，每年从退休金里拿出600元，资助贫困家庭孩子上学。2012年又表示："我年轻时就立志要报效祖国。现在老了，我就想，等我走了后，我的党费该怎么交呢？经过郑重考虑，我决定拿出2万元钱，作为特殊党费上缴组织，每年的利息用来资助家庭贫困的学生。"对于一个每月只有1000多元退休金、省吃俭用的老人来说，这笔钱可不是个小数目啊。

2013年1月2日，她走完了传奇又普通的一生。此时，距离她被批准为中共预备党员，只有18天……

"她这个人，就是非常爱国！外面再繁华富裕她都不羡慕，就是觉得中国好。"老人的女儿张海玲女士这样说。

"1997年，香港回归祖国时，她特地将致公党的同志们召集到家里看中英交接仪式直播，还说你们没在国外生活过，不知道祖国强盛有多么重要啊！只有祖国强大了，我们中国人、华人、华侨在世界上才有地位！"致公党莱阳支部前主委李德翔，讲起这段往事，记忆犹新。

"她留给我们最重要的精神财富，就是爱国爱党！我们这些年轻人，一定要以她为榜样，不忘初心，砥砺奋进，把这种精神传承下去！"致公党莱阳支部现主委徐荣激动地表示。

（五）

一位忠诚的共产党员走了，但她和她的精神，在今天，在未来，都像一座无字碑，镌刻于人们心中，定格在这片土地。她使后人铭记着一种精魂，一种信念：那就是祖国高于一切，忠诚超越一切。

短短两天时间，在人们的口口相传中，聆听着她的光荣事迹；在街头巷尾，感受到大家的赞叹称颂。五龙河畔的那个身影，愈发高大起来。

一个能找到自己信仰并不断追随的人，是多么的充实与幸福呢！莱阳这块热土上，因为有了她，便有了一种特殊的意义；也因为有了她及千千万万个和她一样的人，更使人心生敬仰。而在辽阔的祖国大地上，正因为有了许许多多抛头颅洒热血的革命烈士，才换来了今天的安宁与和平，祖国的伟大和强盛。更因为有了一个个赤胆忠心的儿女，用自己的实际行动，用青春和热血，诠释着一种叫作信仰的东西。

晨起的阳光，照在雨过天晴的大地上，金光四射。一片片玉米如林，身着深绿衣袍，昂首挺立；一畦畦花生匍匐在地，葳蕤茂盛；苹果树上垂着的果子，被牛皮纸袋包裹得严严实实；梨树张开枝桠，将根深深扎进泥土，繁茂的果实满了枝头。许多人家的门前，大朵芍药小朵月季，红黄淡粉，姹紫嫣红。有藤蔓从院里爬出，窜到墙面，年年生长，岁岁枯荣。

朦胧中,她微笑着,看着远处的群山连绵,听着近处五龙河水声潺潺,能长眠在自己奋斗过的土地上,能躺在祖国的怀抱里,足够了!

主人公简介:李谦敬(1928—2013),女,汉族,广东梅县人,印尼归侨。1928年1月出生于印尼雅加达。1950年6月回国。曾在张家口军委通信工程学院学习;历任山东莱阳县军方机务站机务员、上海市新宁初级中学教师、莱阳县邮电局营业员。1987年4月加入中国致公党,历任致公党莱阳小组组长、中国致公党烟台市莱阳市委员会第一届、第二届委员会主任委员;政协烟台市第六、七、八届委员会委员、政协莱阳市第四届、第五、六、七届委员会常委;烟台市致公党名誉主席。

作者简介:高丽君,鲁迅文学院第二十六届高级研修班(文学评论)学员。有多篇作品在《人民日报》《文艺报》《文学报》《散文选刊》《飞天》《青年文学》《朔方》《黄河文学》《散文诗》《罗马尼亚华人报》等发表。其有些文字被译为英文。出版散文集《让心灵摇曳如风》《在低处在云端》、随笔评论集《剪灯书语》、长篇小说《疼痛的课桌》。曾获"冰心散文奖"、"孙犁散文奖"、"叶圣陶教师文学奖"等各种奖项。

雷神庙的枪声

陈 晨

雷神庙战斗遗址位于山东省烟台市牟平城东南王贺庄，是著名的爱国主义教育基地，1938年2月，胶东抗战第一枪就在这里打响。盛夏七月，我应邀来到这里采风，瞻仰革命遗迹。

雷神庙战斗遗址原本供奉的是雷神、雨神、闪神，如今，庙中的东西厢房、三清殿、正殿和南厅都成了展厅。石壁上、台阶上，至今还留有当年激战时留下的枪痕。

在第一展厅内，迎面就能见到一幅巨幅油画。画上，一名长相英俊的青年男子，身着浅蓝色长衫，头戴礼帽，左肩搭着一个黑色的包裹。他的身后是苍茫的山，头顶是阴沉的云，脚下是崎岖的路，清俊的脸上不苟言笑，冷硬坚毅的目光看着远方，他在为山河破碎、满目疮痍的祖国忧虑，他在为救民于水火奔走。他的右手紧紧握着拳头，引而未发的力量凝结在指尖。

他叫理琪，原名游建铎，河南省太康县人。他出生于一个富裕家庭，原本可以选择一条安逸的人生道路，然而，他却义无反顾地选择了一条截然相反的人生道路——成为一名无产阶级战士，出生入死，为天下受苦大众求解放，争自由。1936年，理琪从河南来到山东工作，1936年12月因叛徒告密，不幸被捕入狱。1937年11月经党组织营救出狱后，奉山东省委的指示回到胶东，担任中共胶东特委书记，领导了天福山起义及威海武装起义，成立了山东人民抗日救国军第三军司令部，担任司令员。1938年2月，牺牲于雷神庙。

理琪牺牲那年才31岁，如今，80多年过去了，时光流逝，世事轮换，而他，永远定格在31岁的年华里。

站在他的肖像前，80多年前的滚滚风雷似乎犹在耳畔，呼啸的子弹似乎仍在耳旁穿梭。

那是1938年2月13日上午10时，理琪带着他的队伍，踩着厚厚的积雪，来到了雷神庙的庙门前。薄雾已经散尽，寒冬的太阳有气无力地探出头来。这是一座孤庙，庙很宽敞，分东西两院，西院是花园，东院是庙舍，打扫得干干净净。

理琪让身边的战士传令："让同志们都集合到雷神庙来休整。"

很快，战士们都集合到了雷神庙。经过一夜鏖战和急行军，战士们都已疲惫不堪，但大家都很兴奋，沉浸在胜利的喜悦之中。

昨夜一战，不费一枪一弹就解放了牟平城，胜得干脆利落，胜得大快人心。

"七七"事变后，日军的铁蹄一路横冲直撞，山河破碎，民不聊生。

1938年2月3日，日军占领了烟台，胶东国民党部队不战而逃。2月5日，日军占领了烟台以东60里（1里等于500米）的牟平城，并以"胶东善后委员会"的名义委任宋健吾为伪县长，建立了伪政权，随后，日军即撤回烟台。

看着日寇在家门口耀武扬威，激起了理琪及其将士们极大的愤慨。经过一个星期的摸底和部署，一场摧毁日伪政权、解放牟平城的战役悄悄打响了。2月12日黄昏，理琪、林一山率领山东人民抗日救国军第三军第一大队和特务队，在昆嵛山东麓、文登县与牟平县交界处的崔家口集结。夜幕低垂，万籁俱寂。参战部队在理琪、林一山的率领下，朝着牟平城悄悄地进发。

经过一夜急行军，拂晓前，部队到达城东南的八里堼。这天早晨，薄雾迷漫，理琪带领的部队犹如神兵天降一般出现在敌巢。还没等守城的敌兵反应过来，战士们已经迅速缴下南关敌人岗哨的枪，占领了城楼，冲进伪县政府、伪公安局，顺利地逮住了伪县长宋健吾、伪公安局长王紫岩，俘虏伪职人员及商团团丁百余人，缴枪近百支。

不到一小时，奇袭牟平城的战斗便胜利结束了，日本侵略者刚刚建立起来的汉奸政权被摧垮了。牟平城内的老百姓欢欣鼓舞，扯下敌伪政权挨门挨户插着的五色旗，撕得粉碎，大街两旁，换上了新贴的抗日标语。

大获全胜后，理琪率领战士们，押着伪县长等人，带着缴获的枪支弹药，穿过满街围观的人群，迈着雄健的步伐出了城南门。

理琪的部队到达雷神庙后，附近的村民闻讯赶来，纷纷送来大饽饽和饭菜，慰问战士们。理琪会同林一山、宋澄等几位负责同志进了山门西侧的南倒厅开会，商议下一步何去何从，到底是因地制宜建立抗日民主政权，还是回山里坚持游击战？

正在这时，突然，头顶传来飞机轰鸣的声响。这是日军得知牟平城被袭后，派出飞机盘旋侦察。雷神庙里的将士凝神静听，只听见轰鸣声渐远，敌机侦察一番后飞走了。半小时后，敌机再次飞临上空，盘旋一番后离去。

屡屡飞临的敌机并没有引起战士们的足够警惕，各处负责警戒的队伍也没发来警报，大家便仍按原定计划行动，一部分战士吃过饭后押解着俘虏先行离开，还有一部分战士等着吃饭，南倒厅的会议仍在进行。

午时刚过，敌机第三次飞临。战士们以为这次仍像前两次一样，只是例行侦察，还会很快飞走。

"报告！有情况！雷神庙被敌人包围了！"一位村民上气不接下气，跑到庙里报告。原来，敌机第三次飞临，并不是毫无目的的例行侦察，而是掩护日军向雷神庙扑来。

战士们顿时紧张起来，立即向在南倒厅开会的理琪和其他领导报告。

理琪一听，迅速提着驳壳枪走到院内，屋前屋后察看一番，只见庙的大门已被敌人的机枪封锁了，庙的前后左右都有敌兵把守，雷神庙已被团团包围。突围已不可能了！再看看留在庙里没走的战士，一共才20多人。

怎么办？

"大家沉着冷静，守住雷神庙，等待转机！"理琪吩咐大家，随后，指挥所有同志分别占据正殿、东厢、西厢、南倒厅，封锁大门、窗口、围墙和便门。

战斗打响了。一开始枪声稀疏，双方都试探性地开枪。紧接着，枪声越来越密，敌人的机枪，疾风骤雨一般，从四面八方朝着雷神庙猛扫。

"不好，司令员受伤了。"

正在指挥战斗的理琪不幸小腹中弹，扑倒在地。宋澄和张玉华急忙上前抢救，看看各殿都是敌人的射击目标，担心理琪再次受伤，就把他移到北大殿后花园的一丛高粱秸里。庙里条件简陋，根本没有救治的医药和条件。

理琪的伤势很重，肠子流了出来，血流不止，但他强忍着疼痛，对宋澄和张玉华说道："别管我，快去守住阵地，让大家节约子弹，坚持到黄昏突围。"宋澄和张玉华不忍心抛下他不管，但理琪很坚决，一再催促他们快去参加战斗。

　　被包围在雷神庙里干部、战士一共20多人，其中有三名女同志、两三个神枪手，还有十多名新入伍的战士。强敌环伺，战士们临危不惧，利用地形选择射击目标。李启明、孙端夫、司绍基、阮志刚、张玉华、宋澄等战士相互配合，形成密集的火力交叉网，打退了敌人一次又一次的冲锋。不少同志都受了伤，但每个人都守住自己的岗位，继续坚持战斗。

　　战斗的间歇，同志们去后花园看望理琪的伤势。理琪解下自己的枪，递给李启明，气息微弱地说道："要节省子弹，准备流尽最后一滴血。"

　　敌人几次冲锋都未得逞，恼羞成怒，以密集的火力发起了总攻。四面的屋顶曾一度被敌人占领，但在战士们坚决有力的反击中，敌人被打了下去。对面的屋顶，整齐地冒出了十多个敌人的脑袋，一齐朝院子里扫射。林一山见状，赶紧指挥神枪手胡老头回击。胡老头手起枪响，百发百中，每一枪都刚好击中敌人钢盔下沿的头面部，剩下的敌人见状，吓得赶紧从屋顶溜了下去。敌人一计不成，再生一计，企图用刺刀挑开紧闭的窗户，向内进攻。胡老头再现神威，靠墙斜立向窗外射击，顿时，窗外的刺刀全都消失不见。

　　后花园和东夹道的战斗同样激烈，宋澄、张玉华、李启明先后五次打下从北面爬进围墙的敌人，封锁住了正殿前通院外的西便门，一个个敌人都倒在门外。

　　我军20多人，抵抗了上百名敌人的猖獗进攻，迫其不能踏进庙门一步。

　　天渐渐黑了下来。敌人急红了眼，放火进攻，顷刻间，南倒厅被点燃。守卫在南倒厅的同志迅速转移到东西两厢。火越烧越大，形成一道火墙，敌人也不敢冒着火焰往里冲。一时间，熊熊的大火倒成了三军指战员的一道防线。"轰！"一声震响，南倒厅墙倒屋塌，我军的正面完全暴露在敌人面前。天已经大黑了，突围的时机终于来到了。这时，为策应我军，原驻牟平城的国民党牟平县保安大队大队长张建勋率领队伍赶到牟平，向日军发起进攻。

"同志们，援军来了，冲啊！"听到从敌后传来的枪声，宋澄连忙组织同志们突围。

张玉华背起理琪，从雷神庙的西便门冲了出去。理琪软软地伏在张玉华的背上，已不能讲话了。向南走了一两里地，遇到住家，找到一块门板，张玉华就和李启明抬着理琪走。又往前走了不远，到了杨岚村，遇到一家临街的房子，点着煤油灯，屋内没人，炕很暖和。大家把理琪安置在炕上，但理琪再也没有醒来。

雷神庙战斗是胶东抗日第一战。那场战斗从午后打到晚上八九点钟，历时七八个小时。在战斗中，我军指战员奋不顾身，英勇杀敌，以劣势装备，抗拒数倍于我的优势敌人，打退了多次进攻，毙伤日军50余人，取得了奇迹般的胜利。这一仗，打破了日军不可战胜的神话，群众的悲观情绪一扫而光。雷神庙战斗，极大地鼓舞了胶东人民的战斗意志，奠定了胶东人民抗战必胜的信心，抗日的烈火迅速燃遍胶东。从此，胶东军民在中共胶东特委的领导下，开始了武装抗日新阶段。

雷神庙战斗遗址的负责人张馆长带着我，在庙的前后左右走了一圈，告诉我在这些地方敌人当时是怎样进攻的，我们的战士又是如何还击的。有一块不到0.8平方米的铁皮雨搭子上，清晰地留下了138个弹孔，可以想见当年战斗的激烈程度。

走到后花园的一角，张馆长告诉我，理琪同志当年负伤后，就是躺在这里的高粱秆里。那天是正月十四，前一天刚刚下过大雪，彻骨的寒气肆无忌惮地侵入理琪的身体，身负重伤的理琪在饥寒交迫中一点一点流尽了血。

当年的高粱秆早就踪迹全无，理琪的鲜血浸染过的土地上，一丛丛茂密的植物正在蓬勃地生长着。

理琪牺牲后，先是被安葬在崔家口，后被移灵至英灵山革命烈士陵园。迁灵那天，一百多里地，老百姓一路相送，理琪的灵柩一直没有落过地。

站在雷神庙的庙门口，张馆长指着前面对我说："那天，张玉华背着理琪，就是顺着这个方向离开了雷神庙。"

那时候，雷神庙周围是一片农田，一条狭窄的乡间小路通向远方。如今，对面是一个很大的广场。广场上正在搭台，背景的幕布上是男女主持人大大的头像，入夜这里将有一场盛大的文艺演出。一种叫"山楂树下"的饮料一字排开。我走过去，促销的工作人员递给我一瓶，请我免费品尝。我尝了一口，很甜，颜色殷红，让我想起了理琪的血。当年，理琪就是这样一路滴着血，伏在张玉华的肩上，离开了雷神庙，也永远地离开了人世。

但如果他在天有灵，看到他战斗的地方如今一片歌舞升平，他也一定会觉得欣慰自己的血没有白流吧？

当年跟理琪一起在雷神庙战斗过的同志，除了特务队队长杜梓林也在这次战斗中不幸牺牲之外，其他同志都在后来的革命战斗中不断茁壮成长。理琪担任过司令员的第三军，后来不断壮大，分出了27军、31军、32军（后改为海军）、41军。这些英勇的队伍，他们的根在雷神庙。

参加过雷神庙战斗的同志，后来都曾数次回到雷神庙，忆起那个子弹横飞英勇战斗的冬日，忆起那个牺牲在这里的特委书记、司令员——理琪。他没有参加过的战斗，他们替他去参加了。他没有看到的抗战胜利，他们替他等到了。他没有等到的新中国，他们替他经历了。

背过理琪的张玉华，后来参加了抗日战争、解放战争、抗美援朝，做过南京军区的高层领导。他生前曾四次来到雷神庙，一遍一遍诉说1938年2月的那场战斗，说到激动处，眼中泪光闪动。

2014年，在纪念中国人民抗日战争暨世界反法西斯战争胜利70周年的"9·3"阅兵中，山东40余名平均年龄90岁的抗战老战士组成方队，在天安门广场接受祖国和人民的检阅，其中就有张玉华。那年，张玉华已98岁，身体里仍然残留着一枚子弹，他满脸的皱纹珍藏着战斗的岁月，胸前的勋章凝结着曾经的辉煌。车队驶过天安门广场时，张玉华神情庄重地举起了右手，敬了一个军礼。天安门广场上的掌声，潮水般汹涌。

2017年9月10日，张玉华因病医治无效，在南京逝世，享年101岁。在他生命的最后一息，他的魂魄一定回到了胶东，回到了烟台牟平，回到了雷神庙。

如今，参加过雷神庙战斗的战士都已追随理琪于地下了，但雷神庙的枪声至今仍在回响。那枪声，隔着80年的风雨，传达着胶东的英雄儿女众志成城、共赴国难，用鲜血和生命铸就中华民族反侵略战争的决心。那枪声，像催人奋进的鼓点，激励着走过烽火硝烟的中华儿女，阔步行进在伟大复兴的征程上。

作者简介：陈晨，中国作家协会会员，全国公安文联联络部副主任，全国公安文联理事兼散文分会副主席，全国公安作协签约作家，鲁迅文学院第三十三届中青年作家高研班学员。近年作品散见于《人民文学》《美文》《延河》《萌芽》《岁月》《诗歌月刊》《中国报告文学》《中国文化报》等报刊。多次荣获全国性散文奖项，多篇作品入选年度排行榜及各类年选，散文作品《乡间一棵草》获第七届冰心散文奖。已出版作品集《我的战友帅哥》《我的大海》。

蒲公英花开

初曰春

老刘头

老刘头做了个梦，醒来之后便有些头疼。再回想梦中的情境，居然没有半点印象。但有一点是确切的，梦做得乱糟糟的，反正是不吉利的那一种。

他唉声叹气地坐在那里，给烟袋锅续上烟丝，点上，烟雾缭绕开来，他觉得所有的一切都更加模糊了。儿媳妇端来早饭，他吭哧半天没动筷子，等烟火灭了，老刘头才嘱咐说："你们都警醒着点儿，能不出门就别出门了。"

问明白了缘由，儿媳妇笑了，因为老头子当年干过村支书，是个不信邪的人，可这几年居然也开始信命了。她也跟着叹口气，笑容便慢慢凝固在了脸上，心想，年岁不饶人这句话还真是在理儿。

老刘头爱鼓捣小匣子，所谓的"小匣子"就是那种拿在手里的半导体，他最大的爱好就是逮着中央台听新闻，一天到晚，总也听不腻。别人取笑他在装，他不急也不恼，说不掌握个上级精神，还不如圈里养的老母猪，别不服，要么你也来装个试试，恨不能一句话把人呛个半死。

这天，他又跑到了村口。村口有棵大槐树，许是有了温泉的滋润，长得格外茂盛。他喜欢在树荫下听新闻，顺便跟街坊邻居吹吹牛。当然，他更多的时候是等着别人夸赞自己的孙子。

孙子勇超真不孬，打小就爱学习，虽然偶尔也会闯个小祸，但比一般人要孝顺许多，就连手里的这个小匣子都是人家孩子送的。关键的问题是，那时候勇超还在上高中，知道老刘头爱听新闻，从牙缝里挤出的零钱买来的。

老刘头能不欢喜吗？把小匣子抱在手里，跟当年抱孙子那会儿一样，生怕磕了碰了。

在村里人的心目中，勇超是个很有主见的人，高考的时候自己填了志愿，学的是森林防火，毕业后分到了西南边陲干消防。有人担心，说跑那么老远，往后再娶个云南媳妇儿，老婆孩子热炕头，把老家早就忘到脑门子后了。

老刘头听后还是不恼，说滚蛋吧，别人属龙属老虎，你就是属狐狸的。还没等对方搭腔，他又摇头晃脑地念叨，你们呐，就是羡慕嫉妒恨。

好家伙，跟着小匣子，新鲜名词也学会了。说归说，他还是很惦记勇超的，谁舍得把孩子扔在外地呢，更何况那可是老刘家的独子。只不过，老刘头不好把心里话说出来罢了。他不能跟老伙计们说，怕人笑话；也不能跟勇超父母说，怕两口子心疼；更不能跟孙子说，怕小家伙工作上分心。

人呐，很多时候都会把苦咽进肚子里，老刘头又何尝不是如此。想起这些烦心事儿，他就有些心不在焉，就连平常爱斗嘴的老哥儿几个都没搭理。

他把马扎子搁到地上，一屁股坐在上面，把小匣子拨弄出声响，还没听上几句，就再也坐不住了。他觉得浑身都刺刺挠挠的，很败坏情绪。不对，他现在根本就没有情绪，他很想马上给孙子打个电话。

旁边有人咋呼了一嗓子，说天老爷啊，一下子死这么多消防。

老刘头这次是真恼了，急赤白脸地说，那是死吗，那叫牺牲。

那人嘟囔，都是一回事儿。说完，又跟着"妈呀"一声，问："老刘头，你孙子勇超不就是干这个活儿的吗？"

他本来还想说点什么，但他忽然发现，嗓子眼里跟堵了什么似的，一句话也说不出来了。如果孙子真去了四川木里呢？新闻上说过，国家越来越强大，遇到灾害什么的，就会从附近调集所有力量。

他恍恍惚惚地回到家，进门就问儿媳妇："四川离云南有多远？"

儿媳妇被问愣了，说爹，这都头半晌了，你还在梦里，没睡醒啊。

他再次提到夜里做的梦，说不吉利啊，我想勇超了。

儿媳妇哭笑不得，说行啊，你要信梦也别瞎想，自古有句老话，梦都是反的。

老刘头没应声，隔着窗玻璃，看到不远处的育秀学校，隐约觉得，此情此景跟许多年前的那次极其相似。

苗玉秀

1992年9月27日。

一大早，老刘头就出了门。那时候，人们管他叫老刘，他跑到村长家里，张嘴就说自己做了个梦。

村长说，做个梦有什么稀奇古怪的，是人就得做梦，不做梦跟你养的禽畜没什么两样。

他没接茬儿，自顾自地说，还真是怪，我梦见了苗玉秀，我的妈呀，兵荒马乱的，正逃荒呢。现如今人家在台湾，可是有名的"面粉大王"，莫不是有什么凶兆吧。

村长愣了一下："你怎么也迷信那一套，再者说，苗玉秀从来没跟咱老家联系过，八竿子打不着，净瞎寻思。"

可谁都没想到，苗玉秀在这一天回村了。

老刘和村干部埋怨上级领导，说怎么不打个招呼，好歹咱也组织几个人列队欢迎啊。

苗玉秀就在这个时候开口了，说都是乡里乡亲的，咱不讲究那些虚头巴脑的。

老刘接着就要去买鞭炮，说苗同志回老家，我得搞点动静出来。

随同的一个年轻干部纠正："得喊苗先生。"

苗玉秀马上变得严肃起来，说不对啊，这次我回来，很受感动，咱都是志同道合，喊同志没毛病啊。

众人哈哈大笑。笑声中，有人向老刘介绍一行人的情况，介绍道统战部和对台办的人时，他犯了迷糊。过了好一会儿，他还是没忍住，问统战部是个什么阵势，都和平年代了，还得通知打仗吗？

这话把别人问蒙了。1994年之前，牟平还是个县，一位县领导把他拽到一边，说你不懂就别瞎叨叨，也不怕人家笑话。

老刘也是直脾气，说不懂才要问，那个什么来着，对，不耻下问。

县领导彻底没招儿了，说你呀你，还真得加强学习。

苗玉秀听后打圆场说："人这辈子活到老学到老，走到哪儿都不能忘本，咱一会儿就去看看我老师杜传文先生。"

杜传文是新中国成立前的私塾先生，跟老刘是邻居，他一听就说你等着，我这就把老人家喊过来。

苗玉秀摆了摆手，说那可不行，学生拜见老师，礼道绝对不能乱。

这句话一说完，老刘就忍不住插言：你这腔调怪亲的，跑到台湾也没改口音，有句话叫什么来着，乡声么改……

苗玉秀"扑哧"笑了，说还小品呢，那句话叫，乡音无改鬓毛衰。还好，我趁着年富力壮回到祖国的怀抱了。

老刘没头没脑地又问了句，你还知道小品啊。

苗玉秀一扭头，说：那可不是，我经常摆弄半导体，听戏、听相声、听小品，都是国粹啊。

县领导提醒老刘说，你可真得加强学习了。

说话间，他们走到了村里的小学旁。真是无巧不成书，孩子们正在集体朗诵贺知章的《回乡偶书》——少小离家老大回，乡音无改鬓毛衰……听着听着，苗玉秀的眼泪就下来了。

他抹了一把泪，走到墙根前，弓下腰，采下一朵小黄花，捧在手里，喃喃自语：等它结了果，就是蒲公英，飞得再远，也会落地生根。

所有人都默不作声了，他们看看苗玉秀，又看看他手里捧着的蒲公英花，谁都不知道他在琢磨什么。

勇超

勇超此时正在北京，接到母亲的电话心里咯噔一下。在外的游子多伴有这样的经历，生怕家人突然之间打来电话，万一家里有个三长两短呢。

母亲上来就说，快给你爷爷视个频吧，他这一晌都不知道在琢磨什么，嘀嘀咕咕的，非要搞清楚云南离四川有多远，他都忘了你借调到北京帮助工作了，老糊涂了……

勇超的眼眶立马热了，他不怪罪爷爷，他知道爷爷是在惦记自己。老实说，他正在战备，四川木里森林的大火牵动了那么多人的心，作为森林消防的一员，他也盼着能到一线。

很多事情都是不以人的意志为转移的。读高中时，也是四川，发生了大地震，那么多消防员救援的身影让他萌生了一个想法，将来干消防。勇超在高考志愿上填报了与此有关的专业，好多人都搞不懂，以为他脑袋瓦特了，说那个活儿多危险啊。

实话实说，他也曾经动摇过，是爷爷给了他信心。爷爷说，男人就得干大事儿，跟蒲公英一样，飞得越远越好。

直到现在，勇超还记忆犹新，上初中时写过一篇作文，题目就叫"蒲公英花开"，把未曾谋面的苗玉秀比喻成异地生根的蒲公英。因为爷爷时常给他讲苗玉秀的故事，有时候，他特别烦气，毕竟那还是个爱贪玩的年纪。

在勇超当年的认知里，苗玉秀是个讲诚信的人。苗玉秀年轻时在烟台、青岛做生意，大概在1947年，他和十几位股东凑钱，成立了宝华商行，亲自出任经理。可怕的战争让商行停业了，但他把账款封存于柜，直到44年后，才辗转找齐了所有股东，连本带利还给了人家。

勇超在作文里写到了这段故事，还专门抒发了个人的感想，说诚信是中华民族的传统美德。回忆起来，虽然当时文笔稚嫩，但确实是有感而发。

有些事情是爷爷告诉他的，更多的是他从报纸上看到的。苗玉秀在那次返乡之后，捐款600万元建了个学校，当时勇超最爱去的就是学校图书室。在乡下中学里，育秀中学的办学条件首屈一指，而他本人就是受益者。

没错，在上初中一年级那年，他从图书室的旧报纸上看到一条消息，说是在1995年12月，苗玉秀出资5260万美元，独资成立了烟台台华食品实业有限公司，来回报故乡的父老乡亲。时至今日，公司的生意风生水起，是纳税大户。

很多细节仍然历历在目，在建设学校那会儿，工地上的建筑工人都爱往勇超家里跑。每逢人到齐了，爷爷会吩咐把电视机搬到门口，而他自然是在大人们之间跑来跑去，干些端茶倒水的营生。

有人私下里说老刘家犯傻，耗了自家的电，干些赔本买卖。就连勇超都觉得话说得过分，可他记得真切，爷爷要么笑而不语，要么在夜深人静的时候，搂着他说，搭上个电费水费算什么，人家苗同志拿出了好几百万……可惜，那时候勇超年龄小，很多话还想不明白。

勇超如今是想明白了，他现在已经打算好了，马上就跟爷爷视频通话。他要让爷爷再讲一遍苗玉秀跟蒲公英花的那段事儿。他认为，爷爷心里敞亮着呢，保准能晓得自己的心思，说一千道一万，这比说什么忠孝难两全更有说服力。

在拿起手机的时候，勇超眼前冒出的是家乡的蒲公英。是的，在牟平区龙泉镇正是蒲公英花开的季节，他眨了眨眼，仿佛看到从育秀中学走出来的孩子们，都跟自己一样，在祖国各地生根发芽。

勇超轻声笑了，因为这幅画面很美好。

作者简介：初日春，中国作家协会会员，全国公安文联创作室副主任、影视专业委员会副秘书长。代表作品：长篇小说《一级战备》《一号战车》《火浴》、中篇小说《老赵家里的》《阳光的声音》《合租客》、短篇小说《刺槐花开》《月季花开》《碧桃花开》《腊梅花开》、散文《醋香绵长》《大河湾》《沙棘红了》、报告文学《断齿》《破冰之战》等。在多家报刊开辟专栏，参与多部影视剧创作。出版小说集《我说红烧，你说肉》、散文集《初一十五看月亮》。曾获金盾文学奖、冰心散文奖等多个奖项。

赴烟台之约

峻 毅

（一）

我是相信缘分的人。我始终认为，一个人赴约一个地方，是需要缘分的。

之前，我总觉得自己与烟台有情无缘。我先生曾在烟台海军某部当兵，从战士到副营级干部，把一生中最美好的青春年华留在了部队，留在了烟台。他和他的战友们对烟台念念不忘，几次相约带家眷在烟台聚会，我总是有这样那样的事缠身没能赴约。去年，几家人早早说定，待红富士苹果成熟时相约在烟台。不曾想，到了约定赴烟台的日子，正赶上我参加浙江省作代会，又一次与烟台擦肩而过。

这次终于能如愿赴烟台之约，真要感谢冰心先生，因为这缘是冰心先生为我结下的。烟台市委统战部和中国散文学会邀请部分冰心散文奖获奖作者相聚烟台，参加用散文书写"烟台统一战线历史、文化、人物、故事"采风活动，我有幸受邀。

（二）

梅雨季节的江南，早已习惯在滴滴答答的雨声中苏醒。我吃过早餐，从四处湿漉漉的东海之滨——宁波，坐上高铁，经南京转车，一路北上。我顾不上欣赏窗外的风景，埋头查阅相关资料。不知不觉，抵达扼守渤海湾口的烟台，时间已进入了一天中的最后一个时辰。

都市的夜，大同小异，都被霓虹灯所笼罩。烟台火车站不大，是蓝烟铁路的终点站，夜车旅客不多，烟台市委统战部安排接站的同志在出站口接上我。

载着我的车奔驰在去凤凰山宾馆的路上。驶出烟台城区，路上来往车辆很少，霓虹灯和喧哗声渐渐被越来越浓的夜黑吞噬，车灯照射以外的天地像泼了墨似的，什么也看不见，分不清东南西北。

约半小时的车程，车驶入空气新鲜、安宁静好的凤凰山宾馆。走下车，迎面扑来阵阵夜风，拂起长发，裙袂飘飘，车船劳顿瞬息无了踪影；原本已有些迷迷糊糊的大脑，一下子被凉风洗涤得清清爽爽。

烟台的夏夜，不开空调，不垫凉席，还要盖被子，一觉睡到自然醒。

推开窗，吹着凉爽爽的晨风，聆听莺鸟晨唱；像一泓清泉的晨光，映得庭院草木滴翠，花更红，树更绿，宁静中透着鲜活的味道，让人感觉到非常安逸，非常享受。无意间，手碰到晾在窗框上的棉质内衣内裤，一夜间竟然已经风干了，确实有些意外，烟台的夏竟是如此凉快又干爽。虽说烟台与宁波都是海滨城市，但此时的宁波却又潮湿又闷热，稍动动身就出汗，常常身上身下里里外外都发黏，有时头发都会发黏；洗过的衣服，没有太阳晒，晾几天都是潮的，让人心生讨厌，甚至有些郁闷。难怪有位文友说，如果不谈经济及其他，纯粹论安居，她会选择烟台。同样的话，我先生和他的战友们也多次说过，之前我听过且过，压根没有认真想过，因为我并不相信。他们早已转业回乡，但每次说起烟台的夏天、烟台的海滩、烟台的水果、烟台的葡萄酒、烟台码头烟台山……，尤其说到他们营区烟台山和烟台山下的军港，还有距离烟台山不远的张裕葡萄酒厂，总是声情并茂，兴奋得很。我理解他们对烟台的感情是由军营情结而起的。当我身置烟台，对烟台的历史文化、人文景观和当下的吃住行有所了解后，我发现自己对烟台老兵们的理解并不到位，烟台确实是个宜人安居的好地方，我只待了短短几天都滋生了难忘的情怀，何况他们生活了十几年。

（三）

赴烟台之约，想了解烟台的历史文化和人文景观，拥有126年历史的"张裕"是绕不过去的。"张裕"是近代著名亦商亦官爱国华侨、实业兴邦的先驱者、富可敌国的南洋首富张弼士先生创办的中国第一个工业化生产葡萄酒的厂家。它像一部厚重的书，是中国民族企业崛起的历史缩影。

"张裕"无疑是烟台的一张名片，无论过去，还是现在，无论中落衰败，还是涅槃重生，都是响当当的；烟台能被誉为"国际葡萄·葡萄酒城"，成为亚洲的第一个葡萄酒城，自有"张裕"的贡献。然而，这张名片背后的党的统战工作的渗透、让濒临破产的张裕公司真正得以涅槃重生的文化密码却鲜为人知。看一个企业（或地方）的文化密码，就得去博物馆，博物馆在这个企业（或地方）文化中扮演着很重要的角色，是企业（或地方）文化集中展现的殿堂。

张裕酒文化博物馆坐落于张裕公司原址，被山东省政府和烟台市政府定为爱国主义教育基地，国家AAAA级旅游景区；淋漓尽致地展示了张裕公司的历史底蕴。

在张裕酒文化博物馆综合大厅展示墙上，有两块黑色的大匾，刻烙着张裕公司历届主要领导人名字，让我特别关注，早在1946年，张裕公司已经成立了党支部……

根据烟台市统战部提供的相关资料介绍——"20世纪30年代早期，烟台张裕酿酒公司创始人张弼士第六个儿子张巨烺，参与了公司的事业。在抗日战争的烽火年代里，张巨烺及其一家在党的统一战线政策感召下，走上了抗日救国的道路，为烟台的解放做出了很大贡献。"而我在这两块名单匾里并没有找到张巨烺的名字，直到走出博物馆，也没有找到有关张巨烺的更多信息。这是怎样一位无名功臣？

我怀着崇敬心和好奇心，采访了烟台市和芝罘区党史研究室退休干部滕振贤先生。

滕振贤先生为写《寻找张家大小姐》《抗日爱国的一家》和《英雄母女》等与张巨烺一家人有关文章，曾多次采访了张巨烺的家人和周边的知情人。张家大小姐便是张巨烺的大女儿张世禄，若还在世，也已是耄耋老人了。

张巨烺的家人和认识张家的知情人，我是没有机会去寻找了，时下能从滕振贤先生掌握的第一手史料里认识和了解张巨烺和他的家人，可以算最直接的采访了。我听芝罘区委统战部常务副部长崔宗进先生非常自信地说过："我们滕老师手里掌握的有关张巨烺一家人的史料，详实是毋庸置疑的，他若说一，绝对没有人敢说二。"如此看来，我能采访到滕振贤先生是幸运的。开始，滕振贤先生一口方言，让我有些不知所措，幸好有芝罘区委统战部两位副部长为我翻译。

（四）

滕振贤先生说，张巨烺一家的故事，足可以写一部长篇纪实。

张巨烺与张弼士其实是没有血缘关系的。张巨烺是张弼士第六房姜室的养子。当时，张弼士老家广东省大埔县有个传统风俗，姜室没有子嗣是进不了族谱和宗祠的；膝下无儿无女的六姨太，在印尼抱养了张巨烺，在张弼士的儿子中排行第六。张弼士谢世时，张巨烺只有十来岁，养子又患有癫痫病，在豪门里颇受排挤，小小年纪便跟着大哥张秩捃漂洋过海来到了烟台张裕公司学生意，其实就在大哥手下干点杂活。

随着岁月的翻篇，张巨烺渐渐退去了少年的稚气，长成了帅小伙子。一天，与公司对面不远处开茶水铺的姑娘李德贞邂逅，被李姑娘的温婉靓丽深深吸引，生产了爱慕，坠入了爱河。1926年，张巨烺20岁，有情人终成眷属，第二年在马来西亚生下了爱女，世字辈，取名婉容，字世绿。小婉容与母亲留在马来西亚陪伴奶奶，倒是过着衣食无忧的大小姐生活。张巨烺除了探亲回家，一直坚守在实际上已不怎么景气的张裕公司。

1930年立春那天凌晨，张裕公司遭遇大火洗劫，厂房与地面设施焚烧殆尽，直接损失达数百万之巨。时任总经理卷款携逃，造成公司资金链断裂，被迫停产。为恢复生产，张秩捃回广东筹款求援，张巨烺留守烟台。可是，张秩捃筹款求援举步维艰，末路穷途，只好返回烟台，终因债台高垒，不得不将张裕公司抵押给中国银行烟台分行代管，虽然得以复工，但实际控制权落入了他人手中……徐望之作为中国银行烟台分行行长，正式兼任张裕公司总经理后，聘张巨烺为张裕公司总监理，但每月只给30元薪水，根本不够张巨烺的日常开销。张巨烺只得抽空到烟台第八中学做兼职体育老师，日子再艰难也没有离开张裕。

1937年暑期，李德贞携女从马来西亚到烟台探亲，岂知卢沟桥事变后，日本加速扩大侵华战争，全国战火纷飞，李德贞母女只好滞留烟台，聪慧的张世绿考入了崇德中学。烟台方言"绿"与"禄"谐音，形也只是偏旁不同，不知哪天起，张世绿便成了张世禄。

1938年春节，张世禄和妹妹们还沉浸在过年的喜悦里，日本侵略军的铁蹄踏入了烟台，对烟台强行实施残酷的统治。尽管张裕公司葡萄酒产业不景气，但名声在外，加上张裕附属玻璃厂一度加班增产仍然供不应求，日寇早就虎视眈眈，一心想吞并张裕公司，不断地派出各种技术人员进厂考察。太平洋战争爆发后第二天，日寇便迫不及待地对张裕公司实行了军事管制。此前，张秩捃为避战火已返回广东大埔老家。日寇为其侵华战争需求，企图让张裕公司改产军用酒精，遭到张巨焜的决然拒绝。

日本人讥讽侮骂张巨焜："你他妈的又不是中国人！"

张巨焜铁骨铮铮回对："不管我是哪国人，我站在中国的土地上，生活在中国，我就是中国人。"并动员技术人员悄悄离厂，不仅酒精没有生产出来，连酒厂也无人管了。

日寇恼羞成怒，怀恨在心，强行把张巨焜一家从张裕酿酒公司的宅院小楼赶出，逼迫逐入到东河沿贫民窟几间低矮潮湿的破房里，并停发了张巨焜的薪水，彻底断了张巨焜一家人的生计命脉。

张巨焜并没有因此屈服，一家人与烟台民众一样，被置于饥寒交迫的窘迫之中。好在李德贞贤淑能干，日夜辛劳，纺草绳，织毛衣，缝缝补补样样做。

张世禄和妹妹张世清也被迫辍学。生活所迫，张家小姐妹没有一点豪门小姐的娇气，天天背起筐篓，早出晚归到垃圾堆拣煤核，然后拿到茶水铺换些零碎钱添补家用。

（五）

1942年，在上海法租界给法国人做厨师的牟德海回烟台探亲，经中共胶东区党委统战部的引导，秘密参加入了胶东抗日工作。那年冬天，中共胶东区党委统战部派牟德海在烟台开展党的统战工作。牟德海以岳父在烟台开设的茶馆建立了地下联络站，而后又在张世禄家对面不远处的建德街15号姨母家新建了一处联络站，发展自己的姨母为联络员。

一天，张世禄带着妹妹，吃力地背着装得满满煤核的筐篓走在街头上。尽管姐妹俩头发剪得像男孩儿，蓬头垢面，浑身上下黑不溜秋脏兮兮的，但那双会说话的眼睛闪烁着与众不同的睿智，举手投足透露出大家闺秀的气质，立刻引起牟德海的姨格外关注。

这是哪家的闺女啊？怎么舍得让她们干这种流入街头的活啊！

一问，得知这对小姐妹是张巨烺家的闺女，牟德海的姨惊讶得说不出话了，自己跟姐妹俩的妈妈李德贞曾经可是无话不聊的闺密，李德贞嫁给张巨烺后少了联系，李德贞迁居海外后便杳无音信，没想到嫁入豪门的闺密，竟会如此落魄，住贫民窟不说，还让女儿们拣煤核度日。

牟德海的姨抚摸着张世禄姐妹俩皲裂的小手，心疼极了，二话不说，很快就想办法找到李德贞，说再难也不能让小姐俩拣煤核了。牟德海的姨通过各种关系，硬是在伪军接管的芝罘电报电话局里，为张世禄谋了一份临时接线员的活。带班的看她那么小，担心她不懂常识，特地叮嘱，喝水的时候千万不可把水杯放在总机台上，总机台是绝对不能进水的，一旦进水所有电话都不通了。

张世禄认认真真地牢记着。开始干得挺好，渐渐地有些外县的伪军从电话里听到她是个女孩儿，调戏和侮辱的语言经常不断，很快把她给惹火了。

不是说总机台进水所有电话都不通吗？我就偏偏让电话通不了，有什么事你们就得自己跑下去通知。你们想欺负人，我就不让你们好过！张世禄用这个自认为可行的方法进行报复。几次电路突然中断都是张世禄当班，自然引起怀疑，查明原因后，结果可想而知，张世禄被开除了。念她年少无知，又事出有因，也没有过深追究。

李德贞又找上牟德海的姨，央求她再给闺女找份工作。牟德海的姨让李德贞不要着急，说自己的外甥走南闯北的人脉广、关系多，会有办法的。她一边安慰李德贞，一边联系牟德海，把张家的遭遇和现状向组织汇报。牟德海觉得张家是很好的统战对象，马上向自己的直接领导——胶东区党委统战部部长于谷莺，汇报了自己的想法，得到于谷莺的支持，让牟德海的姨问问孩子的妈，愿不愿意把孩子送往解放区。李德贞听后没有一丝犹豫，觉得孩子能送往解放区多好啊，起码可以让孩子不受欺负，可以让孩子不再挨饿。

1943年的春天，张世禄离开了父母，跟着牟德海夫妇蹦蹦跳跳到了解放区。

牟德海把张世禄带到于谷莺跟前，于谷莺问小姑娘："怕打仗吗？"张世禄一脸天真阳光地回答："不怕！我读过《三国演义》呢！"

于谷莺也是大地主家庭出身，从大地主家大少爷走上革命道路。看眼前的张家大小姐落落大方，文静中透出一股坚强，生活的磨难还是没有淹没大家闺秀的气质，觉得是棵好苗子，得好好栽培，得让她及时接受党的教育，就决定把她送到胶东公学，不仅学习科学文化知识，学习团结协作完成各项任务，还有许多社会实践活动，抗日救国热情高涨。

张世禄在胶东公学学习期间，一有机会便给家里写信，把自己在抗日根据地的所见所闻和党组织关怀下的生活状况告诉家人。渐渐地，张世禄的父母对解放区有了了解，对中国共产党领导的抗日寄予很大的希望。在闺女的影响下，李德贞又找了自己的闺密，说："能不能跟你外甥说说，把我也带到解放区吧！"牟德海获悉向组织汇报，得到了胶东区党委的支持。当时，李德贞身边还有三女一儿，儿子还在襁褓中，为了能安全通过敌人的封锁线，她含泪把儿子送进了一家孤儿院，带着三个女儿来到解放区。党组织把她们母女作为抗日家属予以照顾，把她安排到小学教书。

共产党的统战政策给张家带来了新生。1943年的一天，长期身置日寇统治区的张巨烺应邀到解放区参观，军民篮球赛时还饶有兴致地担任了裁判员；他亲身感受到了"解放区的天是晴朗的天，解放区的人民好喜欢，民主政府爱人民呀，共产党的恩情说不完……"，他彻底认清了抗日形势，认定只有共产党才能救中国，抗日才能走向光明。回到烟台，他主动参与抗日工作，支援抗日战争，秘密为前线采购药品和食品等紧缺物资。

张世禄从胶东公学毕业，加入了中国共产党，被安排在中共胶东区党委统战部，受于谷莺直接领导，干情报工作。1945年，八路军为收复烟台做准备，需要掌握烟台日伪军的内部情报，党组织决定派员打入烟台日伪军内部。派谁合适呢？于谷莺第一个想到的就是张世禄。张世禄机智勇敢，在烟台有张家大小姐的身份掩护，又有文化，比一般人更有条件打入日伪军内部。张世禄便以在国统区上学回家的身份，回到烟台，受烟台特区工委领导。此时，正遇烟台伪警署公开招考职员，张世禄以优异的成绩考入伪警署特务科。从此，这位碧玉年华的青春少女置身极其复杂和危险的环境中，为了智取敌人的各种机密情报，及时传递给党组织，忍辱负重。她还按上级要求，查找出隐藏在伪警察局里的一对叛徒夫妇，为党组织清除了一大隐患。

（六）

烟台收复前夕，李德贞受胶东区党委情工部委派，带着三个女儿回烟台，做地下情报工作，多次独自一人摸黑往返于市区与南山山间小路，穿过弃柩地，越过封锁线，将情报送往秘密联络站。

李德贞和张世禄母女俩都是地下情报员，都搞地下情报工作，但妈妈不知女儿的身份，女儿也不知妈妈的身份，谁都不能暴露自己的身份，相互猜疑，相互试探，相互提防，又相互牵挂。看闺女去送情报，妈妈总在耶稣像前祈祷闺女平安；看妈妈出去送情报，女儿总是提心吊胆地倚门等候妈妈归来。这看起来似乎很有戏剧性，但确确实实是发生在这对母女身上的故事。

张世禄身置伪警署，早把生死置之度外，严密监视敌人动向。1945年8月22日晚，张世禄准备去伪警署看看有什么情况，无意间发现有大批日军在夜色掩护下正在登船，伪军们装扮成日军重新调动各县队伍。不好！鬼子要逃。这个情报必须马上送到南山八路军前沿指挥部。张世禄火急火燎地跑回家，边跟妈妈说，晚上不要等我了，边拉上12岁的妹妹张世清，急忙地朝南山方向跑。

头顶上不时有零零星星的子弹飞过，跑过被炮弹轰炸过的大户大家的坟地，棺柩都炸烂了，死人的衣服挂在树枝丫上飘来飘去的，令人毛骨悚然，张世清被吓得挪不动脚步，张世禄抱住妹妹，蒙住妹妹的眼睛，叫妹妹不要看不要想，然后拖着妹妹拼命地往前跑，绕过敌人道道卡哨和铁丝网，连滚带爬进入八路军前沿阵地战壕时，裙子、丝袜都划碎了……

张世禄的情报为八路军攻城部队确定总攻时间和目标提供了准确依据，张世禄姐妹俩冒死夜送情报的壮举，为收复烟台所做的贡献，受到胶东区委和军区等部门的共同表扬，也成为历史佳话。

烟台收复，李德贞第一时间想把儿子接回家，谁知那家孤儿院竟然消失得无踪无影，多方打听都杳如黄鹤，她又全身心地投入到保卫烟台、建设烟台的工作中；张巨烺积极响应政府的号召，着手组织恢复张裕葡萄酒生产；张世禄被任命为市公安局侦察组副组长，又投入到侦破敌特的斗争。

……

（七）

七月七日，是中国人民难忘的日子。一九三七年的七月七日，日本全面侵华战争爆发，中华民族全民抗战开始。在这个特殊的日子，我带着崇敬之心，再次走进烟台胶东革命纪念馆，面对先烈，心怀锦绣，点燃一支心香，思绪飞扬。烟台是厚重的，也是清灵的，海的磅礴养育了这片土地的博爱与浪漫。无论是张巨烺一家的抗日故事，还是党的统战工作渗透张裕公司的故事，在中国抗战史里都只是一个缩影。

烟台，很难有一个词、一幅画、一首诗，抑或一篇文，可以精准地归纳。无论是历史，或是当下，烟台都是丰厚的，醇香的，有血有肉的，经得起品嚼的；尤其是党的统战工作渗透烟台角角落落、方方面面，是令人刮目相看的。这是我赴烟台之约的由衷感言。

作者简介：峻毅，原名朱菁。中国作协会员，中国散文学会理事，中国报告文学学会会员，浙江省作协全委会委员，浙江省评论家协会会员，浙江省邮政行业作协副主席，《信》执行主编，慈溪市网络作协主席。曾荣获第五届冰心散文奖。

忆记那年知北游

风飞扬

出发的那天，小暑将至，荷风香远，我乘最快的火车，告别树梢间的鸣蝉，一路向东而行，从燕赵的太行山下，去往齐鲁的胶东海岸。从启程的那一刻开始，我就努力地抛空了心里的纷杂和繁复，只愿一身清简，满目柔和，用温良端庄的眉眼，到大海边赴一场悠扬的夏日之约。以倾慕之心，敬仰之情，微渺之姿，去看那片热忱而深邃的海湾，聆听它曾历经过的云烟往事，相信岁月不相忘，潮起潮落都是回响。

在斜阳远照的日暮时分，我漫步在芝罘区的太平湾码头，这里海风徐徐，天地清旷，淼淼碧波，点点船舶，偶有海鸟飞过，灵动地点缀着老码头的沧桑。我眼前看到的景象，仿佛一张定格的老照片，褪去了原本斑斓的色彩，只留下最朴素的黑白，却纯粹地让人怀念。这些剪影，带着岁月斑驳的暗黄，仍旧无声地守护着，给那些逝去的岁月，留下一个可以回忆的渡口。在这里，时光可以回到从前，很多人都未曾走远。

1949年3月5日的下午,太平湾码头的人比往常多了很多,胶东军区参谋长贾若瑜、烟台市委副书记、市长徐中夫等党政军领导人都来了,他们在岸边等待着,表情严肃,内心紧张。因为就在昨天,"重庆号"巡洋舰从这里开往葫芦岛,途中被疯狂报复的国民党调动轰炸机轰炸,致使军舰多处受损,情况不明。

"重庆号"是国民党海军中吨位最大、装备最精良的巡洋舰,1949年2月25日,舰上的部分官兵秘密发动起义,舰长邓兆祥率领574名官兵加入中国人民解放军,2月26日抵达烟台,却始终没有摆脱国民党的追击。

而今天他们要等的"华中号"货轮属于葡萄牙籍,从香港开来,根本就没有什么战斗能力。那十几个重要人士,多是一腔热血,满腹经纶,但又手无寸铁,无力周旋的书生,听闻出发时就已遭遇了不少惊险。

初春的海风仍有些寒冷,然而等待的人却仿佛丝毫不觉,直到一艘货轮从天边出现,直到他们看清了船上的标志,人们的心情才放松下来,脸上露出了笑容。

因为"华中号"是外国货轮,所以海关人员要先登船检查,一小时后,船停靠码头,船上的人依次上岸,共有叶圣陶、柳亚子、陈叔通、马寅初、王芸生、曹禺、郑振铎、徐铸成、宋云彬、刘尊棋、张志让、包达三、傅彬然、沈体兰、张絅伯、张季龙、赵超构等20多人。

这些人,举家颠簸周转,不惜冒险,就是为了能尽快回到祖国,回到自己爱着的一片热土上。不管之前他们各自有什么样的成就和名气,现在他们有一个共同的称号——民主爱国人士。他们对于祖国深沉的爱,不仅仅是在作品里倾诉着,更在他们的行动中真切地体现着。

1949年的春天,中共中央积极紧张地进行着新中国的筹建,"辽沈""淮海""平津"三大战役的胜利,充分展示了解放全中国的决心和能力,让全世界看到了我们艰苦卓绝、团结统一的民族精神。为建立民主政府，党中央决定召开全国政协会议，邀请各民主党派、无党派的民主人士、各人民团体、各届爱国人士齐聚北平，共商建国大计。

然而，大批拥护共产党的民主党派领导人、工商业家、文化教育界、新闻界的知名人士受到国民党反动派的迫害，不得不离开故土避居香港。还有许多民主人士身在国民党统治区，无法从江南直接进入解放区。为此，早在1948年的8月起，中共中央便派专员前往香港，与华南分局、香港工委一起，计划分批护送民主人士从国统区取道香港，经海路回到解放区，到北平参加政协会议。

2月28日下午，第一批回国人员登上了"华中号"货轮。因为是货轮，所以只有12个合法搭乘的名额，为隐秘行事，掩人耳目，所有人都需要该换身份，曹禺、陈叔通、包达三打扮成商人，还有随行的女士都以合法乘客登船，其余人只能冒险乔装成船上的职员。宋云彬就是庶务员，叶圣陶成了记账员，郑振铎和傅彬然是押货员、张季龙是副会计员，马寅初有些胖，正好打扮成掌勺的大师傅，王芸生、徐铸成、赵超构、刘尊棋等人换下西服领带，穿上了中式对襟的短褂。改装后后大家相视而笑，不免有几分滑稽，但是为了第一批回国，这点事都可算作旅途中调味的乐趣。

虽然只是货轮，虽然搭乘的人员为数并不多，但为了保险起见，他们还是选择了分批分次登船。只是每次有人上船，都要伴随着一轮严苛的检查，所以没有老友相见的惊喜，只有一次又一次的提心吊胆。宋云彬在日记里记录了上船的过程，面对盘问，大家故作镇静，实则心神慌乱，甚至趔趄不敢前。

海关人员在查看时，翻出了马寅初手提箱里的一张照片，是马寅初在抗战前与朋友的合影，照片里的人不是西装革履就是长袍大褂，一看就是有身份的人。海关人员以此认定船上有重要人员，扣船不让出发，当时奉组织命令送马寅初上船的赵沨赶紧掏出200元港币塞给警察请他们喝茶，这才躲过一劫。

"华中号"启动了，鸣笛离开了香港，行驶到波浪壮阔的海面上，大家才彻底松了口气。柳亚子按捺不住满怀欢喜，当即赋诗一首："六十三龄万里程，前途真喜向光明。乘风破浪平生意，席卷南溟下北溟。"叶圣陶也在此时写下了"世运方知春渐至，向荣致实愿双修"的句子。面对着茫茫大海，他们敞开胸襟，壮怀激烈，信心十足，在他们心里，春天真的就在眼前了。

回国的路，再难都是值得的，爱国的心，矢志不渝，未曾更改。当晚，全船的人踏实入睡，叶圣陶在日记里写道："余夜眠甚酣。"宋云彬在日记里写道："昨宵睡颇酣畅。"

为消磨漫长的旅途，大家相约每日晚餐后举行晚会。3月1日晚，大家各展所长，兴致盎然，压抑了许久的性情总算得以释放。轮到叶圣陶出节目，他出了一个谜语让大家猜，谜面是"我们一批人乘此轮赶路"，谜底为"《庄子》篇名一"。很快，救国会成员宋云彬猜中了，是《知北游》，即知识分子北上。

宋云彬猜中谜底后，向叶圣陶索诗作为奖品。叶圣陶当天深夜即成七律一首，并引发了唱和之潮。

应云彬命赋一律兼呈同舟诸公

南运经时又北游，最欣同气与同舟。
翻身民众开新史，立国规模俟共谋。
簣土为山宁肯后，涓泉归海复何求。
不贤识小原其分，言志奚须故自羞。

第二天，柳亚子、陈叔通、张志让、宋云彬纷纷写成和诗。

柳亚子以诗抒怀："栖息经年快壮游，敢言李郭附同舟。万夫联臂成新国，一士哦诗见远谋。渊默能诗君自圣，光明在望我奚求。卅年匡齐惭无补，镜里头颅只自羞。"

宋云彬借诗明志："蒙叟寓言知北游，纵无风雨亦同舟。大军应作渡江计，国是岂容筑室谋。好向人民勤学习，更将真理细追求。此行合有新收获，顽钝如余祇自羞。"

这些民主人士不仅是爱国的知识分子，同时也是维护新中国的战士，他们以笔为武器，从未停止过对反动派压迫的抗争。他们拥护中国共产党的领导，原意和全国人民一起，全身心地投入到新中国的建设中来，用自己的所学所长，回报给深深热爱着的祖国。所以，叶圣陶的一首诗带动的不仅仅是船上的人士，势必会吸引到更多志同道合之士的唱和，号召大家都融入新中国的主旋律中，一同唱响祖国美好的未来。

从此，民主人士从香港出发前往北平共商建国大计的这一行动，有了一个形象的名字——知北游。

按照最初的计划，他们应该是到天津停船上岸，然后再到北平。可是因为"重庆号"巡洋舰刚刚起义，也是从南面过来经烟台再北上葫芦岛，"重庆号"引起了国民党的疯狂轰炸，海上飞机频频。为避免"华中号"受影响，上级临时决定让"华中号"停靠烟台，此后护送民主人士经陆路去往北平。

临时接到任务的烟台地方领导忙而不乱，紧张有序地立即展开工作，一边部署着后面的行走路线，一边准备着太平湾码头的迎接。

太平湾码头是一个有屏障的港口，把风急浪高的凶险都挡在了外面，港内面阔水深滩平，适宜船只停泊，明朝时就已繁盛，至清朝更是商贾云集。可以说，历史中的太平湾码头直接影响了烟台的发展，它就像是对外往来的一个转换点，前面海路四通八达，后面延伸出无数脉络，蜿蜒密布在烟台的街巷里，如藤蔓，生长着小城的风骨和灵气。

因为太平湾码头的优良，自清朝同治年间，它便开始了自己躲不掉的劫难。1862年，烟台成为山东第一个（被迫）开埠的通商口岸，以英国为首的西方列强，法国、美国、挪威、瑞典、德国、日本等17个国家先后在烟台山设立领事馆（和代理领事馆），密集程度之高，创下了亚洲之最。古老而朴实的烟台被迫接纳来自世界各国的洋人洋货，这里成立了海关，所有的关税收入都归外国人所有。

烟台本是中国近代工业的发祥地之一，有志之士努力实现着实业兴邦的梦想，张裕葡萄酒、瑞丰面粉厂、电厂、钟厂、面粉厂……都在勤奋地、积极地奋进着，然而开埠后洋货入侵，外商林立，民族工业受到了极大的冲击。太平湾码头的繁华不再是烟台人民生活丰盛的希望，码头工人埋头躬身卖着苦力，不远处的朝阳街上却是洋人的欢场歌舞。太平湾码头的贸易兴旺，带动了附近商贾的兴起，很快形成了一个货品琳琅、洋行林立、灯红酒绿的生活新区。

被列强剥削的烟台人尽管生活在压迫里，但始终没有失去自强的信心和勇气，列强几次提出建立租界，都被烟台民众果断拒绝并强烈抗议，其爱国情怀之深切，令那些武器先进的列强，没敢再动强硬的念头。

1938年初，日军占领烟台，1945年8月24日，收复烟台，烟台成为八路军收复得最早，也是最大的沿海港口城市。

在大海上颠簸了一周后，这些民主人士于烟台的太平湾码头安全登陆，总算踏上了解放区的土地。迎接的人和远来的人都笑容满面，大家手握在一起，目光中充满亲切。由马寅初先生提议，"知北游"一行与贾参谋长等在太平湾码头上留下了珍贵的历史照片。

随后，大家分乘汽车进入烟台市区，叶圣陶在日记中写道："晤徐市长及贾参谋长……徐贾二君态度极自然，无官僚风，初入解放区，即觉印象甚佳。"两位"军政首脑"当日设晚宴，并用当地特产张裕葡萄酒待客，宋云彬一句"余饮十余觞"，不仅展示了他的豪饮做派，也道出了酒桌的热烈气氛。饭后，"以汽车至宿所，乃一西人别墅，距市区较远。因恐国民党飞机来袭，故特指定此处。"

也就是3月6日，"知北游"一行巡视烟台市区，受国民党飞机袭击"重庆号"的影响，烟台市区空气紧张，商铺大都关门停业，显得市面极为萧条。但即便如此，仍然能从外观上看出城市的繁荣景象。徐铸成在一家书铺淘得一本东北出版的《毛泽东选集》，非常兴奋，"红布面，一册厚，如见异品。即购买一本，暇时详读，如获至宝。"

这天，中共华东局和华东军区安排了正式宴会和晚会，欢迎民主人士一行。当天一早，华东局秘书长郭子化和宣传部副部长匡亚明专程从青州赶到烟台，代表华东党政军领导机关和解放区人民，对民主人士抵达山东解放区表示诚挚欢迎和慰问劳苦。徐铸成回忆说："正式欢宴，席设合记贸易公司，菜肴丰盛，佐以烟台美酒，宾主尽欢。"

晚上6点，烟台党政军民"欢迎来烟民主人士大会"在胜利剧院举行，这是民主人士参加的头一场欢迎仪式。市领导徐中夫、民主人士柳亚子、陈叔通、张絅伯等与群众晤面，并分别在会上致辞。会后，民主人士与烟台群众一同观看了胜利剧团第二大队平剧部演出的《四杰村》和《群英会》。徐铸成是懂戏之人，他说："演员年轻而极有功夫。盖烟台一带，平剧素有根蒂，旧北平剧届，一向视烟台为畏途也。"胜利剧场位于烟台市丹桂街，建于1906年，是烟台历史最久，设备也最完善的剧场，可容纳观众千余人，贵俊卿、尚小云、程砚秋、马连良、荀慧生等京剧表演艺术家都曾在此演出过，所以他们登船的太平湾码头也被称为戏曲码头，名声响亮。烟台人的热情，让叶圣陶等人极为感动，"明日行矣，以此为送别，我人颇感受之不安。"3月7日，"知北游"一行在当地民众敲锣打鼓的欢送中离开了烟台，去距离莱阳城三十里的三李庄。到了莱阳，中共华东局的领导人亦"均善于谈话，有问必答，态度亲切，言辞朴质"。

宋云彬在日记写道："此地亦为老解放区，军民融洽如一家人。十时许，招待者分别导余等至农家借宿，余与刘尊棋同睡一土炕，被褥已铺，解衣欲睡矣，忽招待员又来，谓顷悉此间屋主系一肺病患者，故已为另觅借宿处，请即迁往云云。足见招待之周到也。"第二天，"与村干部谈话，干部取出所窖藏之莱阳梨，皮色已发黑，削而食之，则甜嫩无比。"

叶圣陶作为一位教育家，对解放区的教育经验颇为赞赏。3月7日，他在莱阳三李庄"晤一青年姜汝，二十五岁，小学毕业程度，从事青年工作将十年，聆其所谈，颇头头是道"。叶圣陶认为，中共"从生活中教育人，实深得教育之精意。他日当将此意吸收之"。

3月8日，叶圣陶应邀来到附近的李家庄参加华东三八节妇女大会并讲话。"在一院子中，妇女二百余人，多数为公务员，皆席地而坐。男子参加者不过十之一。"叶圣陶首先致辞，"略述蒋管区妇女近况。"在这次报告会上，敏锐的叶圣陶观察到，"察听众神色，有兴者不少，皆疾书做笔记，但木然枯坐者亦多。"随后他感叹，"解放区开会多，闻一般人颇苦之，不知当前诸妇女中有以为苦者否"，对当时有些形式主义的会风委婉地提出了批评。

晚上，胶东军区在田野间为民主人士举行盛大的欢迎晚会。舞台搭在一处高坡上，叶圣陶等居于台前，"铺褥坐地，前设炕几，陈烟茶瓜子之类。其外围则士兵与村民，不详其数，约计之殆将五百人，而寂静无哗。"晚会演出了四出歌舞，分别是《拥护毛主席八项条件》《公平交易》《积极生产》《开荒》。这种十分接地气的露天表演，让叶圣陶等人觉得十分新鲜有趣，"余亦以为如此之戏，与实生活打成一片，有教育价值而不乏娱乐价值，实为别辟途径者"、"而场中蓝天为幕，星月交辉，群坐其中，而有如在戏场之感，此从来未有之经验也"。

3月9日，"知北游"一行离开莱阳，经潍坊、青州、济南、德州、沧州、天津，于3月18日上午到达北平。

一路上，叶圣陶不断感慨，就像他在青州孟村举行的华东正式欢迎会上说的那样："来解放区后,始见具有伟大力量之人民,始见尽职奉公之军人与官吏。其所以至此,则由此次解放战争实为最大规模之教育功课,所有之人皆从其中改变气质,翻过身来,获得新的人生观也。此意尚未想得周全,他日当为文表达之。"观其前之所感,此乃肺腑之言,而非客套话也。

徐铸成亦言:"连日所见、所闻,意识到我们已由旧世界、旧时代开始走进一新天地、新社会矣。"

30多年后,叶圣陶在1981年为其《北上日记》所写的简短前言中曾指出,当时"北游"的知识分子"大多数都已年过半百,可是兴奋的心情却还像青年。因为大家看得清楚,中国即将出现一个崭新的局面,并且认为,这一回航海决非寻常的旅行,而是去参与一项极其伟大的工作"。

这些民主人士就像一个考察团,也像宣传队,从太平湾码头开始,把每一天的所见所闻,所思所想,所感所悟,都认真地记录了下来,不但记录着他们喜悦和兴奋的心情,也记录着当时解放区蒸蒸日上的崭新面貌。他们都是从国统区出来的人,亲身体会过国民党反动派的自私和残酷,与之对比,中共领导下的新中国才是他们的情怀所寄,可以让他们深度发挥才能和激情,也让他们充满了对未来美好前景的无限向往和追求。

如果说第一批"知北游"是因为当时形势和命运选定了烟台,那么此后继续转送"知北游",则是历史赋予烟台的使命。这条路线,即能确保北行人员的安全,又能让他们充分体验解放区的现状,感受到中共中央的热情和真诚,共同做好新中国的建设工作。

此后,根据党中央的指示,烟台市委、市政府和人民群众先后迎接和欢送了350多位民主人士,由烟台中转赴北平,让他们得以及时顺利地参加了第一届全国政协会议。不负所托,万众一心,烟台人民又一次为新中国的筹建工作做出了重大贡献。

似乎就像一部老电影，这个并不遥远，也不算漫长的故事隔空浮现出来，在碧海清风里生动着。除了当事人留下的笔记和回忆，还有老码头的海浪涛声，把当年的冬去春来铭记得清楚。

随着现代化的烟台港建立使用，太平湾码头退出了历史舞台，不再承担交通运输。如今，它是公共游艇帆船的专用码头，集旅游休闲于一体，迎送忙碌生活里懂得放松的现代人，守护他们的欢乐与幸福。

黄昏渐浓，壮怀的篇章并未结束，还有回首处烟台山上的灯塔，始终长明。灯塔的一旁伫立着烟台抗日烈士纪念碑，向下可以俯瞰绿树掩映着的各国领事馆，百年冬青树郁郁葱葱，曾经的洋行老街正在全面打造。这些被保留下来的建筑，是烟台群众休闲散步的好去处，更是缅怀过去，回顾往昔的实物见证。

所有过往，皆为序章；所有的历史，皆不可忘。今天的我们已很难再沿着知北游的足迹去体验他们的心境。但是新时代的我们，却可以告诉他们一声，如今的盛世，如你们所愿，百花齐放，欣欣向荣。我们会珍惜当下的来之不易，继续不忘初心，牢记使命，砥砺前行，努力奋斗，把祖国建设得更加强大繁荣！

作者简介：风飞扬，中国散文学会会员，河北省作家协会会员，河北省散文学会副秘书长，河北省金石学会副秘书长，冰心散文奖获得者。已出版《你可记得我倾国倾城》《青花痣》《别时花溅泪 回首落红妆》等个人专著8部。

到烟台寻找心中的海

申瑞瑾

（一）

说起胶东大地，我会想起渤海与黄海之滨的烟台；说起京剧，有谁知烟台是京剧之乡？应邀去寻找马少波的足迹，我就在想，在烟台，我能找寻到这位文学前辈、著名戏剧家的吉光片羽吗？

我曾在青岛、威海、日照、北戴河和营口看过海，对北方的海颇为失望，为此写下了《到哪里寻找心中的海》。但夏日烟台的海，远比想象中的洁净与湛蓝，像那座古老而又年轻的海滨城市。我忍不住写下了一句："到烟台找到了心中的海。"在芝罘区，在牟平，甚至在蓬莱，我看的都是黄海。黄、渤海分界线近在咫尺，我却没能去领略。在长长的海岸线边信步，我羡慕着烟台人民，坐在公交车上可以看海，骑着脚踏车可以看海。深邃而辽阔的海，见证着烟台人富足而安逸的生活，"岁月静好"写在每一个烟台人的脸上。而如大海般波澜壮阔的历史往事，并不只是浮光掠影，它不时提醒着这座城市：别忘了血雨腥风的战争年代，别忘了是谁为这座城市的安宁抛了头颅洒了热血。

我采访的人物马少波，出生在莱州湾渤海之滨一个叫朱由的村庄，他是名副其实的大海的儿子，有一位抗日烈士父亲。他身份多重，还是鲁东大学的校友，1945年，曾担任过鲁东大学前身胶东公学的副校长。

我最先是在鲁东大学文学博物馆遇到马少波，是陈列室里的马少波，故纸堆里的马少波。

上了年岁的旧书、马少波及其名家友人的手迹，均在文学博物馆的玻璃柜里无比低调与缄默着，我一时间有些慌乱，该怎么采访？我能采访谁？陈爱强馆长热情地说，申老师，要不您把马少波这本《从征拾零》借走吧！里面有大事记，应该有您想要的东西。

确实，马少波后人都在北京，老家又在莱州（当年叫掖县），离烟台芝罘区走高速也有一两百公里之遥。我手头仅有一份烟台市委统战部提供的汇总资料，与马少波有关的章节，听说是鲁东大学退休的原纪委副书记吕廷钢所撰写。

鲁东大学党委统战部曲卫君部长安排我与吕书记见了面。我压根没想到文笔流畅的马少波资料出自这位儒雅的"理工男"之手。他简要地跟我聊了下马少波的故事。

次日，我在统战部曲秀玉老师的陪同下，去了坐落在芝罘区南大街的民俗博物馆。据说馆里有马少波展厅。民俗馆原为福建会馆，古色古香，敬奉着妈祖，是烟台博物馆的老馆。民俗馆正在修缮，我只能进马少波的小展厅拍了点价值不大的图片。出来时，远远看到吕书记背着单反朝我走来，以为是巧遇。他忙解释，昨天听说你今天会来，特意来陪你转转。

我印象中的山东人实诚而厚道，重礼仪，没想到烟台人还兼具大海般的坦荡与热情。我想起了在博物馆看到的马少波年迈时的头像，依旧如孩子般纯真的笑脸，这样的人，心里装着怎样一片海？

走出博物馆的侧门，吕书记指着广场斜对面的三层旧红楼说，那里曾是京剧院。一时间，我仿若真看见一百年间来来往往的京剧名伶与票友……当年的马少波，进京工作以前，是否进过这个戏院？

到烟台唱戏，说是各路京剧名角都乐意的事。冬无严寒夏无酷暑的烟台，老早以前就是繁华的港口城市。烟台的京剧票友特别多，老的，小的，都能哼上几句。20世纪初是烟台京剧的鼎盛时期，正如田汉创作的话剧《名优之死》里刘振声所言：那地方虽小，懂戏的倒不少。马少波就是懂戏的那一个。学者安家正老师说过，莱州是戏剧之乡，一则，跟大戏剧家马少波和虞棘有关；二则，那里有蓝关戏和蹦蹦戏，"本邑独有，他处皆无"。

（二）

渤海边一户贫苦渔民家庭出生的马少波，与戏剧结缘，跟父亲马侠村有关，可能也与莱州有关；与弟弟晴波一同走上革命道路，都因着父亲马侠村（马俊杰）的指引。

生于1900年的马俊杰，19岁考入北京"国立"美专。后投笔从戎。他追随过爱国将领冯玉祥、吉鸿昌，还参加过察哈尔民众抗日同盟军，积极投身到抗日救国队伍中。1938年，马侠村送儿子少波、晴波参加胶东八路军，奔赴胶东抗战前线。

童年的马少波就读于朱由村村塾和小学堂，渤海聆听过他的朗朗读书声。

年仅十三岁的少波考入山东省立九中。"九一八"事变后，他投身抗日爱国的学生运动，创办了天外社，主编文学刊物《天外》。中学毕业后，因家贫一度失学的他，天天泡在省图书馆自修大学历史、文学和哲学。"七七"事变后，他加入了中华民族解放先锋队，参加反法西斯战争。1938年，刚满二十岁的少波就逐步肩负起八路军山东纵队第五支队司令部机要秘书、秘书长、五旅司令部秘书长、胶东文协会长兼胜利剧团团长等重任。

"身历烽火路，笔开艺苑春。关田两汉后，今马又一人。"这是贺敬之老人的赞誉。"关田两汉"指的是关汉卿与田汉，"马"指的便是马少波。

1941年，日本帝国主义加紧对国民党的诱降活动。盘踞在胶东地区的，以赵保原、蔡晋康、秦毓堂、苗占魁等为首的二十几个国民党投降派、顽固派头子，沆瀣一气，极力推行"消极抗日，积极反共"政策；五万余人组成所谓的"抗八联军"，杀害抗日军民，袭扰、蚕食抗日根据地，对我军民安全和抗日活动造成极大威胁。

同年3月，胶东反投降指挥部成立。许世友任指挥，林浩任政委。

当时的反共顽固派势力号称有五万之众，却各自为政，相互倾轧。驻扎在平度、即墨一带的，是国民党的山东保安第十四旅，司令姜黎川因受到国民党内部派系的排挤，此前曾与我方有过接触与合作。做好对姜黎川的统战工作，成为关系到全局的重要环节。

姜黎川毕竟是一名顽固分子，手上沾过共产党人的鲜血；其部参谋长孙秀峰为蒋系特务，时时监视着他。统战任务极其危险。

最终还是许、林拍板：此次行动的人选非马少波莫属！马少波长期在司令部工作，洞悉全盘情况，能深刻领会战略意义。

换上了深咖啡色的棉袍，灰色礼帽，黑色尖口布鞋，臂弯挎一装满书卷笔墨的马少波，俨然一个乡村教书先生。

马的通讯员王全被派一同前往。两人很快抵达五旅第十四团。若再往西去，前往即墨的路线及沿路的我方联络站，他们均不熟悉。

赶巧五旅第十三团三营教导员宫愚公从崂山某部也返到十四团，遂被安排给马、王二人引路。三人暗藏武器及信件、印章，便衣上路了。

绕过道道关卡，穿越敌占区，他们找到了即墨县任兆庄我军的地下联络站。

其时，姜黎川部一团投靠了赵保原；六团不受其控制，副旅长徐明山离心离德。该部被日伪和国民党游杂部队及土匪层层夹击，内部矛盾愈加激化。山东省主席沈鸿烈已调往重庆，新换上的牟中珩极力排挤姜。马少波没法与姜公开接触。

好不容易双方确定好接触时间、地点和方式。马少波被要求夜间独自前往姜驻军围墙内的住所面谈。

准时抵达土围子西北角围墙下的马少波，通过与城墙上的哨兵对暗号，才坐进哨兵放下的一只大筐，越过高墙，到了姜黎川的密室。

将许世友的亲笔信交给姜黎川后，马提出了我方的计划和要求。希望姜在反投降斗争中能保持中立，及时提供日军、伪顽军队的一些行动情报。并携手反击日军在胶东的"大扫荡"，扰袭胶济铁路线。紧接着又结合当时世界反法西斯战场和中国抗日战争形势、胶东战场斗争态势、各方力量对比，分析了姜部彼时的处境和出路。

姜黎川终究被马少波说服了。他下决心与八路军合作抗日，也乐意接受我军改编。

两人谈妥时，已至拂晓时分。嗅到了什么味的孙秀峰，正派人到处搜查。马少波速速离开，与战友会合。

当天傍晚，三人来到大泽山根据地大杨家村，与驻村的平度县人民政府县长罗竹风战友重逢，意外之喜。

罗竹风挽留他们仨夜宿大杨家。饭毕，马少波先拟好致许、林的电报，后与竹风同炕夜话。

133

半夜，村外骤然响起枪声。原来是平度城的日军突袭大杨家村，将村子三面包围起来。马少波一行即向南山西侧突围。为确保已签好的协议等机要文件的安全，马少波决定暴露自己掩护战友突围。他迅速拔出手枪向敌人开火，利用墙垣街角，时隐时现在敌人的眼里……最后，战友们成功突围。

战斗结束，同志们清理战场，只找到马少波的礼帽和一只布鞋。都以为他牺牲了。十四团、平度县政府呈请胶东军区，准备为他召开追悼会。马少波却回来了！

原来，他且战且走，不幸脚部中弹，血流不止。幸得几位老乡发现，将他转至鹰爪埠村养伤。几天后，由民兵用担架护送回部队。

自1938年就一起在司令部工作，被戏称"骡（罗）马同槽"的这对老战友，紧紧拥抱。罗竹风从怀里掏出几张纸递给马少波："现在不要打开，晚饭之后再看不迟。"当晚，马少波挑灯展读，泪眼婆娑，原来，那几页纸是罗亲自为他写的悼词。

没过几天，日伪军又以重兵向我胶东解放区大举"扫荡"。军区首长很快回电，让马少波再去即墨与姜黎川会见，动员其破坏胶济铁路，出击日伪军，配合我军的反"扫荡"。马少波又一次长途跋涉，跨过胶济线，追到胶县，再度做姜黎川的工作。姜也终下决心铲除了孙秀峰，团结多数官兵配合胶东军区的反"扫荡"，为本部后来东上莱阳接受改编创造了条件。

马少波因此受到军区嘉奖，智勇双全的事迹一时间传为佳话，被大海带至远方。

在《从征拾零》的"大事记"里，马少波轻描淡写地记了一笔：1941年1月，临时奉命从事与国民党部队的统战工作。

紧接着又是几笔：2月，父马侠村（曾任三军司令部、八路军山东纵队第五支队司令部参议兼胶东同义抗日救国会会长）由八路五旅司令部去敌后进行瓦解日伪军工作时，在掖县庙后村与出动"扫荡"的日伪军遭遇被捕。母亲安香玉亦被搜捕，酷刑逼降，双亲骂贼不屈。

……

1942年3月，父侠村烈士于青岛崂山壮烈牺牲（6月始得知）。

几笔极为克制的大事记，几行白纸黑字，看得我热泪盈眶。莱州湾的渤海，崂山的黄海，都记住了马侠村烈士的英勇往事吗？

（三）

1941年3月15日至7月27日，胶东军民在中国共产党的领导下，共歼灭顽军两万多人，挫败了"抗八联军"对抗日根据地的进攻，惩罚了国民党投降派，孤立了顽固派，巩固了大泽山、昆嵛山根据地，恢复了牙山根据地，将胶东抗日根据地连为一片。

1942年4月，从抗日统一战线的大局出发，中共中央山东分局和八路军山东纵队命令八路军驻胶东部队迎接姜黎川部，并为他们打通进入解放区的通道。

不过，姜黎川终是基于自身利益才与中共合作，接受改编并非诚心实意，立场多次"摇摆"。1949年6月，青岛解放前夕，姜黎川的立场再次开始"摇摆"：8月在香港宣布脱离国民党，选择定居美国与加拿大，1991年客死他乡。

记录这一段惊心动魄的统战故事，我发现，几乎在同一时段：这边儿子深入虎穴做统战工作，那边父亲锒铛入狱生死未卜。这真是"岁月静好"的人们无从想象的。

当年为国捐躯的抗战将士，像极夜空的繁星——多少年来，默默俯看人间，想知道家人安康否？山河壮丽否？

马少波在戏剧、文学方面的大成就，貌似淹没了其在抗战时期的统战佳绩。作为文人中的优秀革命者，革命者中的杰出文人，他早于1949年夏天调入北京，协助湖南人周扬筹建文化部，是第一届党组成员。还与梅兰芳、程砚秋等大师一起筹建了中国戏曲研究院，任过党总支部书记兼副院长……

烟台人民和渤海黄海，永不忘这位鲁东大学的优秀校友，这位92岁驾鹤西去的老人。

烟台的海，见证过硝烟岁月的大风浪，藏起了无数的人间事。波涛里缭绕着铿锵的京剧，浪花里翻滚着文学的波光。伫立在海边，我总是望向大海深处，想要深深记住这片海，记住这座叫烟台的港口城市，记住这位心怀大海的莱州人。

作者简介：申瑞瑾，中国作协会员，全国公安文联理事兼散文分会副主席，全国公安文联全职签约作家，湖南省散文学会理事，怀化市作协副主席。曾获第七届冰心散文奖、第三届中国徐霞客游记文学一等奖、首届湘江散文奖等。

昆嵛山的雨

韩秀媛

久旱的昆嵛山，在小暑那一日，终于迎来了一场雨。

清晨，在昆嵛山山脚下的小旅馆中，我在"沙沙"的雨声中醒来。拉开窗子，风，涌了进来。

那风，也许刚从海上吹起，又从山上路过，小跑而来的。它带着一股子大山的豪迈和强劲，裹挟着草木的幽香和海水的咸腥，猝不及防地扑面而来。

风，将窗帘高高鼓起，几滴雨便欢快地跳到我伸展开的手掌上、胳膊上。风，轻轻地掀动细密的雨帘，雨便斜织着，时而有序、时而杂乱地移动着脚步。

窗前几棵梧桐树在风雨中摇曳着，流淌着一树翠绿。除了风声、雨声，窗前的路空旷寂寥，通往昆嵛山宽阔的柏油马路上，见不到一个人影，更没有一辆汽车。

听不到鸟儿的欢唱，也许在大雨来临之前，它们便飞到哪里去躲雨，也许依旧藏在枝丫深处沉默着。它们是否也如我一般，在大口地呼吸着，静静地站立着，观山，赏雨。

我来不来昆嵛，昆嵛山都在那里等我。

昆嵛山，就在我的眼前。我想象不出当年它经历了怎样的风雨，而此刻，它笼罩在烟雨之中，有些神秘，又有些朦胧。大山在雨水的浸润下，显出愈发苍翠葱茏的模样。这倒让人恍惚觉得，我不是在胶东，而是江南小镇，要去的地方有小桥、流水和人家。

吃过早饭，雨小了。

来接我上山的是昆嵛山保护区工委管委的尹利。这位皮肤黝黑、操着一口牟平方言的机关干部，老家居然是吉林。同为东北老乡，接下来的交谈变得亲切而熟络起来。

昆嵛山，属长白山系、崂山山脉，绵延方圆百里，雄跨烟台牟平、文登、乳山三区市，自东汉时期便被奉为"海上仙山之祖"。

在这个名山众多的国度，如此称呼，因何而来？

据说，秦始皇统一中国后，曾三次东巡昆嵛山寻求长生不老之药；汉武帝曾被封胶东王，多次东临封地巡幸昆嵛山祀神求仙；宋徽宗为了挽救内外交困的政治形势，四处封仙拜神，求助上天保佑。传说当年昆嵛山中有一位"麻姑大仙"，宋徽宗闻知后即行下诏，敕封麻姑为"虚妙真人"，并奉为道家仙尊，立碑于昆嵛山中。及至金元，陕西咸阳名士王重阳云游到此，发现此地为心仪之地，在此创立了道教全真派。由此看来，昆嵛山不愧为一座文化名山、历史名山、道教名山。

日暮投影，潮汐涨落，昆嵛山的光阴如沙漏般悄悄游走。我站在山脚下，仰视它。在这座亿万年前长生不老的山石前，倒觉得，昨晚的月是秦时月，此时的风是汉时风了。

雨停了，黑厚的云层依旧在头上翻滚着，山中的空气潮湿、凝重，仿佛能拧出水滴。尹利自语：这场雨应该下得再久一些，再大一些。

山上林木葳蕤，树枝被雨水打得低垂，溪流从山上蜿蜒而来，缓缓地流淌。看那些云，雨水还在犹豫中继续酝酿，石堤干涸着，等待再大一些的雨把它涨满，那样，"江北小九寨"几处瀑布将喧嚣起来，打破大山长久的幽静。偶尔，能听到几声鸟鸣，清脆、婉转、悠长，似饮足了甘霖般甜润。

被雨水洗刷的山石，泛出青白的本色。石房、石墙、石洞，还有石凳、石椅、石桌，都沉淀着久远的年代。它冬暖夏凉、遮风挡雨，它牢不可破、坚不可摧，它能挡住子弹、抵御炮火。

在游人稀少的早晨，青苔漫上了大半个石阶，倘若在人迹罕至的地方，那浓绿定会渐渐铺满。磨圆的石臼里长出了一捧野草，新抽出的穗子被雨水坠得沉甸甸的。

石板路上汪着小水坑，水坑上飘着几片黄叶。我拾起一片叶子，好奇地端详。

一位路过的林场工人告诉我，那是马褂树，又叫鹅掌楸。我环顾四周，山路两边树种繁多，可我只认得松树和梧桐。

尹利说，松树的名字叫赤松。北方的家乡黑土地上多生红松，它们树干笔直，为上等的木料。而赤松多半扎根在山崖的裂岩中，那根须顺着岩缝向四周生长，树干便呈现出千百种遒劲的姿态。有风吹来，松针上的小水珠便簌簌地滴落头顶，打湿衣衫。

昆嵛山是胶东半岛东部的制高点，三面环海，易守不易攻，历来是兵家的战略要地、必争之地。清同治年间，文登、荣成两县为防捻军东进，在昆嵛山建起80余里的"胶东长城"，从而使两邑人民免遭战争涂炭。

现存的"胶东长城"已是什么状态？它是由石头砌成的吧？在漫漶的岁月中，是否受到自然的风蚀，遭受人为的破坏？只可惜此行时间有限，没有机会去寻找古长城的踪迹，只能凭借想象在心中勾勒出一幅长城的画像。

其实我想，在胶东人民心中，早已挺起一座长城。在昆嵛山，中国共产党依靠统一战线，团结一切可以团结的力量，从没有一把枪、没有一颗子弹的游击队壮大成山东人民抗日救国军第三军。昆嵛山被称为胶东的革命摇篮、胶东人民革命武装发祥地，实至名归。

那一日，听着那些英雄的故事，循着那些英雄的足迹，朝拜这座"胶东的井冈山"，走一走这条通往昆嵛山山顶的那条"红色"的石板路，给心灵洗个澡。

时光相册翻到了20世纪30年代。中国历史记载，那是一个民不聊生、不堪回首的时期。国共对峙，国内混战，日军挑衅，中国人民处于水深火热之中。九一八事变后，日本帝国主义在东北发动侵华战争，1932年，东北全境沦陷。

中国人的命运危在旦夕，是一再忍让退步，还是在沉默中爆发？

中国共产党的武装力量植根于全国各地，革命的火种也播撒到昆嵛山上。

1933年，第一届中共胶东特委在昆嵛山区北刘伶庄成立。

1935年11月29日，农历十一月初四那天，中共胶东特委在文登、荣成、海阳、牟平等县组织了声势浩大的农民武装暴动，暴动部队番号为"中国工农红军胶东游击队"。这便是"一一·四"暴动，是土地革命时期中国共产党在胶东地区领导的规模最大的一次武装斗争。

"一一·四"暴动被血腥镇压后，时任中共胶东特委巡视员，后来成为抗战时期中共文登县委第一任书记的张修已，于1935年底回到家乡天福山沟于家，一边努力恢复当地党组织，一边积极联系上级党组织，保存革命火种，迎接革命新高潮。

在尹利的指引下，我来到了位于昆嵛山的无染寺。无染寺依山傍水，东面有一条河，名为太沽河，雨季水流湍急，旱时溪水淙淙。沿着溪流向山上走，可见两岸巨大的山石林立。

据《宁海州志》记载，早在战国时期，此地曾建有一座庙宇，取名"无染院"，是"居之者六根清净，大得解脱"之意。

而后的若干年间，无染寺几经修葺，殿宇始终宏伟壮观，香火不断。院内立有一块大清光绪十三年（1887）《重修无染禅院记》的石碑，依稀可见的碑文记载着无染寺的历史及当年重修无染寺的故事，这是能够得到考证的最后一次重修。

在动乱的年代，无染寺的主体建筑被拆，只留下东西两座耳房。后来在被拆除的无染寺主体的遗址上，建起了二层的小楼，昆嵛山革命纪念馆在此。

纪念馆里的那些老照片，记载着胶东人民的艰苦岁月和抗战历史。玻璃展柜里，冲锋号发出柔和的金属光泽，红缨枪锈迹斑斑，行军水壶坑坑点点。一座老式钟表停在了九点五十分，自制的地雷、手榴弹和煤油灯摆在斑驳的木桌上。慢慢移动脚步，仿佛看到战场的硝烟，听到山中回荡的枪炮声。

离开展厅，我的目光搜寻着无染寺的老物件。那半开的寺门也许是当年留下来的吧？厚重的灰色木漆难以掩饰它的腐朽和苍老。耳房的灰色屋脊上嵌着的琉璃走兽也不像是近代的，它们保持着当年的模样，依旧抖擞着俯瞰着无染寺的变迁。

盛夏，无染寺前的那棵玉兰树绿得浓郁，据说它有300多年的树龄。在一年又一年的早春，被称作"玉兰王"的树，将纤尘无染的花朵献给沉默的无染寺，将那一树朴素的繁华献给蓝天和大地。

时局动乱，大敌当前，处在那个特殊历史时期的人们，根本无心赏花。

1935年10月，中共胶东特委多次在无染寺前殿召开会议，秘密谋划"一一·四"暴动。

那时，寺在，树在，僧侣也在。

不能不佩服昆嵛山人民的勇气和智慧。昆嵛山游击队在只有3支短枪、1颗子弹的情况下，便组织起武装暴动。游击队员手执自制土枪、大刀片、红缨枪，带上自制的地雷、手榴弹，以昆嵛山为中心分成3支队伍，打击敌人。队伍所到之处，破坏敌人的交通要道和通信设施，收缴地主家的枪支弹药，并打开粮仓救济贫苦人民。每到一村，游击队员发表演说，散发传单宣传党的政策主张，揭露统治阶级的罪恶，深得群众的拥护。

然而，暴动队伍在昆嵛山汇合时，被国民党八十一师包围，因敌我力量相差悬殊，缺乏战斗经验，队伍很快被打散。

这场胶东农民武装暴动，以失败告终。更可怕的是，国民党军队、地主反动武装趁机疯狂围剿，几百名共产党员惨遭杀害，无辜村民被枪杀、腰斩……白色恐怖如巨大的阴云笼罩着胶东的天空。

"一一·四"暴动的惨败，点燃了埋藏在昆嵛山游击队员仇恨的导火线。无数条生命换来的血的教训，敲响了沉重的警钟。只有找到党组织，紧紧依靠在党的周围，团结一切可以团结的力量，才能形成合力抗击敌人。在那之后，统一战线初具雏形。

那时，胶东有一群拥护中国共产党的智者和勇士，理琪、张修己、于得水、刘福考、刘经三、张连珠、李厚生、王亮……还有更多的志士将生命献给了党，将鲜血洒在高高的昆嵛山上。

游击队长于得水是条硬汉，自幼习武的他练就一身本领。他在执行任务中多次负伤，到晚年时身体内还残留多块子弹碎片。昆嵛山上有个帷幄洞，就是当年于得水养伤的山洞。作家冯德英的小说《苦菜花》的于德海团长、《山菊花》的于震海队长，原型就是于得水。

"一一·四"暴动失败后，于得水带领游击队员在昆嵛山掀山石、放山火，吸引敌人进山围剿，再出其不意地反击。昆嵛山的老百姓有人的出人，有粮的拿粮，有钱的出钱，队伍日益壮大。

游击队员经常出入无染寺研究行动方案，那群出身于贫苦人家的和尚渐渐受到了熏陶，加入宣传者的行列。遇有打探游击队情况的敌人，和尚便夸大游击队的人数和武器数，扰乱敌人的视线。在那个粮食极为匮乏的年代，和尚们勒紧自己的裤腰带，将自己种的地瓜分出来，供给游击队员。

游击队员在众人的掩护下，神出鬼没，屡战屡胜。时任国民党山东省政府主席韩复榘动用三四万人马在昆嵛山反复清剿却一无所获。红军游击队的旗帜在昆嵛山上高高飘扬。

那时，胶东地区有一个响亮的共产党员的名字——理琪。

1936年初，中国共产党派理琪到胶东开展党的工作。早在1925年，刚满17岁的理琪加入了中国共产党。入党后，理琪回到家乡河南省太康县参加国民党党部的筹建工作，发动群众开展反帝反封建斗争。由于革命工作需要，理琪到冯玉祥部队任电务员，随国民党部队开驻江西，一边搜集敌人军事情报用无线电码传递给红军，一边做瓦解敌军、策动国民党士兵哗变的兵运工作，为帮助苏区军民粉碎反动派军事围剿做出了重要贡献。

从事多年党的地下工作，深谙统一战线方针政策的理琪的到来，为胶东人民带来了光明。

1937年7月7日，七七事变爆发。日本侵略军迅速占领北平、天津，并沿平汉、津浦铁路继续向南进犯。当时，理琪由于叛徒的出卖，被捕并被关押在济南监狱。

1937年10月，日军已到达黄河北岸，济南危在旦夕。国民党山东省政府宣布南迁，大小官员争相逃跑。这时，在中国共产党的努力下，抗日民族统一战线已正式形成。

1937年11月，理琪被保释出狱并回到胶东。

那时的胶东，局势已经非常紧张。日本侵略军即将进入胶东，国民党官员忙于搜刮钱财，准备逃跑。他们有的表面上赞成抗日，实际上继续坚持反动政策，反共气焰仍很嚣张，有的随时准备投降日寇。

在这种形势下，理琪马上召开了特委扩大会议，传达了中共山东省委"关于在山东组织人民抗战"的指示，以"一一·四"暴动后保存下来的武装游击队为基本力量，在文登县的天福山举行抗日武装起义，建立一支由中国共产党独立领导的胶东人民抗日武装。

1937年12月24日，写有"山东人民抗日救国军第三军"的红旗插在天福山上，吹响了胶东人民抗战的第一声号角。

1937年12月31日，第三军第一大队突遭文登县长李毓英率领的反动武装包围，29名指战员被捕，3名参加过"一一·四"暴动的同志被杀害；同一天，被特委派往牟平、海阳进行抗日宣传的8名同志被反动武装包围，3名同志牺牲。

形势严峻，特委提出"打击坏中之坏，争取中间力量，团结进步人士"的方针。

1938年1月，林一山、理琪和吕志恒等人先后到威海，通过在国民党政训处工作的民先队员孙端夫，争取了国民党政训处的大部分成员，同时，做威海专员孙玺凤的统战工作。

孙玺凤，这位法国留学归来的法学博士，被南京国民政府委任为威海卫特别行政区行政管理公署专员。

孙玺凤到任后，兴建公路，兴修水利，大力禁毒。他在得到群众拥护的同时，遭到反动势力的忌恨和排挤。

卢沟桥事变后，孙玺凤将专员公署卫队武装起来，准备抗击日寇，无奈势单力薄。孙玺凤又与当地准备投靠日军的汉奸矛盾很深，为了自保，孙玺凤准备离开威海。

林一山、理琪和吕志恒亲自做孙玺凤的工作，孙玺凤同意与共产党合作，将专署和卫队的100多支枪支及弹药交给了理琪，武装了起义部队，并亲自动员专署人员参加抗日，高呼"打倒日本帝国主义"口号。专员公署成为当时威海起义指挥部所在地，威海的海军教导队中许多人也参加了起义部队。

1938年1月16日清晨，起义部队在专员公署楼关集合，理琪讲话。当天下午，一百余人组成的起义队伍护送孙玺凤乘船离开威海。起义部队回到专员公署楼前，鸣枪三声，以示天福山起义成功。

孙玺凤，这位由中国共产党依靠统一战线争取过来的重量级人物，在离开威海后，被推荐到当时与共产党合作的石友三69军任参议。69军进入沂蒙山区后，孙玺凤参与组建鲁南抗敌工作团和鲁南民众总动员委员会工作。1938年末，69军离开山东，孙玺凤在家乡建起一支抗日武装，后来改编为八路军。1946年，孙玺凤经陈毅介绍加入了中国共产党。

走在山路上，听着这些英雄的故事，我看到了无染寺著名的景点"王母娘娘洗脚盆""玉屏池""翡翠池"和"仙女池"。这些池水或清澈见底，或碧绿如玉，或柔美如镜，想必那些美丽传说的出处都源于昆嵛山人民对未来美好的向往吧。

下山时，雨又来了。先是稀少的大雨滴，接着便是瓢泼大雨。三五个游人撑着伞小跑着，寻找避雨的山崖。池水变得不平静起来，雨滴先是在池中跳跃着，接着池面上便升腾起一层水雾。雨水四处流淌，雨水汇合着流向小溪，溪水开始加速奔流。尹利盼望的大雨来了。

一路上，凌霄花一嘟噜一嘟噜地开，明艳的橙红色在漫山的浓绿和迅猛的暴雨中分外醒目。家养的花朵本是娇嫩的、柔弱的，这些花儿却扎根在这山间，竟也慢慢习惯了这里的风雨。也许，风吹雨打的漫长岁月，催生了她们进化成更加坚韧的花朵。

在昆嵛山革命纪念馆中避雨时，我听到了这样一个真实的故事。

1936年10月，年轻的昆嵛山游击队员刘福考在完成一个清剿任务时宁死不屈，被敌人杀害。敌人将刘福考的头割下来，悬挂在集镇的树上。

刘福考牺牲后，留下身怀六甲的妻子王淑贞和年幼的女儿。从此，那个怀着满腔仇恨的小脚女人主动承担了共产党的地下交通员的任务。她家的菜窖就是地下党领导的活动场所，干部在里面开会，王淑贞就坐在门口做针线放哨，领着孩子挖野菜打掩护。

1939年10月，经受住种种考验的王淑贞经组织批准，秘密加入了中国共产党。

至今，在天福山起义纪念馆中还珍藏着王淑贞的入党申请书。80多年风雨的浸润，手写制作的表格，字迹早已经晕染模糊。王淑贞在入党动机一栏中认真地写道：加入中国共产党，为我男人报仇，为了将来的幸福！

忽然有一天，王淑贞"疯了"。她经常东跑西颠，口中念念有词。一个死了男人的疯寡妇，连敌人都懒得理会。就这样，王淑贞装疯卖傻地活着，为共产党传递了多条有价值的信息。小纸条就塞在发间，用一枚珠花固定。

2019年，王淑贞老人在105岁生日那天激动地说：看到今天的好日子，我觉得我做得值了。别看我老了，假如敌人来了，我还要拿枪上战场！

老人坐在石榴树下，举起那枚珠花在阳光下仔细地端详着，这是一对革命伉俪相敬相爱的信物，这是一名党员忠心耿耿的历史见证。

雨停了，乌云渐渐散去，微风清爽，草木的香气混合着泥土的味道让我想起家乡的村庄。无染寺后院的一排平房，是林场职工的家。到了午饭时间，烟囱冒了烟，是柴火味。家家屋前都有菜园，黄瓜开着黄花，柿子秧结着刚泛红的柿子。一家山墙处，整齐地码放着一摞劈好的木头拌子，被雨淋湿的木头，散发出木质的清香。不知从哪个屋子里传出一阵婴儿的笑声，接着是一长串的牙牙学语。这与世无争的无染寺，平安宁静的昆嵛山，果真是神仙居住的地方。

我漫步在无染寺院内，好像还想寻找些什么。收到一条微信，林场小董传来的一张照片。照片是烟台桃村中心医院赠予无染寺的，是一张文登肺病疗养所全体职工在无染寺前的合影，时间为1954年5月12日。这是一张弥足珍贵的照片，合影人的背后就是未拆除的无染寺主体。坚固的石头墙，木门气派，木窗宽大。或坐或站的那群人，在这座宏伟的大殿前，显得又矮又小。

我再次环顾大山，向昆嵛山、无染寺默默告别。昆嵛山的空气、无染寺的潭水，谁都带不走。能带走的是昆嵛山的故事、胶东人民抵抗侵略的革命精神。

离开时，尹利从昆嵛山山脚下扶助村民脱贫致富基地拔了一缕草送我。原来，尹利心心念念的天降大雨，是为了能浇灌基地干旱的野菜园。

带着新鲜黄土的垂盆草，跟着我坐上了飞机、火车和汽车，来到我的家。我将那草栽在黑土中，昆嵛山的记忆便常驻我书房的案头了。

作者简介：韩秀媛，全国公安文联理事会理事，全国公安文联散文分会副主席，中国散文学会会员，黑龙江省作协会员，鲁迅文学院第23届中青年作家高级研讨班学员。散文、小说发表于《山花》《飞天》《广州文艺》《啄木鸟》《中国文化报》《人民公安报》《法制日报》等报刊。散文《心中有座百草园》荣获第七届冰心散文奖，散文《波斯菊的秋天》荣获第七届漂母杯"母爱·爱母"全球华文主题散文大赛二等奖，散文《一本老书，伴我走过你的四季》荣获中国散文名家东坡故里采风在场写作竞赛一等奖，散文《雏菊》荣获智慧杯"中国梦·劳动美"全国职工散文大赛二等奖。出版散文集《等风吹来》。

这片海，汹涌澎湃

梅雨墨

2019年7月7日，也就是"七七"事变82周年纪念日的这天，我在莱州市的海边，望着大海和长天，静静伫立。虽然是海天一色，却都是灰蒙蒙的。天气阴沉，风声阵阵，波浪从远处汹涌澎湃扑面而来，层层叠叠，仿佛万马奔腾，发出巨大的声响，但是很快又在岸边化于无形，就像是那倏忽而过的时光，无论发生过多少惊天动地的事情，如果我们不去探究，不去求索，不去回忆，那么终究也会被遗忘。

忘记过去就意味着背叛，所以我们不能忘记，也不敢忘记。远处的三山岛隐隐约约，看不太真切。站在我旁边的孙玉光主任介绍，那里有储量惊人的黄金矿正在开采。这一切让我的意识在现实与历史之间不停地切换，心情格外凝重，因为不久前，我才拜谒过胶东抗日英雄郑耀南的故居。

（一） 拜谒英雄故居

　　郑耀南的故居在莱州平里店镇西障郑家村。低矮的房屋，青色的砖瓦，很小的门头上有五个大字："郑耀南故居"。故居很新，明显是不久前才翻盖的，原来的房子估计早就在战火中焚毁了吧。但是，这并不影响我来到这里的兴趣。不过才80多年前的事儿，时光也并未走得很远。我可以想象得到：就是在这里，油灯如豆，驳壳枪在灯火的映照下闪着幽幽的冷光，几个精壮的汉子或坐或站，压低的嗓音抑制不住慷慨激昂的情绪。郑耀南和他的战友们在昏黄的油灯下商量着抗战大计，为了民族的解放事业废寝忘食、夜不能寐。早已经将生死置之度外的他们，一心想着怎样把日寇赶出中华大地，想着怎样把这片贫瘠的土地变得欣欣向荣，繁花似锦。

　　院子里有中共莱州市委、莱州市人民政府于1991年7月1日立的"中国共产党掖县委员会诞生地纪念碑"。碑的基座旁生长着许多牡丹花，虽然是早已过了花期，没有娇艳的牡丹花绽放，但是棵棵枝繁叶茂，翠绿无比。院子里还有两棵巨大的槐树，每年五六月，满树的槐花似雪，槐香扑鼻，就像是英雄的事迹传遍四面八方，正如故居里一面墙上那副对联说的那样："英雄功绩昭百世，烈士芳名耿千秋。"

　　离故居不远，建有郑耀南革命事迹展览馆。看着一幅幅图片和旁边的解说词，我的思绪一下子回到了那战火纷飞的年代，那些生动的画面就好像是电影一幕幕地在我的眼前放映。

　　行走在耀南广场，我看见三面红旗高高地迎风招展，中间的那面五星红旗尤其是鲜艳夺目，巨大的卧石上有"浩气长存"四个大字，英雄郑耀南的塑像矗立在空寂的广场。我望着郑耀南的塑像，他显得是那样的沉稳和睿智，戴着他非常喜爱的八路军军帽，儒雅的面庞上还有着一副眼镜，凝望着他终身为之奋斗、历经多少次血与火的战斗、至今还依旧不太富裕的这片大地。虽然他是那么热爱着这片大地，为了她的独立、自由和繁荣呕心沥血，策马疆场，然而他最终的逝去是因为腰椎结核，1946年2月在延安病逝，年仅38岁。

在革命圣地延安，有一座依山而建的著名的"四八"烈士陵园，它是遵照党中央的决定而修建的我党最早的一座高规格烈士陵园。陵园背枕青山，松柏环绕，坐西面东，庄严肃穆。烈士纪念塔正面镌刻着毛泽东主席的题词："为人民而死，虽死犹荣"9个大字。烈士墓群分为高、中、低三排，分别安葬着13位1946年4月8日空难的烈士和15位以身殉国或病逝于延安的有着较高地位或做出突出贡献的革命烈士。

在最高的一排墓群，就有山东莱州（原掖县）党组织的创建人和领导人、胶东抗日根据地的奠基人——郑耀南，与秦邦宪、关向应、叶挺、王若飞、张浩、邓发、靳道松7位烈士共息于此。也许，大家会问，抗战刚刚胜利，还没有看到共和国曙光的郑耀南为什么会受到党中央如此高的重视，他又如何能够获得如此高的荣耀呢？

要回答这个问题，我们就要将时光拉回到1938年的3月8日。这天夜里，已经有着10年党龄的郑耀南，领导着掖县县委，在没有上级党组织的具体指导下，以少见的远见卓识和雄才大略，组织发动了胶东规模最大的玉皇顶武装起义，打下了掖县城，推翻了伪政权，成立了在胶东地区规模最大、人枪最多的胶东抗日游击队第三支队；建立了山东省第一个抗日民主政府；创建了山东省第一个敌后抗日根据地，并成为掖蓬黄、大泽山、胶东抗日根据地的核心和坚强的后方基地。所有这些最大和第一，都说明郑耀南是当之无愧的胶东抗日根据地的奠基人。然而，在郑耀南的丰功伟绩中还有一项更令人惊讶和敬仰的，那就是他亲手缔造和创建的北海银行，被称作红色革命史上的金融奇迹。北海银行发行的北海币也是山东抗日根据地和解放区唯一的合法通用货币，一直到1948年11月25日，经华北、山东、陕甘宁、晋绥政府会商决定，华北银行、北海银行和西北农民银行合并组成中国人民银行总行。北海银行经历了一个从无到有、从萌芽到强盛的曲折发展过程，它为山东地区，乃至是华东、华中地区经济发展，抗日战争、解放战争的胜利，提供了重要的经济保障，为民族独立及人民解放事业做出了巨大贡献，最终成为中国人民银行的三大前身银行之一，在中国的金融发展史上留下了浓墨重彩的一笔。

（二）北海银行创建基础

我一直深信，做任何事情都是有着千丝万缕的联系，我也一直认为，有些事情看似不相关联，但是当事情出现了，却发现总是出现一些惊人的巧合。就像是这次到莱州采访，当接到中国散文学会董彩峰秘书长打来的电话时，我听说是采访革命老区，那当然是义不容辞，一口答应下来。等挂了电话以后，我口中一直轻轻地念着——莱州，莱州，怎么觉得那么熟悉呢？于是，拨通了二姐夫的电话。我的话还没有说完，电话那头二姐夫就笑了起来，说，没错呀，现在的莱州就是原来的掖县呀。

是的，掖县是我二姐夫的故乡。他自从 18 岁考取大学以后，就很少回故乡了，而最近一些年，由于他父亲的故去，也只是在清明前才回去祭拜一次。然而，我其实还有许多不知道的事情，都因为这次的采访而变得清楚起来，我二姐夫的大伯叫崔明栋，1938 年参加革命，是郑耀南领导的胶东抗日游击队第三支队的一名战士。我二姐夫的父亲叫崔明周，1944 年参加革命，也是共产党胶东抗日武装的一名战士，后来在渤海军区西海独立团任排长。在解放潍坊的战役中英勇作战，他被子弹从正前方脖颈射入，所幸没有伤及要害，伤好了以后继续回到部队参加战斗，直到全国解放才拿着一张三级甲等伤残军人证回到了掖县，做了一个普普通通的老百姓，每天读书看报，侍弄着几分地的菜园子。记得小时候，我问过他："大爷，你伤好了怎么不去做官呀，你可是立了战功的。"他摸着我的头说："孩子，打仗不是你们在电影里看到的那样，看到和自己一起参军的乡亲邻居，在机枪的扫射下，像庄稼一样一茬茬地倒在自己的身边，但是你却没有任何办法，你只有往前冲，拿下阵地，这才是一个革命军人的荣誉。再说，全国都解放了，也没有什么仗可以打了，比起那些死去的乡亲，能够保住一条命回到家乡那就是万幸了。"当时我还小，听到这些话时，并不太明白，心中一直纠结着大爷作为一个战斗英雄却不去显摆而感到十分遗憾。但是，现在来到莱州，曾经的掖县，接触到这里的人，我才发现，这里的人就是这样。虽然做过很多很多让大家震惊的事情，但是最后都静悄悄地选择保持沉默，这也是为什么许多人并不了解这里发生的这些故事和传奇的原因。

让我们再将记忆拉回到那战火纷飞的抗日战争时期。掖县，也就是现在的莱州。

1937年"七七"事变以后，日本侵略者发动全面侵华战争，1938年初，日寇铁蹄踏入胶东半岛，掖县县委在郑耀南的领导下，积极响应党中央和北方局的号召，于1938年3月8日举行了玉皇顶抗日武装起义，成立了胶东游击队第三支队（以下简称"三支队"）和掖县抗日民主政府，在胶东率先建立了抗日根据地。

掖县抗日民主政府，是山东省第一个抗日民主政权。这在"抗战初期，中共山东党组织对建立抗日民主根据地的重要性认识尚不充分。各地抗日武装建立以后，未能迅速在抗日游击队控制的地区广泛建立抗日民主政权"的当时，是一个意义巨大的创举。

武装夺取政权后，3月12日，掖县抗日民主政府宣告成立，民主人士张冠五任县长；抗日民主政府下设民政、财政、实业、教育四个科，并向社会颁布了六条施政纲领：一是废除一切苛捐杂税，三亩地以下免征官税；二是实行平粜抑价，稳定市场；三是禁止烧酒，奖励粮食生产；四是实行抗日民主教育，兴办农村小学；五是对地主、富农、商号征收爱国捐，减轻人民负担；六是镇压汉奸，没收其财产。施政纲领已经昭告四方，但是百废待兴，抗日民主政府面临着许多困难，而由于抗战热情的急剧高涨，热血青年纷纷报名参军，使得三支队人数很快发展到3800人。军队要供给，民主施政要资金，面对这样的形势，一个广开财源，保证供应的严肃问题摆到了中共掖县县委书记郑耀南的面前。

当时，由于日寇入侵，日伪"中国联合准备银行"的"联银券"在敌占区充斥市场，国民党政府的法币币值急剧下降，人民对国民党政府发行的货币失去了信任。而山东民生银行的票子人民也拒绝使用。法定货币流通不利，造成金融体系的巨大混乱，奸商巨富趁机滥发票券，大发国难之财。一些小商贩货摊也在制造票券，并且写上"灯下不付"的字样。这样一来，物价飞涨，尤以粮价暴涨最为突出，有时"一麻袋票子还换不到一麻袋粮食"。这种情况下，不但不能保障军队供给，就连人民生活也造成了很大困难。

为了及时解决这个问题，郑耀南积极地思索着对策。不得不说，郑耀南不仅是我党一名优秀的县委书记，在那个时代更是一个不折不扣的知识分子和"智多星"。

郑耀南1925年就考入了山东省立第九中学。在校期间，他勤奋好学、能写善画、多才多艺，被推选为学生自治会主席，在进步教师爱国反帝反封建思想的教育和中国大革命浪潮的影响下，多次组织学生举行抵制日货的游行示威，因而遭到校方的处分。1927年他愤然离校回家，在自己家的南屋开办了一所小学，自己担任教师，学生不分男女，贫苦子弟免费入学。利用教学的便利条件，揭露社会黑暗，宣传革命道理。1928年6月，在九中学友王鼎臣的介绍下，郑耀南光荣地加入了中国共产党，积极投身到党的事业中。1930年秋，郑耀南回到掖县建立党组织，并当选为县委书记，为了扩大党的影响，他一手创办了党刊《红星》，并担任主编，亲自撰稿刻蜡纸、油印，常常彻夜不眠。1936年秋他转移到烟台从事地下工作时，任中共胶东临时特委教育宣传委员兼党刊《战斗》的主编。

所以，郑耀南之所以能够成为掖县党组织的领导核心，能够取得如此辉煌的功绩，与他的知识全面、睿智多谋、胸怀博大、包容并蓄是分不开的。有着丰富革命经验和斗争经验的郑耀南很快地就想出了解决问题的办法，那就是在三支队成立"财经委员会"，并且任命孙康厚担任主任，张加洛、孙会生、郭欣农、滕绍武和张冠五担任副主任。

财经委员会经过认真研究，制定了许多胶东抗日根据地在抗战初期的经济政策法规；成立了盐务处，以管理全县盐务生产和税收；成立了粮价平抑委员会，以整顿市场，平抑粮价；成立了商会，以加强商业管理；同时，还整顿了田赋办法，对地主、富农、大商号征收爱国捐。这一整套措施实施，对发展生产、减轻人民负担，保障人民生活与军政供应，收到了良好的效果。当时，三支队每月经济收入可以达30万元以上，不仅保障了军队和政府的正常运行及财政支出，而且还支援了胶东特委与山东分局以及延安总部。同时，办起了自己的兵工厂和被服厂，而且有很多的节余。有了雄厚的财政收入，算是暂时解决了供应的问题，但是想要做更大的事业这样还远远不够，郑耀南的心里有着更远大的谋划。

郑耀南找到大家说，有了经济基础，革命事业才能做大。和大伙儿一合计，干脆咱们成立一个银行吧，有了银行，那干什么事情都方便了，有了一个通用的货币，省却了许多麻烦和手续，而且显得更正规，更有说服力和信誉保证。

但是，创办银行那是很专业的事情，谁来操办呢？银行发行的纸币从哪来呢？这些在任何时期都是被严格管控的东西。

（三） 北海银行创建传奇

正在大家一筹莫展的时候，机会来了。

这时候发生了一件事情，直接加速了北海银行创建的进程。有一位在青岛中鲁银行任经理的掖县人张玉田，因为爱国，不愿意与日本人合作，决定歇业回乡。他带着自己家的几部汽车和财产从青岛躲过日伪军的盘查，历经艰险准备返还老家。没有想到这个消息被人走漏了，在途经平度县城时，遭到了国民党顽军张金铭的袭劫，所带的几部汽车和钱物被尽数抢走；在回到了掖县黄山后老家，又遭到张金铭部的追捕。于是他连夜出逃，投奔到在掖县抗日政府任政务大队副队长的儿子张忠厚处。郑耀南和张加洛同志得知这个消息后，马上前去慰问，并送上了200块大洋作其生活费用。两相比较，国民党顽军趁火打劫，大发国难财，不知廉耻；而共产党领导的部队救人于水火，雪中送炭。张玉田深受感动，当着郑耀南的面痛哭流涕，他说："你们举抗日大业，正是用人之际。可惜我是个商人，只会干银行，管票子的事情。如果能够用到在下，一定愿意效犬马之劳。"郑耀南高兴地对他说："好啊，您会理财，就请您来主持筹办银行吧。"

张玉田很爽快地答应了。随后，张玉田把原青岛中鲁银行的职员邢松岩、王苇村、王复生、方德卿、邢述先、杨崇光、刘翙初等人邀请到掖县县城，带领他们开始了银行的筹建工作。

起初，大家把银行定名为"掖县银行"，首先请了邓文卿（又名邓振远）设计绘制出票面图案，然后安排人员着手采购票纸和刻制票版。可是票纸和票版只有在天津和青岛才能买到。这两地均为敌占区，敌人封锁严密，稍有闪失，就会有生命危险。张玉田利用自己在外的关系，委托他人在天津购买到了印钞用的道林纸，通过海运关系运到掖县虎头崖港口，并在青岛秘密地刻制好票版。为了防止敌人搜索，把镌刻好的铜版装在一个金属箱子里,再把箱子的缝隙焊起来,用一条铁链拴在船底拖回掖县。随后,他又委托掖城西门里"同裕堂"私人印刷局印钞,重华印刷所任宇宙作票版图案套色技术指导。面额壹元的图案是掖县县政府大院全景,中有大柏树四棵和"海甸风清"大牌坊一座;贰角的图案是掖城南关火神阁全景,标有"掖县"二字;五角的图案是掖城鼓楼全景及玉皇顶全景,筹备印刷工作至1938年7月基本完成。

1938年8月,由中共胶东特委领导的山东人民抗日救国军第三军与掖县党组织领导的胶东抗日游击队第三支队,在掖县沙河镇合编为八路军山东游击队第五支队,统一了掖、黄、蓬三县抗日根据地。三支队与三军合编后,掖县银行交由胶东特委领导,但银行的后期筹备工作仍由原三支队人员负责,具体事务还是张玉田等人操办,地点仍在掖县县城。因三县根据地处于胶东北海地区,且已成立了"胶东北海行政督察专员公署",根据"本固枝荣"的道理和当地群众"南山松不老,北海水长流"的传统提法,所以在五支队司令员高锦纯的提议下,掖县银行改称为"北海银行"。

北海银行这边紧锣密鼓地筹备成立,但是问题又来了,要成立银行就得有银行的股本资金,但是要募集成立银行的这么一大笔资金,又从哪来呢?

北海银行最初是掖县自己筹办的银行,当时拟定以股份有限公司形式在全县范围招股募集资金,并设立了董事会。北海银行归胶东特委领导后,对资金募集方式做了两点改动:一是因隶属关系发生变化,将原定在掖县范围内募集扩大为在掖蓬黄三县范围内募集;二是将原定的全部向社会招股改为公私合营。这时议定银行资本金25万元,包括五支队司令部出资7.5万元,作为公股;私股部分17.5万元,分别由掖县(6.5万元)、黄县(5.5万元)、蓬莱(5.5万元)三县财经委员会招股。招股采取动员派购的方式向商会大户、地方士绅、乡村群众募集。当时工商界仅认购了一小部分,大部分是通过区行政机构向各村派购,再由村公所派购到户。凡认购者,都以村为单位,发给认股书,并开给临时收据,然后由村公所造册登记保存。经充分发动之后,实募股金10.1336万元,其中掖县5.5672万元,黄县4.5664万元,蓬莱和五支队司令部因受战事影响未能认缴。银行的筹建是十分严肃的事业,虽然当时根据地处于抗日战争艰难困苦时期,但是在建立北海银行的时候,筹备工作丝丝入扣,严谨务实,周密的准备过程,为日后的发展奠定了扎实基础。

1938年10月,受敌伪威逼根据地的影响,掖、黄、蓬根据地经济秩序出现波动。为控制敌人进犯,除军事上给予打击和阻击外,稳定根据地经济秩序,保证军需供应,巩固新生抗日民主政权已成为当务之急。在这种情况下,1938年12月1日,北海银行正式营业运行,并向社会首次发行了9.5万元北海币。由于当时市面找零较为困难,所以初次印发的北海币均为辅币,有壹元、伍角、贰角和壹角共四种面额。壹元的图案是掖县抗日民主政府大门全景,伍角的图案是掖县城鼓楼全景,贰角、壹角的图案是掖县城南关的火神阁全景。另外,壹角和贰角的还分别印有"掖县""胶东"字样。这些钞票设计别致、用纸考究、印制精美,深受社会好评。北海银行正式营业的当天,在掖县城召开了隆重的典礼大会。会场设在县政府门前,搭了台子,立了松坊,会标上写着"北海银行开业典礼大会"字样,其沿街张贴着各色标语。五支队司令员高锦纯和原三支队长郑耀南都在会上讲了话,公开表扬了张玉田等人为筹备北海银行所做出的贡献。并且在大会上宣布:北海币为掖、黄、蓬三县根据地的通用货币,与法币等值流通,对私人土杂小票限期清理收兑;对山东民生银行的小票设点兑换北海币;禁止伪"联银券"和敌汇票流通,违者没收。开业这天,县长于烺还到北海银行进行了慰问。为了使其家喻户晓,会后还在各地张贴了布告,散发了宣传册——《北海银行浅说》。

北海银行在掖县受到广大工商业者和农民群众的普遍欢迎和拥护。

据张玉田交来的便卡帐所记,北海银行仅在掖城一个月中就发生往来账款500余笔。

当时,北海银行总行设在掖县城内大十字口南路西"大鸿昌"内,下设蓬莱黄县两处分行。由于战事影响,仅黄县公行在黄县城设有办事处,有王子吾、孟信甫二人工作。总行设有总经理,由张玉田任职;副总经理兼黄县分行经理由陈文其任职;办公室由邢松岩、刘翙初、杨崇光分别担任秘书、文书和庶务;营业室由王苇村负责发行处,王复生负责会计和存贷处;方德卿负责出纳处的工作。全行职工30余人,均系雇员性质。

(四) 大海和心胸

在写这篇文字的时候,我的电脑旁边就放着一张"北海银行"发行的北海币,这是一张真币,票面一元,发行于1942年。这张北海币呈绿色,票面上左边是一个椭圆形的图案,图案比较复杂,绘制的有山脊、有树木、有房屋,还有远处的高山和大海,表达的应该就是"南山松不老,北海水长流"的意思,票面右边有"壹圆"的字样,编号是"已0204082",票面左右都盖有"胶东"字样的红色印章。票面四角都印有"壹"的字样,底下是1942的字样,背面没有任何字样,只有一个长型的云锦图纹。这张北海币很旧,票边已经被磨损成毛边了,一看就是曾经流通的货币。

这张北海币的来历也是挺偶然的,我二姐夫最要好的一位高中同学叫牛泰昌的,在我采访莱州期间一直陪着我,他的父亲也是一位老战士,自己也是部队复员转业的,在莱州的一家商业银行做办公室主任。牛老哥人非常豪爽,喜爱文学,常常写诗发表,还拿着一架单反相机跑前跑后地拍摄。在听到我想看一下北海币的时候，第二天早上不声不响地拿着这张北海币找到我。我认真端详拍照后，却怎么也还不回去了。他说，听说你要写咱们莱州，写咱们的英雄郑耀南和北海银行，我觉得没有什么比这张北海币更有纪念意义的了。

我觉得这张北海币很贵重，因为它不仅仅是一张已经不流通的货币，最关键的是它代表着一段辉煌的抗日历程，一段共和国金融史上的传奇。接过这张北海币，我的心情五味杂陈，对视之中仿佛看到那么多人殷切的目光。我忽然感到，肩上的担子沉甸甸的。

在采访期间，我常常感受到的是莱州人民的坚忍和付出。在这片大地上，他们献出了自己最优秀的儿女，甘洒热血，无怨无悔，他们献出了自己赖以生存的粮食和衣物，从没有一丝一毫的犹豫，他们做军鞋，筹军粮，实在不行，就推着独轮车上前线，送弹药，送干粮，冒着炮火，迎着弹雨，含着热泪，把自己受重伤的子弟抬下来，再把自己家里刚刚长成年的孩子送上去。前不久，我在省委组织部组织的党建培训封闭学习期间，观看了一场电影《沂蒙六姐妹》，说的就是山东革命老区的故事。一场孟良崮战役打下来，一位母亲就失去了自己的一切，那是三个英俊挺拔的儿郎。而这三位战士的媳妇儿，在他们牺牲的时候，还奔忙在支前的路上。我看着电影画面上那小小的院子里，那三个竖立的牌位，那高高打起的白幡和漫天飘飞的纸钱，还有那黑压压跪着的乡亲们，门头上那四个黑色的大字——满门忠烈。我的眼泪止不住地滑落了下来。第二天，在参观渡江战役纪念馆的时候，看着渡江战役烈士纪念堂整面汉白玉的纪念墙上，一排排烈士的名字里有很多是山东籍的英烈，我在心里再次感慨：这就是山东儿女！为了我们党的事业，为了千万受苦受难的人民，他们真的是把所有可以奉献的包括自己的生命都奉献了出来。

1938年8月，胶东游击队第三支队与山东人民抗日救国军第三军在掖县城合编，三支队编为62团和55团，郑耀南仅担任62团团长，但他不居功、不自傲，服从党组织安排，表现出一个共产党员的崇高品质。但是合编在三支队内部还是引起了强烈反响，三支队的干部战士们纷纷说："我们三支队有三千多人枪，三军还不足两千！""我们有银行、兵工厂、被服厂、报社，月收入不下30万，三军有什么？""在三军机关的领导成员中，掖县人一个也不安排，也太不公平了！"面对这些反响，郑耀南顾全大局，耐心细致地做了大量说服教育工作。

郑耀南说："掖县的党、掖县的部队之所以会有今天，都是党领导的结果。过去，我们时刻盼着上级党的领导，到处寻找党的关系。今天我们把部队交给上级来领导，这不正是我们长期以来的希望吗？党的武装，就应该交给党来统一领导，现在就是时候了。"正是在郑耀南的教育和努力下，顺利地完成了合编。时任胶东特委书记的王文当时就感慨地说："老郑真是一个好同志！"

据一位叫李振玉的老同志说，三支队和三军合编的时候，郑耀南的胸怀很宽广，这时候三支队每月的收入30多万。那么这三四千人，军队和政府每月的开支是多少呢，6万，还节省了20多万。这20多万就捐助了从潍县过来的七八支队，给他们一些钱，给他们换上新军装，再余一些就给了胶东特委，给山东省委。

1939年1月，日伪进犯掖县城，当时驻防掖县的五支队撤出掖县城。北海银行也随军转移，因形势严峻而又没有任何武器和保卫人员，被迫停止活动。4月，中共中央书记处下达的《中央对山东问题之处置办法》中明确指示："如取消北海行政公署及北海银行，山东抗日根据地与坚持抗战是要受到挫折的。"5月19日，中共山东分局指示胶东区委：北海银行努力经营保持在我们手中，必须成为全省的金融调剂机关。1939年夏，胶东区委决定，恢复重建北海银行，并提出了四条主要任务：一是支持财政支付，支持抗战经费；二是发行地方货币；三是与敌进行货币斗争；四是支持工农业生产。

由郑耀南亲自创建的北海银行成立以后，这四个方面意义重大：一是取缔私钞，贬低敌钞，提高本币信誉；二是发放贷款，打击高利贷；三是兑换黄金和外汇（非本币），进行区外采购，保证军需供应；四是上缴外汇，支援抗战。

1946年2月郑耀南病逝后，时任中共中央书记处办公厅主任杨尚昆主持了郑耀南的追悼大会。噩耗传到家乡，掖县县委、县政府在平里店隆重召开郑耀南同志追悼大会，胶东、西海区、掖县党政军代表和群众两万余人参加了会议。在郑耀南的家乡西障郑家村为他树立了烈士纪念碑。碑上是这样镌刻的："郑耀南同志参加革命十八年来，多经颠沛艰险，但坚持工作，始终如一；尤以忠心对党，联系群众，气魄宏伟，堪称楷模。"

在郑耀南同志逝世五十周年之际，时任国家主席杨尚昆亲自到郑耀南烈士墓前进行了悼念。时任中央军委副主席迟浩田为郑耀南烈士题词："峥嵘岁月渤海湾，忠魂千秋留延安。"

我们今天，面对的总是鲜花和笑脸；我们今天，见到的总是鸽子和蓝天；我们似乎已经麻木了自由与幸福，我们已经习惯了欢乐与团圆；我们似乎已经淡忘了流血与死亡，我们总是在回避理想与信念。我们今天，面对的总是恭维和寒暄；我们今天，见到的总是美酒和欢宴；我们津津有味地称赞玫瑰是如此娇艳，我们兴致勃勃地谈论名车与金钱；我们似乎丢失了奋斗与追求，我们中有的人已经忘记了入党时的誓言。感受一下革命先烈们所做出的贡献吧，那会让许多人羞惭不已，抬不起头来。

1948年12月，经中央决定，华北银行、北海银行和西北农民银行合并组成中国人民银行。1948年12月1日，中国人民银行钞票正式开始发行。北海银行总行更名为"中国人民银行华东区行"，其下属各分支处所也一律改为中国人民银行分支处所。1949年11月1日，山东省北海银行改称"中国人民银行山东省行"，各分支机构也同时更名，改辖于中国人民银行山东省行。至此,北海银行的历史使命光荣结束。北海银行成为了中国人民银行得以建立的三大柱石之一。它在中国共产党金融系统的发展史上,具有重要作用。可以说,现在山东许多金融机构,无论是人民银行、农业银行、工商银行、中国银行都与北海银行有着极深的历史渊源。

北海银行发行的"北海币"为本位币的独立货币体系。北海银行不仅在抗日战争时期,为我军筹措经费、支持战时财政、巩固根据地政权、保证战争胜利等方面立下了不可磨灭的功绩;而且在解放战争时期,为支持土改运动、支援战略反攻、接收官僚资本银行、代行国家银行职能、推进全国货币统一,都做出了十分重要的贡献。

北海银行前后历经10年之久,这期间,北海银行印发北海币、发放贷款、从事投资,甚至还一度代行国家银行的职能,接管城市官僚资本银行,完成全国货币统一,最终取得的成果也是显著的。山东革命力量之所以得以生息发展,从无到有,从小到大,其中北海银行功不可没,所发行的北海币"成为根据地的主要货币,对根据地的经济发展起了很大作用"。"北海银行"这个名字,将永远铭记在抗日战争和解放战争乃至新中国成立后的金融史册上。

如今,漫步在莱州的街道上,城市繁华,商贾如云,南阳河穿城而过,岸边垂柳依依,供游客踩踏的条石也被做成如金条一般的外形。夜晚,掖县公园里,流光溢彩,游人如织,巨大的金色月季雕塑显示着中国月季之都的灿烂与辉煌;苍翠欲滴、景色旖旎的笔架山上至今还流传着英雄的事迹,郑耀南为之奋斗终生的理想在今天都成了现实。临行前,我再次来到了莱州的海边,我想再看一看这片奔腾的大海,再去感受一下这片海带给我的热烈与激情。

这是一片深情的大海,这是一片勇敢的大海,这是一片无畏的大海,这是一片智慧的大海!这片海,汹涌澎湃!

作者简介：梅雨墨，中国少数民族作家学会会员，中国散文学会会员，中国民间文艺家协会会员，安徽省作家协会会员，淮南市作协副主席，中国西部散文学会副主席，《西部散文选刊（原创版）》执行总编。著有散文集《飞雪千年》《华美的爱情》。其作品曾发表于《安徽文学》《山东文学》《奔流》《青海湖》《散文选刊》《西部散文选刊》等期刊，作品入选《2018年中国散文排行榜》《中国散文大系》《中国散文精选三百篇》《中国最美散文》等书籍。曾荣获第八届冰心散文奖、中国散文学会当代最佳散文创作奖、安徽省作家协会首届散文大奖赛"淮河散文大奖"和淮南市人民政府首届"淮南子文学奖"。

和平医院的窗口

谭曙方

离开栖霞市桃村镇已经多日，可七十多年前的胶东国际和平医院遗留的一处平房小院，却让我思绪纷飞。那些平房内斑驳透光的窗口一直萦绕脑际，仿佛在催我动笔。

那天是周日，阴天，栖霞第四中学——昔日胶东国际和平医院所在地，空空荡荡，没有喧闹的学生。校园一角静静地卧着一个平房小院，院内散乱堆放着翻修的建筑材料。这是和平医院侥幸遗留的一处旧址，其余建筑均已被学校的新建筑覆盖。平房中光线昏暗，唯有那些敞开的窗口透着明亮的光。窗外视野并不开阔，还有些树枝遮掩，那朦胧的窗口恰好激发了我的想象。就在这窗外不远处，四中教学楼上悬挂着八个红色大字——乐学、善思、合作、创新，尽管我在窗口看不到它。窗外的学校，和平的象征；窗内的医院，战争的缩影。介于今天的学校与昨天的医院之间的窗口，让我想到了战争与和平，心灵顿时生翼一般飞翔起来，穿越时空……

有一天早晨，当我在家中醒来，眼前又闪现出那个破旧的窗口。窗口木框与窗台上的绿漆已经褪色为淡淡的浅蓝，光怪陆离，漆皮脱落。铁栅锈蚀已久，更添历史沧桑。桃村镇及它所在的栖霞市是胶东腹地，临近蔚蓝大海，盛产红红的苹果、樱桃与紫色的葡萄。在那个斑驳窗口的诱导下，我在栖霞入住的酒店翻开厚重的《栖霞县志》时，当即一股潮湿的霉味刺激得我连打了几个喷嚏。在这个文字的窗口，我看到：1940年6月11日拂晓，日伪军突然包围了邢家阁村。民兵营长郑颂文被刺死后，日军从他血肉模糊的躯体内挖出心脏，挂在道旁的树梢上。20岁的小学教员栾京朴被日军一刀砍下了头颅，挂在村中关帝庙的门扣上。天亮时，开始逐户抓人，凡被抓住的青壮年，不是被刺死在各自的家门口，便是倒在关帝庙旁的一条小沟里。其中年龄最小的19岁，最大的50岁……此次惨案中，仅有70多户人家的邢家阁村，被杀害了20余人。有4对兄弟一起遇难，使5户人家绝后，7名妇女因失去亲人而无依无靠……

据栖霞老人们讲："日本鬼子当年杀人就像玩游戏一样，他们狂笑着用刺刀逼着百姓往火堆里走……"那是一页被中国人的鲜血浸透的历史。

1945年，日本无条件投降之后，曾有这样一张照片呈现了法西斯给中国百姓带来的灾难：一个母亲抱着孩子，旁边还站着一个孩子，她一脸忧郁且无助地注视着身边瓦砾与碎木堆积的废墟，那废墟曾经是她温暖的家，而在照片之中却像龇牙咧嘴的一波巨浪翻滚而来，似乎将在瞬间吞没他们。她的丈夫不知是血洒疆场的战士，抑或是死于战火中的平民。战争使她与她的孩子已无处栖身。联合国善后救济总署在照片下的文字注记是：帮助这样的人们重建家园。——胶东国际和平医院正是在这样悲怆的背景下建立的。

联合国善后救济总署（英文简称UNRRA，中文简称联总）创立于

1943年，发起人为美国总统罗斯福，其成立宗旨是二战后统筹援助受害严重的同盟国参战国家。其中，受害最严重的中国成为最主要被帮助国家。联总获得的救济资金和物资主要来自美国、英国和加拿大，共占联总资金来源的94%。据王德春著《联合国善后救济总署与中国》（1945—1947）一书介绍，中国曾接受援助总额为6.47亿美元，等于庚子赔款的两倍。

1946年初，中国解放区救济总会会长董必武请宋庆龄向联总呼吁，救济受战争损害严重的山东。联总要求必须有国际和平医院作为投放目标。当年春天，经董必武、周恩来安排，由宋庆龄捐资，时任胶东行署主任曹漫之组织，在栖霞灵山脚下施建胶东国际和平医院。

曾在栖霞四中任教20余年的张荣起老师，陪我一起去寻访医院旧址。他已经85岁。如今，整个栖霞市里没有谁比他更了解和平医院。那本厚重的《栖霞县志》对该医院也不过百余字介绍。医院残留旧址的那些窗口让我倏然想到，他也是一个衔接昨天与今日的窗口。这真是一个天意巧合，医院一角遗址呈现给我一个实物窗口，张老师则是一个活生生的见证人物。他们仿佛早就在这个较为偏远之地等待我的到来，尽管这个到来姗姗来迟。

他1958年初到栖霞四中任教时才23岁，那时除新建一排平房教室外，胶东国际和平医院原貌依旧：木制的大门向南，面对清阳河，四周用竹篱围成，占地约150余亩，原门诊大楼正面上方石柱上镶嵌的"红十字"符号和"胶东国际和平医院"字样异常醒目。之后数十年，随着医院绝大部分建筑的被拆除，除了学校档案里有零星记载外，学校的教职工包括学生，对医院的宏大背景知之甚少，周边知情老者也日益稀少。"文化大革命"期间，师生们还将医院旧屋房顶橙色瓦块上的民国国徽用泥糊上。这所为胶东乃至整个山东战后救援雪中送炭的医院，随着岁月流逝，似乎被岁月厚厚掩埋。有些人甚至怀疑这所医院的历史是否真实。

张老师无法再沉默下去，他在没有组织委派的情况下，利用教学空余，独自从1984年开始采访有关人员，一点一滴地探寻历史的碎片。他将那些碎片拼接成了《宋庆龄与胶东国际和平医院》一文。

栖霞四中找来三位75岁左右的老人，他们都曾是张老师的学生，其中两位还做过四中的老师。他们也类似医院一角那透光的窗口，让我瞭望到70多年前的一些片段。老人尚立和说，和平医院的旗杆与背后英灵山胶东抗日烈士纪念塔在一条直线上。据此推测，医院与烈士陵园大体属于同期整体设计施建。老人周吉友说，听当地石子线村的老人讲，1946年的一天，赶庙会后回家时，看到三架国民党的飞机在医院上空飞得很低，连徽章都看得很清楚。百姓们吓得四处逃散，但飞机没有轰炸。

张荣起老师则说得较为具体：1946年夏天，医院建筑工程还没有完工，可联合国善后救济总署就计划为这里投放救济物资，他们是先派飞机来侦察的。这年10月的一个夜晚，在明晃晃的汽灯映照下，医院大楼正中上方浮雕的"红十字"与竖排的"胶东国际和平医院"八个大字格外明显。当夜一架飞机在医院上空盘旋了几个来回后飞走了。不久，大批的救济物资就陆陆续续地空投在医院附近，有粮食、衣物、药品、医疗器械、工具等。

于瑞亭老人告诉我，他认识学校附近村里的两位老人，其中一位曾经在医院工作过，另一位参加了医院校舍的施工。我即刻兴奋起来，要求他带我去拜访这两位老人。

接官村距四中约一里地。于瑞亭不时地下车在村街上询问，看来他有些日子没来过这个村了。街坊邻居告知，那位曾经在和平医院工作过的老人去姑娘家住了。我们在村民的引领下去另一位老人家。在一狭小的院内，面对低矮的一间平房的门帘，于瑞亭喊道：老梁在吗？随着一声响亮的应答，一位戴着帽子的白胡子老人挑帘子走了出来。于瑞亭高兴地喊起来："哦，老梁在家啊！"老人名叫梁文学，时年88岁，虽然瘦削，两眼炯炯有神，声音洪亮，耳不聋，思路清楚，记忆很好。于瑞亭将我的来意介绍后，就在小院子，我与梁老汉的对话瞬间就飞到了70年前的和平医院：

"……那是1946年，我16岁。那时，我常在医院工地附近玩，有位负责施工的人跟我说：'你给我们干点零活吧，我们管饭吃，还能给你发点钱。'我就去了，比在村里种地强吧。"

"那你当年都干什么活呢？"

"泥水工，搬砖头，打地基，盖房子。那个楼房盖得质量没说的！工匠都是从文登来的，他们将大青石凿成齐整的长石头，那个砖缝抹得没一点问题，记得，有不平的地方，就垫铜钱。"

"你干活时，知道是谁出钱盖这个医院吗？"

"那人们都知道是宋庆龄拿钱盖的胶东国际和平医院。"

说着说着，老人无须我问了，自己滔滔不绝地说下去：

"我在医院干了一年多。有时候，也有国民党的飞机来医院上空转圈，但没有轰炸过。国民党部队打胶东，在医院放了三把火，突然有个当官的来了，说这是国母花钱盖的医院，立即灭火。当兵的就把火灭了……"

医院建好后不久，老梁去当兵了，由于双腿常在冰冷的河水里行军，至今留下了疼痛的关节炎。老人讲述往事的时候，我时不时地又想到了医院旧址的那个透光的窗口。它不仅诱发我的想象，也让我更为仔细地观察了一番已经拆掉房屋内墙的空荡荡的大房子。屋内没有天花板，结实的三角形房梁支撑着笔直排列的椽子，椽子上铺着的经过编制的密集的芦苇，其完好之处就像图案一样美。那些芦苇一定是事先由当地妇女用灵巧的双手编好的，她们的手在战前应该是在果园里采摘苹果、葡萄的。日本投降后，她们的双手又为伤残的、饥饿的人，日夜里翻飞劳作。我甚至想到，当年那些紧张忙碌建设和平医院的设计师、石匠、木工、泥瓦工们，总共有多少人呢？他们当时是否知道自己手上诞生的这个特殊的医院，竟然是衔接战争与和平的一座重要而美丽的桥梁呢？那些被战争伤残的人，被战争逼得无家可归的人，饥饿的儿童，失去了美丽家园的无奈又绝望的人，无疑在和平医院的救助中度过了一道难关。遗憾的是，这所医院究竟救助了多少人，接受了联总多少救济物资，我们已经无从得知，无论是人还是文字，都已经极难寻觅。如果有翔实的文字记录该多好！如果有丰富的图片该多好！如果胶东国际和平医院的原貌被完整保留且变为一个战后博物馆该有多好！没有如果，如今，和平医院的绝大部分建筑已经不复存在，仅仅遗留了一角马蹄形的平房小院供你想象，就像小院房间内那些小小的斑驳的窗口。

张荣起老师对我说，20世纪50年代，像和平医院那样规模的建筑，在全山东省农村范围内应当说是绝无仅有的。

当年医院附近的村庄，曾保留有盖有行政村红色印章的国际和平医院委托保管物品的存条。医院存管的物件居然有桌子、路灯、便盆等。那时胶东地区的物资是何等匮乏！1949年前夕，和平医院已经是拥有非常专业的医疗团队及先进医疗设备和400余床位的新型医院。国共两军在胶东打仗时，当地百姓在医院背后的英灵山陵园周围书写了醒目的红色大字："请国军保护英灵山抗日烈士英魂"。

从四中学校出来，张老师陪我去英灵山。陵园就在灵山之中，白色的六角形胶东抗日烈士纪念塔耸立山顶云端，树木参天蔽日，园内非常寂静，烈士墓园完好，这座几乎与和平医院同期诞生的陵园，基本没有受到战争的惊扰。

那天，我还仔细地观看了从医院旧址屋顶拆下来的橙色瓦片，准确地说，它不像瓦片，而是砖头般的厚度，略带弧形。左边下方一角是圆形的民国国徽，左边上方一角是瓦与瓦衔接的缺口，如果立起来看，就像是一面飘舞的旗子，瓦质地结实且美观。而准备替换的新瓦也堆满在地，其厚度只有旧瓦的一半，质地与形状都很一般。当我走出旧址小院时就想，要告诉张荣起老师带一块回去留个纪念。没想到迎面走来的张老师手里早已提着一块旧瓦，他的行为与我的意念竟然在这个时刻吻合在一起。

我笑着对他说：我正想对您说，带一块纪念回去呢。否则下一次再来时，可能连和平医院的一块瓦也找不着了。他笑着点点头。

好在时间无法掩埋所有，它总会在某处留下几个窗口，让我们后来的人从中窥视与想象昨天的形象。

作者简介：谭曙方，祖籍河北省武安市，出生于太原，中国作家协会会员，中国散文学会会员，山西省散文学会副会长兼秘书长。著有诗集《黑色畅想》《神话的星空》，散文集《心灵的真相》《孤旅幽思》、长篇纪实文学《飞越太平洋：聚焦西亚斯中美教育合作》《六福客栈》《时代的肖像》等书十余部。第八届全国冰心散文奖得主，曾获诗刊社、中国报告文学学会、中国报纸副刊作品研究会等颁发的多种文学奖项。

龙口剪影

林纾英

部长和司机

这应该是烟台举办最高规模的一次采风活动，按照活动议程，集体采风与座谈结束后来自全国各地的作家便要被各县市派来的车接去分头采访写作。我被分派了去龙口。

中午吃饭时，一位器宇轩昂的男士端着餐盘在我右首坐下来，我转头向他笑了一下。他也回应一笑，之后从跟在身后服务员端着的盘子里取了两杯橙汁，递一杯给我："林老师，我是龙口统战部的。"

既然是龙口来的，我想他便是来接我采访的司机了。我扫了一眼他身前的桌牌，那只是一个习惯，没有任何实际性意义，好比进入超市买一件东西总要扫一眼价格牌，桌牌和价格牌上写的什么其实是视而不见的。

因为吃的是自助餐，不需要张罗客套，而且互相之间人不熟，没有共同的话题，便各自低头沉默吃饭。吃到一半他问我："下午的活动还要参加吗？"下午的活动意义不大，原本我是不想参加的，又听出了他话中的一些意思，便说不参加了，要回家取些东西并休息一下。

回家收拾好后我给他发微信，想约下午三点走。时间过去十多分钟他才回信，字里行间的意思是不想走太晚。我心软，向来是宁可自己委屈点也不愿勉强别人的人，便立即回复他："如果急着回去，现在走也行。"

接到信息后他的动作很快，比回微信的速度要快很多，只一会工夫车就开到了楼下，只是开车的人不是他。我看他一眼，话脱口而出："我还以为您是来接我的司机呢。"司机听见，便接过了话头："这是我们龙口市委常委、统战部高部长。"

我想我早应该看出他一些身份的，依着他的谈吐和做派看怎么可能会是司机呢？如果吃饭时我同他多说一句话，自然是会问他"您贵姓"，那样我就会知道他不是会务表单上那位联系人。而且，如果我是一个健谈的人，接下来自然会知道他的身份，和更多。

我是巨蟹座的人，这星座人的特质是敏感，生活总是小心翼翼，就像大观园中的林妹妹，不肯多走一步路，也不肯多说一句话。不理解的人说我高冷，不容易接近，实际上我只是不够自信，以至于在很多场合，在诸多机会面前我都要落人一步，不争不抢，也轻易不接人递过来的橄榄枝。我就像一只背负着房子走路的小蜗牛，万分小心地守护着自己的脆弱和敏感，尽可能躲避不可预知的伤害，哪怕是风吹草动，即便是小小的冷漠。

巨蟹座最是庸人自扰，被动且悲情的一个星座。

唐突了人家，我心里有些自责，转头去看他，见不说话，我也不再说什么。我不知怎么去打破这瞬间的尴尬，心有些沉，索性就把视线转向了车窗外。

"林老师，我很佩服你，你一个人既要工作又要写作，竟然取得这样好的成绩，真得很不容易。"领导自然有领导的艺术，他短短一句话就将车内一度尴尬和沉闷气氛给打破了。

他这一句话令我颇感意外，似乎很了解我一样，甚至连我目下一个人生活的状态他也知道。之后他用只有我能听到的声音说："你很牛。"

他说："你很牛。"我不知道这是他真心赞我，还是对我唐突他，把一位市委常委认作司机身份幽默的怨怼和讥嘲？我突然想起秀才拜访欧阳修的一则传说：

有一位秀才很自负，欲寻访欧阳修一较诗才，路遇大树，诗兴大发："门前一棵树，两朵大丫杈。"正苦思冥想下句，就听背后一陌生人续吟："春至苔为叶，冬来雪是花。"秀才一听觉得顺口，认为陌生人也算有才人，于是邀其同行。

行至江边，见一群鸭子扑入河中，秀才为显摆就抢作诗："一群好鸭婆，一同跳下河。"陌生人接续后两句："白毛浮绿水，红掌拨清波。"秀才大喜："嘀！看来老兄肚子里还真有点货，竟能懂得我的诗意。于是大步流星，从船头跨到船尾，向欧阳修伸出双手，边跑边吟诗："诗人同登舟，去访欧阳修。"陌生人连忙把双手高高拱起："修已知道你，你尚不知修（羞）。"陌生人正是欧阳修。

车里冷气一直开得很足，我却觉得温度一点都没能降下来，背后悄悄渗出了汗来。此一时，我只似那懵懂秀才，"修已知道你，你尚不知羞"。

他并不知道我内心的活动，而且也丝毫看不到对我误解他身份的不悦，一路断断续续与我讲着些话。

工商联大厦

周六的下午，车一路七转八拐，三点多点到了龙口市委统战部。下车前他电话安排办公室主任陪同采访，又安排了住宿和接待。

车出机关大院时我已迷失了方向，不知南北也无论东西，只知车在沿着笔直而且极宽的路在向前开。这是周末的下午，龙口大街上的车辆少，行人也少，这样周末的景象在烟台是难见的，烟台的大街从来都是车如海人如鲫，摩肩接踵川流不息，给人以无形的压迫和逼仄感。走在龙口这个城市，个人的生存空间突然间就被无限制地放大了，尽管车窗外是细雨绵绵阴郁的天，人的心却很明快敞亮。

一座安详、肃穆的烟灰色庞大建筑就在这样一个天气，这样一份心绪中自然落入了眼中，衬着迷蒙天空，像做旧水墨画里一棵枝繁叶茂森严的古树。

这就是龙口的工商联大厦，又被称为龙口市工商联综合体，是由全市57位非公企业精英集资16个亿打造起来的一处集商务办公、交流培训、市场开拓、康体健身等多功能于一体的大型建筑综合体。综合体总建筑面积189105.38平方米，由ABCDEF六个功能区组合而成。远观六部分各自独立，近看却是内廊相通浑然的一个整体。

工商联大厦自2013年设计规划，历时3年建设完成，于2018年12月正式投入运营。大厦依托市工商联组建专业的运营管理团队，采取政府指导企业托管的模式进行运营管理。现已成为可为全市非公企业提供五大服务的功能性综合载体。

一是餐饮服务。大厦中心设有五星级酒店公寓，配套399间客房可同时为1500人提供餐饮、会议、休闲、健身等项服务。

二是法律服务。大厦七楼设有岳平律师事务所，是由九三学社社员韩礼御牵头组建的一支高水平律师团队，目的是为全市非公企业提供效率最高，服务最优，价格最低的法律服务。

三是人才保险服务。大厦内设龙口市社会保险服务中心和人才服务部，集中办公，现场服务，可为全市非公经济提供全程人才保险服务，已解除企业发展的后顾之忧。

四是联谊交友服务。依托同心阁，大厦建有五室三厅一廊一岗，"五室"即五个民主党派支部办公室；"三厅"为联谊厅、展览厅、报告厅，用以统战联谊交友，交流学习，共通和提高；"一廊"为统战文化长廊；"一岗"即党派成员示范岗。

五是提供金融服务。

有这样一组数字：大厦完全投入运营后，将实现1000余人就业，每年将指导扶持创业1000户，孵化中小企业50家，发展电商500家，培训各类人才一万人次。

从这组笼统数字里我看到：由龙口市委统战部制造和驾驭的一艘承载龙口非公经济的巨大航母，正蓄势待发。

徐镜心

讲到龙口市统战工作，徐镜心是绕不过的一个重要话题。

中国有句老话"秀才造反十年不成"，徐镜心便属于秀才造反，却在不到10年时间里把清皇帝拉下了马。徐镜心1874年出生于山东龙口（原黄县）黄山馆镇馆前后徐家村，原名文衡，字子鉴，中国北方地区辛亥革命最高领袖，是"中国同盟会"发起人之一，时与黄兴，宋教仁并称"南黄北徐"与"南宋北徐"，被誉为革命大潮的北方舵手。

徐镜心领导的山东同盟会是辛亥革命期间人数较多，也是较早开展革命工作的一个团体，他们兴学堂、办报刊、宣传革命，毁家纾难，积极组织发动群众开展革命运动，在全国各地与封建反革命势力进行了艰苦卓绝的斗争，创造了不可磨灭的丰功伟绩。

徐镜心自幼聪敏好学，熟读经史，二十岁时为县廪生。当值中日甲午战争爆发，战争中清军节节败退，山东半岛直接遭到日军蹂躏，这使身居海疆的徐镜心对祖国的命运极为忧虑。特别是甲午战争后，帝国主义列强掀起了瓜分中国的侵略狂潮，民族危机空前严重。他认识到"帖括取士之非"，痛感埋头诵读旧经典及八股文章"不足以致用"救国，在以救亡图存为宗旨的维新变法运动影响下，徐镜心"慨然于清政之窳败，革命思想潜萌于中"。为寻求革命真理，他毅然放弃科举，于1903年春天赴日本早稻田大学留学，在意识深处受到了西方资本主义政治思想和理念的熏陶与影响。

在日本，识多见广的徐镜心思想逐渐激进起来，立誓要"发愤自雄"，"取法西人文明而用之，亦不难转弱为强，易旧为新"。在孙中山等革命党人的影响下，他的革命意识和觉悟不断提升，痛惜"国势岌危，强邻侵逼……豆分瓜剖之祸迫在眉睫"；并逐渐认识到，中国的前途问题不是康有为、梁启超的维新改良道路能够解决的。这一时期，他有感而发，撰写了不少反对专制、提倡民主的文章。在其《敬告同乡父老书》中，他疾呼"山东已亡八九矣"，痛斥德国人"直以山东作为己有之物"，提醒民众"德人即山东之附骨疽也"，山东遭"瓜分之祸万不能逃"，号召爱国人士"待机会""雪耻复仇"。他还致信山东学界人士，鼓动家乡有志青年自费留日求学，"力图进取，振我精神，增我魄力，造就有用的学问"以期报国。由于在留学生中有一定的影响力，徐镜心被推举为山东同乡会会长。当时留学日本东京的青年学生是孙中山等人重要的革命联络对象，在学生界崭露头角的徐镜心与活跃在日本的革命党人接触频繁，是山东留日学生中与孙中山先生交往较早的人，后来成为孙中山的得力助手之一，被誉为"鲁省革命巨子"。

1905年7月19日，孙中山结束了为期一年半的欧美宣传活动抵达日本东京，与黄兴商讨建立"同盟会"。在同期留学日本的河北人张继的引见下，徐镜心谒见了敬仰已久的孙中山。交谈中，孙中山对徐镜心有关民主革命的见解和才干非常赏识。在8月20日同盟会成立大会上，徐镜心被任命为中国同盟会北部支部负责人兼山东分会主盟人，自此正开启了他追随孙中山从事民主革命的生涯。

1906年春，徐镜心回国，在烟台秘密设立同盟会机关。他积极倡导革命，扩充会员，发展组织，以"凌厉无前"的气势迅速将组织发展到济南、青岛、诸城、蓝村、高密、惠民等地。当时，民间广为流传着一首称赞他的歌谣："万里阴霾打不开，红羊劫日运相催。顶天立地奇男子，要把乾坤扭转来！"

为培养大批革命人才，扩展革命组织，徐镜心大力兴办学堂。他首先从家乡做起，利用自家的一处榨油坊，在兄弟们的协助下办起了"明新学堂"和"坤元女子学校"，开学典礼上，徐镜心亲手升起一面五色旗，他以这种形式向清廷宣示了黄县馆前后徐村的独立。其后又与谢翔臣等人创办了烟台东牟公学，招募爱国青年发展同盟会会员，进行革命活动，成为同盟会在胶东的联络中心。他还授意分布全省的同盟会员利用清廷提倡私人办学的机会创办学堂以开展革命活动。

1911年10月，武昌起义爆发，辛亥革命的风暴迅速席卷全国。山东民众积极响应，革命党人抓紧策动山东独立。1912年1月14日，徐镜心率领200余军民乘船从大连出发，直抵蓬莱，与城内同志里应外合，一举袭占登州府城。他们接着策动黄县起义，于1月17日光复黄县。自此，胶东革命形势蓬勃发展，文登、荣成、牟平、诸城、高密、即墨等地先后宣布光复。

登黄起义是当时长江以北规模最大影响最广的反清革命运动，"声势显赫，震动全国"，直接抽走了清王朝最后的一块基石，1912年2月12

日，溥仪宣布退位，由此，徐镜心所领导的光复登黄起义就成为"埋葬帝制的最后一战"。

此后袁世凯窃取了辛亥革命胜利成果，出任中华民国临时大总统，开始了北洋军阀的独裁统治。

1913年3月，袁世凯为清除实行独裁统治的障碍，指使走狗暗杀了在国会大选中获胜的国民党代理事长宋教仁。孙中山立即号召讨袁，发动了二次革命。徐镜心积极响应，在参议院首倡弹劾袁世凯，要求查办主持杀害宋教仁的国务总理赵秉钧。这时，袁世凯指使他人撰文鼓吹中国不适于搞共和政体，必须集权于袁世凯一人的谬论。

针对袁世凯窃取辛亥革命成果，欲行复辟帝制的狼子野心，徐镜心"独奋笔为驳议"，在北京《顺天时报》上连续发文章，矛头直指袁世凯，痛斥道：中国人民念念不忘者，只有"共和民国"四字。谁若不顾人民的意愿，擅行专制，即为"共和之蟊贼"、"国人之罪人"。还发表宣言，公开揭露袁世凯背着国会向列强大借外债及镇压革命的可耻罪行。由此，袁世凯就把徐镜心当成了心头大患，必欲除之而后快。

1913年11月，袁世凯下令解散国民党，取消国民党籍国会议员。见袁世凯复辟帝制逆谋日彰，徐镜心遂联络旧日革命同志，准备以武力讨袁，又打算利用机会诛除袁贼，特密约关东侠士鲍某谋划行刺，但事泄未成。1914年3月4日，徐镜心被袁世凯密探逮捕。

在狱中，袁世凯指使其军法处长陆建章对徐镜心先是百般利诱，继之针穿十指，油燃肌肤，"淫刑拷掠，备极惨苦"，企图迫使他屈服。但徐镜心始终恪守民主共和之信仰，大义凛然，宁死不屈。

5月7日清晨，徐镜心被押赴刑场，临刑前大骂"国贼"袁世凯，慷慨就义，时年41岁。

作者简介：林纾英，中国作家协会会员，山东省第四届第五届签约作家，烟台市第三届、第四届、第五届签约作家，鲁迅文学院第33届高研班学员，山东省闪小说学会会长。在《人民文学》《中国作家》《天涯》《美文》等国内外报纸杂志发表散文作品二百余万字，出版散文集《一剪秋思》《守望》《花开花落都是缘》等。

大山深处有仙境

孙美玉

你是否有过这样的体验？穿行在绵绵起伏的山峦中，满眼是茂密的绿色，丰盈的山林无限地延伸着苍郁，而我们，一直向着绿色幽静的深处前行……

往前，再往前。

只有风吹草木的声音，还有竹林果树生长的声音。空气纯净，带着丝丝的清甜浸入心肺，身心似被净化了。

再往前，还往前……

仿佛置身于绿色的海洋，深入山的呼吸……

到了。车子停在民房绿荫前。刚刚被苍翠的绿色灌醉了的我又被面前这些村民所吸引——在山的背景下，一堆一簇的男女正在聊天、打牌，他们的脸上是轻松闲适的模样。

我们迎上去，问答之间热情而友好。看得出他们的满足和富足，他们说村里的樱桃最好吃，苹果和梨也最甜。他们朴素的笑容和正午的阳光一样灿烂。

这里就是海阳盘石店镇仙人盆村，它坐落在大山深处，远离喧闹、远离繁华的灯红酒绿，恍若世外仙境。

这里背山临水，山巅有一天然盆状石崮，乡人名之"仙人盆"。村庄便因此得名。

仙人盆村有130多户300多人，耕地面积1500亩，山坡2000亩，由于地理位置偏远，交通不便而沦于贫困。许多年轻人都离开村子到外地创业去了。

一年又一年，变化的是岁月，不变的是日子。

近几年，仙人盆村悄然发生变化，从闭塞贫困到开放富足，从盲目种植到科学养殖，从每年人均收入一万元，到收入五六万元，樱桃的价格和品质都在提升……

村民们明白，这一切变化来自于烟台市政府、民革委的大力支持，也来自于民革党员、现任仙人盆村村委主任的蒋永涛的引领。

春风化雨

改变是从一口井开始的……

仙人盆村有山有水有美景，特别是花开之时更是美不胜收，若逢云雾缭绕之时，宛若步入仙境，令人流连忘返。可是，美中不足，由于地势原因，淡水资源缺乏，有的季节常常停水，更别说农业用水了。

民革委开发区支部了解到这一情况后，请来了当地地质专家侯云洪，通过科学勘测，找到地下水脉，仅挖30米就挖出稳定出水的淡水，解决了村民吃水问题。如今，"中山思源井"已经打了三口井，解决了村民使用淡水问题。

2015年，在孙中山先生逝世90周年之际，民革烟台市委组织党员赴仙人盆村开展植树造林活动，种植树苗6000多棵，建成了烟台首个"中山纪念林"，并为"中山纪念林"举行了奠基仪式。此后，民革烟台市委经常组织党员来此地植树造林，为村庄再添绿色。

2015年，烟台民革新区支部主委彭成瑶了解到，村里没有一个像样的图书馆，她立刻召集起支部党员共谋对策。很快支部全体党员便募集了近两万元，为仙人盆村购买了约千册图书。每个周末，都有一堆孩子前来书屋借书，学习热情极高。

民革烟台市委拥有大量的文艺骨干，烟台大学支部多次牵头组织送戏下乡，带着剧团到仙人盆村演出，还为仙人盆村谱写了村歌……

一桩桩、一件件，村民们都看在眼里，记在心里。

村委主任蒋永涛说，仙人盆村能有今天的成绩，民革烟台市委给了很大的帮扶，他们已经把帮扶仙人盆村作为一项长期的系统的工作来抓，各个支部有人出人，有力出力，经常牺牲节假日来村里参加活动，有力地促进了新农村的建设工作。

大山使乡村有了深邃和辽远的意境，精神的丰盈使乡村丰饶而赋有诗意。各级民革委的帮扶如春风化雨，滋润了百姓干涸的心田。

乡村奏鸣曲

仙人盆村的变化也是从一个人的回归开始的。

2015年，民革党员蒋永涛回来了，出生于仙人盆村的他不是回来探亲，更不是度假，而是回村竞选村委主任。

回来之前他有过一番纠结，自小离家，学校毕业就独自打拼的他已经拥有一个经营很好的贸易公司了，他知道，回村任职自然要把村民的事放在首位，影响公司的运转不说，还可能出力不讨好。

但他还是回来了，是民革委的一再鼓励，也是他对家乡的一片深情，这些跟功利无关，是情怀，是高尚的心境，它在灵魂深处，高贵地指引着人的精神向着美好前行。

他回来了，以绝对的多数当选了村委主任。

他回来了，一曲乡村奏鸣曲随之吹响。

"这既是作为一个民革党员应该尽到的社会责任，也是我家庭的一个夙愿。"蒋永涛的爷爷曾任仙人盆村的老支书，当时村里没有像样的路，爷爷就带领乡亲们打开了通向外界的通道。几十年过去了，这条路显然落后了，他要继承爷爷的事业，打通一条更宽更长的路，打开一条致富的路。

他争取到财政经费30万元，在此基础上，再投入资金，硬化了道路，把原来3米的道路拓宽到6米，出村的距离由30千米缩短为15千米。同时，他还免费进行了电力升级改造，建大型水库，整理拦河坝3公里，建中小型渠水坝6座……

实际工作不像数字报表那么简单，有很多感动，也有不少阻力。比如说修路建道，比如说村里建停车场，都要占村民的地，要伐樱桃树，有人就想不通。村委会积极说服动员，并以村民的切身利益考虑，然后是尊重选择，不占，绕行。

现在，村民越来越多地理解和支持了，并主动让地、伐树。村里有一户人家种植的水晶樱桃树，一棵树一年就能卖一千多元，拔掉也只能按规定赔偿二百元，老人主动要求拔。蒋永涛也不舍得，找专业人士一再测算、规划，最后只锯掉一个树枝，保留了樱桃树。

经济要发展，科技是保障。村委会引进烟薯25、格鲁吉亚柿子、石榴、黑胡椒、樱桃、李子等可持续发展的产品。同时，成立樱桃合作社，与烟台研究所合作，给村民讲解答疑，培训发展樱桃微商和电商平台合作，推广农副产品的种植水平。

蒋永涛不仅注重科技，更关心村民的思想健康，鼓励和提倡秧歌队培训和演出，秧歌队以前都是六七十岁的老人，现在也有年轻人回来了，他们参与演出，增加了活力。

能爱人，能修己，存善念，守谦卑，蒋永涛一直这样要求自己，他明白，活着不仅仅为了追逐成功，也是为了心中这份眷念。

樱桃花雨

人间四月天是仙人盆村最美的季节，缤纷艳丽的花儿争相开放，推开家门，走上小路，随处可见樱桃花绽放着笑脸。

走进樱桃园，如同走进花的海洋，这些美的精灵，不时地抚摸你的面颊你的手臂你的衣衫和你的脚印，激荡着你的呼吸。

怒放一季，随后凋零，这便是花的使命。当轻风一吹，这些精灵翩翩落下的姿态更是美得让人心醉，有媒体报道说，仙人盆里下起了樱桃花雨。

在绿色山峦的背景下，樱桃花儿带着香甜飘然飞舞，醉倒了一片春色，还有什么比一场樱桃花雨更浪漫的事情？

仙人盆村是海阳一个有名的樱桃产区，大小樱桃都种了不少。素有"春来第一果，人间仙人盆"的美誉。但是，一直以来村民收益不高，一方面由于樱桃种植手段差，缺乏技术指导。另一方面知名度也不够。村委会请来了果树专家到村指导地，提高了樱桃的品质和产量。

同时，借建设美丽乡村的东风，他们在民革委和盘石店镇政府的大力行支持下，连续举办了三届"仙人盆樱桃节"。开发区民革委策划的仙人盆村山地马拉松比赛,也吸引了不少爱好者前来参与。

活动引起极大反响,媒体的报道使美丽乡村有了知名度,吸引了越来越多的市民前来仙人盆村参与采摘,甜美的水果和纯朴的乡风被人赞誉,为山村带来生机,也给村民带来实惠,各种水果的价格都大幅上升,逐年提高。原来的樱桃卖六七块都算多的,现在卖到十几块,品质好的价格更高。

仙人盆村的土地,富含多种微量元素,水利条件好,特别适合长把梨生长,当地近百亩百年以上的古梨树结出的长把梨口味甘甜、细腻。百年柿子树上结的柿子,绝对是舌尖上的享受。

村里的年轻人组建了微信群,他们一起把家乡的樱桃直销给朋友,东西卖出了好价钱,还促进了村民两代人关系的和谐。

现在,樱桃采摘民俗活动,加之网上营销模式,仙人盆村的美名已经逐步被推介到了全国。

人们品尝着甜美的樱桃,欣赏着这里的山水风光,听着村人讲述这里的传说和曾经发生的故事。

甜美的水果及世外仙境让人们有了惦念。明年我们再来!

诗意地栖居

世界如此辽阔,无论谁,内心都有一个出走的渴望,渴望从熟悉走进陌生,渴望心灵的一片纯粹,渴望找寻久违的感动,渴望田园山林的安静,渴望土屋灰瓦带唤起对故乡的记忆。

或许这就是民宿农庄兴盛的原因所在。

仙人盆村的地理环境极具民宿旅游的条件。2018 年,烟台市民革委把民宿旅游开发作为精准扶贫的着力点,挖掘仙人盆村的生态资源。村委也积极探索传统村寨向民宿旅游转型，带动全村村民，在家门口吃上"旅游饭"，走上致富路。

由此，他们请来了烟台大学建筑专家调研，到村里实地考察，对民宿建设规划做出了系统而详尽的设计改造方案，以"望得见山，看得见水，记得住乡愁"为理念的旅游特色村。

村委主任蒋永涛有一种怀旧情结，他看到古旧建设的流失感到心疼。多年来，哪里有拆迁，他就去哪里收，有一次他收了两货车旧家具，还收了两条渔船，渔船做成了大板台。他还收了七米多的房梁，好多是红松的。他收购的这些古旧物品很多都用在村里民宿建设中。

我们跟他一起进入已经建造好的民宿屋，石瓦土木结构房，圆木房梁好几米长，依山面河因势而建，基本保持了上世纪八十年代风貌，内部结构跟家一样，房后是仙人盆山色美景，房前是村落和远山，推窗可见果树落蒂，出门可见花开花落。

山水天光，阡陌田园，绿草红花，一派诗意。人们可独行小院赏看落花，或闲观鱼鸟，在林间闲荡，享受无所事事的慵懒。

目前，一期投资200万元的6套民宿将于八月建造完工，二期投资500万元的14套民宿正在筹建中。

民宿建设中，蒋永涛个人投入很多，他不求回报，保护家乡资源不被乱开发是他的责任。仙人盆村自然景观吸引了很多人想来收购百姓房屋，他拒绝接受，因为他要让全村百姓以房入股，让村民都参与到致富的行列，将村里的古建筑完好地保存下来，让民俗的发展更保留一些古老的韵味。

"下一步我们这个标准完成之后，让老百姓用他们家里的房子，以后每家每户按照我们的风格装修，村里出一个专门的旅游公司，一个管理团队，统一管理，统一运营。"

这里的山水美极好极，这里的人更是朴实可爱的人，抗战时期，这里作为战地医院救护过很多伤员,许多人家都藏有伤员,每个村民都待伤员如子,在此养伤归队的伤员后历经多年,仍然记得待他们如亲人的村民,他们的后代很多都曾回仙人盆村寻找故人。

村民都知道这事,有人指着有些人家说,他们家住过,还有我父亲家、他伯伯家……

这里也是革命老区,这里一直有正义、助人的传统。

蒋永涛把一个原来落后的小山村转变为一个令人瞩目的美丽乡村,山石奇美、松竹涛声、自然生态、历史文化以及四季水果,都将亮点乡村,成为人们休闲度假的最好去处。

仙人盆村已入选海阳十大古村落。

随着旅游业的发展,仙人盆村将迎来更灿烂的时刻。

仙人盆村长寿者越来越多,平均十人就有一个八十岁老人。因为他们吃得好、心情好、地方好、满足感强。蒋永涛说,再过三五年,村里的老人更多,也该让他们安心养老了,合作社要更好地运营起来,让每个村民老有所养,老有所乐。

他还设想运营好之后吸引村里的年轻人回村创业,这不是不可能,目前已经有四五户年轻人回归村里,他们带来了新思想,也是村里的未来希望。

新的一天又开始了,行走在田园村庄,踏着花香草绿,晨曦中的村庄笼罩在云海中,让人不觉幽然而飘飘。大山深处有仙境,真的感觉在此入仙了。

作者简介:孙美玉,山东作协会员,就职于烟台市艺术创作中心研究院。散文曾在《当代》《山东文学》《散文选刊》《大众日报》《团结报》《联合日报》等许多报刊发表。曾出版长篇小说《独自上路》、散文集《涉世无忌》《奔跑的风》及长篇专记《大海之子》等专著。

"台湾小麦先生"苗育秀

朱相如

（一）

许多风马牛不相及的事情，却有着千回百转的内在联系。

譬如，我在读海子诗歌的时候，就不知不觉地穿越到了台胞企业家苗育秀先生的故事里。

诗人海子因为写了一些"麦子"诗，便在众多的头衔中，多了一顶"麦子诗人"的头衔。终生致力于把麦子磨成面粉的事业的苗育秀先生，在台湾面粉业的同行中德隆望尊，同样也享有一顶"台湾小麦先生"的桂冠。那天，我读海子的"五月的麦地"：从"全世界的兄弟们 / 要在麦地里拥抱"到"回顾往昔 / 背诵各自的诗歌"的诗句里，似乎听到了诗者向全世界的"兄弟"发出的真诚吁请——他"梦想"在"五月的麦地"与他们拥抱！这份响亮地吁请溅动着我的思绪，竟踽踽到了"台湾面粉之父"苗育秀先生与祖国拥抱的情节中了。

在我心中苗先生和海子有些类似，他也是位善于用"麦子"抒发抱负的人。海子因把心中的麦子托付给了诗意盎然的铅字而名满天下，苗先生则把麦子磨成的面粉和面食送进了几亿人家而丰盈了生活的色彩。虽然，海子"在五月／坐在麦地里为众兄弟背诵中国诗歌。"的时候，他肯定不知道，在海峡的对岸，一位故乡在烟台的实业家，也常遥望着金色麦浪，梦想家乡的兄弟姊妹和龙泉汤的汨汨的温泉。

但他们心里都揣着麦子，都在努力把麦子写成自己的生命部分，这就让我顺理成章的在诗中把他们联系了起来。

（二）

其实，这篇小文的主人公是"台湾小麦先生"苗育秀老人。

他是一位几十年来朝朝暮暮、兢兢业业地与麦子相依相偎的实业家。是台湾食品业的巨擘，台湾联华实业股份有限公司的掌门人。1919年，他在烟台市牟平区的龙泉汤村出生。故乡新麦摇曳的清香摇大了他的童年梦，六月的滚滚麦浪荡动了他对未来的追索和瞩望。青年时代他携着一怀龙泉汤人的热望，行走于烟台、青岛一带的生意场中。1947年，他和十几位意气相投的朋友结伙，成立股份制的宝华商行时，却因赶上了国民党几十万大军向山东解放区进攻的当口，连天的战火把时局搅进了兵荒马乱，民不聊生、百业凋零的苦难中。大势下的宝华商行也如风中的小草，难免业务冷落，凋敝关张的命运。此时，苗先生却因南下台湾探寻商机，而被困于台岛一隅，两岸关系的天翻地覆，让苗先生与家乡之间，为滔滔海峡所阻隔，再也联系不到大陆亲人。

还好，苗先生虽然流落台湾，却没有向命运低头，他凭借着自己的精明强干和艰苦卓绝的努力，再加上他所从事的面粉业适逢市场的需求，血汗付出和时间成就了他的创业。他所创建的联华实业股份有限公司，因把台湾的面粉业经营得风生水起，日渐兴隆了起来，公司成了上市公司，他本人也被同行尊为"台湾面粉之父"，更有人抬举他为"台湾的小麦先生"。几十年来，苗先生用小麦为文字为意象，把自己的生命写成了一首跌宕起伏的诗。至今，见证他艰辛创业的一尊闪闪发光的青铜雕像，仍矗立在"台湾中华谷类食品工业技术研究所"的大厅里。

两岸的长期隔绝、飘流到孤岛上去的人的故乡情怀，客观上具有与以往任何时代的乡愁所不可比拟的特定内容。苗先生就像龙泉汤村撒出去的一粒金色麦子，被骤起的风云卷落在了台湾的高山下，生长在台湾的碧水边。家乡的风 / 家乡的云 / 荡来荡去 / 但收聚翅膀的时候 / 每天都会睡在他的身边……

大陆的宝华商行歇业之后，无法联络到当年的股东伙伴，苗先生只好把账款全部封存于柜中，加以精心保管。他期待着可以回到家乡与亲人团聚的机会，坚信这些积攒的股本金和红利能有物归原主的那一天。

曙光升起在1984年的东方地平线上，两岸关系有了松动。

那年我们国家确立了改革开放的国策。国务院确定烟台为14个首批沿海开放城市之一，烟台市顺势在香港成立了香港芝兴有限公司，作为烟台在港台招商引资、联络服务的窗口。让春秋的家园情，梦里的骨血缘，个人的悲欢与巨大的祖国之爱终于有了相通的桥梁，交融的机遇。1988年的5月，苗先生得以接触了芝兴公司的总经理的孙立棠先生，见面那天，先生紧紧拉着孙立棠经理的双手，目不转睛地盯着他，仿佛要从他的脸上看到他那离开了40多年、魂牵梦萦的故乡，看到村头虬曲的大槐树和小院壁影前绽放的夹竹桃一样……两口纯正的牟平乡音一旦相接相融，瞬间便搭通了隔海相望的故乡亲情。

崑嵛山如黛的乡愁，龙泉汤温热的乡音，苗先生梦里寻他千百回的那双灼热的大手,终于拉开了40年来隔绝的铁幕。出于对孙经理的尊敬和信任,苗先生坦诚地请孙经理帮忙寻找宝华商行失联股东们的信息了。那天,年逾古稀的苗先生红光满面,妙语连珠,在家乡的亲人面前仿佛年轻了许多。苗太太更是拿着一桶上好的台湾高山茶,送给一见如故的亲人作为见面礼。隔绝40年的故乡亲人亲热不够啊,晚上,他们又到九龙最好的山东菜馆品尝山东大包。席间苗先生再次提请孙经理帮忙寻找原来的股东的消息,表示他一定要把当初的股本、红利如数奉还给他们。苗先生这种立人于"仁、义、礼、智、信"的执着,也深深打动了深谙人生红尘的孙经理,他很快便把苗先生的情况向市政府领导作了详细汇报,市领导也很快组织了各有关部门协调的行动。在一年多的时间里,他们克服了年代久远、档案信息资料极少的困难,数次辗转于烟台、大连、青岛、天津等地,不放过哪怕是一丁点有关的蛛丝马迹,反复地核证着信息的真伪明细。真诚不负有心人,家乡亲人终于在苍茫的人海里,找齐了宝华商行19名股东的名单,还联系上了其中的13位股东或家人。

44年后的1991年,苗先生在故乡领导的大力协助下,终于掀掉了压在心头的一块大石头,兑现了那日夜揣着的心头瞩望。他派专人前来烟台,在确认了股东及其家人们的身份后,向他们奉还了44年的股本金和红利。

苗先生在了却了揣在心中近半个世纪的心愿的同时,也擦亮了他生命之诗中的一段让人为之动容的情节!

(三)

"梦想"在"五月的麦地"与故乡亲人拥抱的愿望终于实现了。

了却了近半个世纪的乡愁,苗先生对家乡的思念和感激之情却愈发浓重了起来。1991年11月,苗先生不顾年事已高,硬是携夫人回到了故乡探亲访友。那年烟台刚刚入冬就降下了一场鹅毛大雪,踏着这鹅绒一样的大雪,让四十多年没见过雪花的苗先生和夫人,孩子般的喜出望外,老两口兴高采烈地连连感叹天遂人愿,祥瑞吉祥。连连称赞家乡的天好、地好、人好、风光好!那天,苗先生夫妇被安排在烟台顶尖的东山宾馆下榻,晚上却因为听错了客房服务员的叮嘱,误开了冷风开关,苗先生因身体着凉而感冒发烧了,接待人员立即把他送进了烟台最好的毓璜顶医院。孙立棠经理得到消息后,便风风火火地带着一把特大号暖水瓶来医院探望苗先生。苗太太见状顿时暖意升腾,异常高兴,直夸家乡人心细心好。原来经过多次交往,孙经理知道苗先生惯用热水冲茶洗漱,怕病房的暖水瓶太小水不够用,他就送来了这把特大号的暖水瓶……第一次回故乡,老两口就体会到了乡情汩汩中的那份知心和温暖。随后他们又连续多年携家带口地回到家乡,在增强后人们对家乡的认同和感情的同时,又多方寻找帮助家乡建设与发展的机会。在为家乡父老乡亲举办的捐款捐物活动中,为故乡龙泉汤村兴建了一座"育秀学校",还为烟台大学捐款建设了一座经贸学院育秀大楼。

在一次回家探亲访友时,他发现烟台的面粉和面食品加工技术还有些落伍。升腾的乡情,又生发了在烟台市芝罘区兴建一座面粉加工厂的意愿。他要发挥自己"台湾面粉之父"的技术和资金优势,回馈故乡的眷爱,为家乡建设多做贡献,他要把他的"麦子诗"写在家乡的大地上。

1995年12月28日,总投资5260万美元的烟台台华食品实业有限公司,白色的厂房大楼在芝罘区幸福镇拔地而起了。公司以巨资引进了两条先进的面粉生产线,日处理小麦620吨。同时辅以台湾联华实业股份有限公司的技术及人力资源,聘请资深制粉专家,参照国际上先进国家的制粉生产线,设计制造出台华公司独特精细的粉路系统。生产线采用全程自动化中央控制系统,制程全部采用自动化提升密闭式散装粉仓,配合成控 BUHLER 配粉设备，加之配粉包装系严格按照 S.O.P. 管理，还投入了巨资设立全成品管检验及发酵烘焙测试，并有专业资深研发、生产人员严格管理，确保面粉质量的稳定达标。

漂亮的主控楼就像公司的大脑，生产系统的管道、塔釜、阀门和仪器仪表如阡陌纵横的经脉一样，把哗哗流来的小麦磨成各种规格的面粉再一包包地送出去。我们也许读不懂它们的运行法则，但却可以清晰地感受到这座钢铁水泥矗立的庞然大物，是如此的可亲可爱，它不仅有均匀的呼吸，节律的心跳，还有一腔激荡的乡情在。

作为国内大型面粉厂之一，台华公司不仅关键的技术和管理人员从台湾派出，它的面粉和面食品的配方，也全部由台湾提供。开业后，台华食品生产的各类面粉、面食品供不应求了。台湾联华实业公司总经理孙颂恩先生，曾透露过苗先生的特别交代，台华食品经营不要图赚什么钱，只要打平就可以了。我理解，苗先生总是想要以更多的回报，来奉献给祖国、奉献给故乡和父老乡亲，这是其中的又一个实实在在的壮举。

台华公司专业致力于食品行业，主营食品、米、面、莜面等产品，主营高筋粉、中筋粉、低筋粉、台华小麦粉、包装箱类食品、婚庆类食品、台华面食、日常用类食品、贺岁食品、台华礼品等。台华面粉除了供应国内大型食品企业外，更是受到国内日资、韩资食品企业的用户广泛好评。面食制品销售至北京、上海等国内市场，更成功外销至日本、韩国及东南亚市场。

台华公司至今已多次赢得了"山东省百强台资企业"、信得过企业等各种纷至沓来的荣誉。

（四）

苗育秀先生少小离家，闯荡世界一个甲子。

1947年他最早创立的公司名为"宝华"，1952年在台湾创立的公司名为"联华"，1995年半个世纪之后在家乡创立的公司则名为"台华"。数十年不改的一个"华"字，连缀起了了这位老先生的一生经历，也饱含着这位中华儿女、山东大汉对祖国初心不改的拳拳赤心。

一点一点写完苗先生与故乡的故事，我的心中浮起了一首诗，一首为麦子造像的诗。

  婚嫁 上梁 会展 饭席……
  你总在抓住时机 / 以面食面塑的五光十色 / 绽放梦想绽放自己
  顶盖破土时 / 你就把梦揣在纤细的怀中 / 去寒冬酷暑中磨砺 / 从青葱芽尖到穗实金黄 / 挺着希望在阳光月色中拔节 / 将着辛酸在晨风暮雨中抽穗 / 在把所有精华凝结成梦的时候 / 你又把它高高举上头顶 / 漾动连天的金色潮汐
  每滴汲取 / 都是梦的灌浆 / 每分沉实 / 都是梦的沉实 / 你那黄皮肤裹着的纯白 / 更有刺痛所有眼睛的品质 / 清纯和美芬芳真挚 / 让那些进入你品味你的人 / 在化进一首浓醇的乡土之歌时 / 葡匐着高傲的心向你敬礼

苗育秀先生2004年3月30日在台北逝世，享年85岁。

作者简介：朱相如，山东作协会员。在《诗刊》《星星诗刊》《诗神》《诗选刊》《中国诗人》《青春诗歌》《黄河诗报》《读者》《意林》《儿童文学》《山东文学》以及《人民日报》《人民日报海外版》《工人日报》《中国文化报》《中国体育报》《中国妇女报》《中国老年报》《人民法院报》

《山东画报》等报刊发表诗歌、散文作品千余件。出版诗歌集《月与梦》《穿越苍莽》《节日》3部；散文集《行走的文字》1部，与他人合编的作品集《涛声云影》《瞬间的永恒》《坐在花骨朵上的村里集镇》《芝罘历史文化丛书》等4部。曾获得山东省第一届文学奖等多个省级以上奖项。

艾崮情怀

小 非

七月的艾崮山区，满目青葱。沿着黄水河蜿蜒的河谷，我们渐渐步入陡峭的山路，来到了大山的深处。远离城市的喧嚣，暑热之气似乎一下就消解了。

栖霞向有胶东屋脊之称，境内的牙山、艾山、崮山非常著名。艾崮相连，在栖霞西北部隆起，林家村就依偎在崮山余脉美丽的凤凰山脚下。

寻访林家村，缘于几年前大明湖畔的一次邂逅。在一条画舫里，我遇到了原山东省副省长丁方明的二女儿丁幼光。她父亲的老战友牟铁铮的女儿从西安来到千佛山访旧，幼光陪同她们游览泉城美景时我们不期而遇，无意间闲聊了几句，知道彼此是胶东老乡后，自然亲近了许多。

抗战时期丁方明是中共栖霞县委第二任书记，牟铁铮是栖霞县抗日民主政府的第二任县长。幼光告诉我，她的父亲对故地有浓浓的感情，印象中最深的就是艾崮山区的苏家店一带，当年的抗日民主政府就是在那里的林家村成立的。她的父亲晚年的时候，经常提起那个地方。这引起了我的兴趣，想要寻找大山深处的故事。

一晃几年过去了，却始终没能成行。不过，"抢救历史"这几个字倒时常萦绕脑海，眼前有时甚至会浮现出苍茫大山的画面，似乎有了一种艾崮情结。

然而，年代实在太久远了，我们几乎失去了倾听"口述历史"的机会。丁老2009年已经过世，幸而他还留下了一些文字。循着这条线索，我来到了美丽的山城栖霞。

也许是冥冥之中丁老相助，在碧波荡漾的长春湖畔，我与一位熟悉情况的长者相逢，他就是曾任栖霞县党史办副主任的王守志先生，虽然退休多年，却始终记挂着当年的那些事情。

微风轻拂，湖水漾起涟漪，一圈圈地向四周扩展，似乎在一层层地剥开往事。望着长春湖的一泓清水，王老若有所思地说，"盛世修志，我这一辈子就干了这么一件事！不过，我赶上了好时候。1980年代，那些抗战期间在栖霞战斗过的老领导大都身体硬朗，我南来北往，到处奔波，听他们讲过不少珍闻秘密。"

我感慨道："幸亏那时的抢救性挖掘，否则历史就被湮没了。但很多细节恐怕难以记入史书，可能留下了不少缺憾。"

王老笑了，慢慢打开了话匣子。

抗战之初，栖霞西边的蓬、黄、掖，国民党的县政府很快溃逃，共产党的抗日民主政府不久就在那些地方建立起来。栖霞县县长朱景文不见了踪影，危急关头，县政府征收处处长辛诚一挺身而出，自代县长，挑起了大梁。

他稳住税警队，聚拢散了架的保安大队，又收编了招远、福山等地的地方武装，拉起了千人左右的队伍。1938年春末，驻平度的第五战区山东游击总指挥部直属第16支队司令张金铭，把这支队伍纳入自己麾

197

下,给了个"第5纵队"的番号。

胶东区党委统战部、北海特委和栖霞县委对辛诚一做了大量工作,第一任县委书记何冰皓就曾多次与其交谈。由于当时正处于国共合作初期,大规模的摩擦还比较少,我们不便取代尚且存在的国民党县政府,加之这支武装又是我党可以利用的力量,所以栖霞县的抗日民主政府当时就以另外一种形式存在。

后来,国民党又有两支队伍来到栖霞。1938年暮春,高密沦陷后,山东省第九区督察专员兼保安司令蔡晋康退到这里,驻扎在牙山一带。由于辛诚一与我党走得较近,蔡晋康很不满意,力图驱走第5纵队。

另一支队伍是秦毓堂的"苏鲁皖战区游击第6纵队"。秦毓堂本是谷良民所部第56军第22师第308团1营营长,台儿庄战役后期率残部退到栖霞、牟平边界一带,很快扩充到3000人左右。蔡晋康排挤辛诚一,秦毓堂乘虚而入,占据了县城。

在这两股力量的合击下,辛诚一独力难支。胶东区党委抓住机会,派干部将第5纵队整建制拉到了掖县朱桥一带,改编为八路军第5支队第25旅,辛诚一后来在攻打招远县城时牺牲。

1939年初春,"鲁东抗日联军"成立,国民党山东第八区保安第3旅旅长赵保原任总指挥,八路军第5支队司令员高锦纯任副总指挥,国民党山东第九区保安司令蔡晋康任参谋长。联合之初,赵保原、蔡晋康配合八路军进行过有限的作战。

辛诚一退出栖霞后,蔡晋康立刻委任其参谋长綦燕郊兼任县长,我们还是不便打出抗日民主政府的旗号,但根据地的地方工作又不能停顿。这年秋天,在北海特委"战地服务团"的帮助下,栖霞县行政联合办事处成立,这是抗日民主政府的前身,开明士绅刘维和、潘藻担任了正副主任。

1939年是一个复杂的年份,临近岁尾,顽固派在胶东掀起了新一轮的反共高潮，赵保原闻风而动，纠集蔡晋康等组成了"反八联军"，公开与八路军作对。整个冬天，斗争异常残酷。既然撕破了脸，那就没有什么可顾虑的了，胶东区党委决定尽快建立栖霞县抗日民主政府，扩大根据地，粉碎日伪顽的进攻。

1940年的春天姗姗来迟，但"清明"过后，温暖的气息终于扑面而来，艾崮山区漫山遍野梨花绽放。

"谷雨"这天，林家村凤凰山脚一处平房的院子里，栖霞县临时参议会近百位参议员欢聚一堂，刘维和众望所归，当选参议长，国民党员韩玉琪和共产党员刘华团被选为副参议长，潘藻等成为驻会参议员。临时参议会选举胶东区党委书记王文的秘书姜茗为县长。

四天之后，栖霞县抗日民主政府终于挂出了牌子，2000多名各界人士出席了庆祝大会，林家村一片欢腾，几乎家家户户都动员起来了，烀饼子、擀面条，炊烟袅袅娜娜，雾一般笼罩着这个小小的山村。

胶东区党委委员、统战部部长林一山跑了近200里山路，专门到会祝贺。新中国成立后林一山当上了长江水利委员会主任。

很多年过去了，他还清晰地记得当年的情形。1980年代中期，王守志到北京采访时任水利部顾问的林一山，他告诉王守志："其实本来是要让刘维和当县长的，而且已经从蓬黄战区警卫四营三连把他的儿子刘竞腾调了回来，准备让这位八路军的连长担任县政府秘书，协助他的父亲工作。只是由于当时国民党不断制造摩擦，斗争形势复杂，刘维和的旧时经历让我们放弃了这个选择，其实后来看是多虑了。"

20世纪60年代担任解放军炮12师师长的刘竞腾回忆，胶东区下属的北海特委书记曹漫之当时对他说："我们准备成立栖霞县抗日民主政府，让你父亲当县长，你回去当秘书。"建国后曹漫之被任命为上海市政府第一副秘书长兼民政局局长，后来受到不公正的待遇，恢复名誉后担任过华东政法学院副院长、《法学》杂志主编。

栖霞县抗日民主政府建立不久，首先抓的是地方武装，在林家村东南方向七八里路的大韩家村，将"黑虎队""青抗先""特务队"三支独立的抗日武装改编为县大队，辖3个连，共200余人。姜茗兼任大队长，刘竞腾（当时名为刘瑞生）任副大队长，张明东任教导员。

这些武装最初大多为民间自发的抗日力量，经过各级党组织的引导逐渐发展壮大。其实，更早的时候，何冰皓就根据胶东区党委的指示，借用20世纪20年代栖霞乡村反捐税武装"大刀会"的影响，发动会众成立了抗日"大刀会"。

何冰皓20世纪80年代担任江苏省人大常委会副主任，他曾得意地对前去看望他的王守志说："我不会耍大刀，但是会众却推举我当了'大刀会'会长，统一战线是个法宝，它能够把三教九流的人都团结起来。我们一下子就发动了5000多人，会众们手持大刀、长矛、土枪、抬杆等各式武器，宣誓抗日到底，后来许多年轻的会众都参加了八路军。"

何冰皓调任北海区副专员后，丁方明接任了县委书记；姜茗1941年10月牺牲后，牟铁铮继任了县长。

历史的碎片慢慢拼接还原了当时的情景，艾崮山区被勾勒得越来越清晰了。

周末的清晨，栖霞市委统战部副部长周晓丽女士和我一起踏上了乡村公路。周副部长轻车熟路，她说："顺着这条路往东北走，很快就看到林家村了。"

节令正当"小暑"，天气挺热，不过气温倒挺适宜庄稼的生长，田野里的玉米已高过人头，一片油绿，空气中弥漫着青涩的草香。

林家村村子不大，200余户人家。正值农闲，我们没费事就找到了党支部书记、村委会主任林永明。老林50出头，长得魁梧壮实，淳朴得像是秋天田野里的一株红高粱，我们很快成了朋友。

村子紧贴着凤凰山，这座小山比高也就五六十米，清末捻军进入胶东后，为了防备袭扰，老辈人在山顶上沿周边垒砌了石头围子。站在围子里，可以清晰地看到远处的崮山。

老林带我们来到村子东南，那里有一溜老房子，低矮破旧，石头墙面似乎历经沧桑，向人们述说着往事。

"栖霞县抗日民主政府旧址"的牌子挂在一栋房子的院墙上，不远处另一栋房子的院墙上则挂着"胶东公学分校旧址"的牌子。听说这里曾经发生过战斗，我的脑海里不禁幻化出旧时的情景，想起了毛泽东的著名诗句："当年鏖战急，弹洞前村壁。"

我仔细地端详起了石墙、门楣，想从这里寻找到昔日的弹痕。也许是石头太坚硬了，也许是岁月遮掩了痕迹，如今已经辨识不出什么了。

老林建议说，"既然你们来采风，不如爬爬崮山。不过，最好循着过去的小路走，乘车进山就没有意思了"，这恰合我意。我曾多次去过滇西，在云南境内从不喜欢走高速公路，而是愿意沿着老的滇缅公路驾车慢慢颠簸，一路品味历史。

我对他说："咱们一起去！"豪爽的老林痛快地答应了。

苏家店这个地方，抗日战争时期在栖霞举足轻重，统战工作的触角深入到了每一个村落，当地士绅大多积极投身到了抗日救亡运动之中，县参议会的主角儿都是这一带的人，可以说是一个很有意思的奇特现象。

老林的父亲曾是村里的党支书，对那个时期有一定的记忆。他听父亲说过，刘维和、韩玉琪与潘藻，一个是马蹄夼的，一个是蒲夼的，一个是前泊子的，他们都是当时苏家店的大户人家，国难当头，毁家纾难。

我感受到了一种情怀，那是对大山深深的眷恋。

刘维和人称"马蹄夼四先生"，抗战前曾任栖霞前导乡乡长、四区区长。他修路、架桥、禁赌、禁伐，老百姓刚开始觉得他管闲事，回过味儿后很是宾服。"胶东王"刘珍年仰慕他的声望，曾延聘他到栖霞城里担任驻军的采办处长。刘珍年移防温州后，刘维和又回到了四区当区长。

刘维和的大儿子在北京教书，小儿子刘竞腾中学毕业后去找哥哥准备考大学。"七七"事变之初，刘维和把他叫了回来，让他参军抗日。其实，刘竞腾此时已是"民先"大队长了，他还准备动员父亲投身抗战呢！殊途同归，爷俩想到一起了。

彼时的栖霞，民国初年保境安民的"联庄会"又开始活跃，刘维和被推举为会长。他利用这个身份，掩护抗日游击队，并与八路军联系紧密，引起了蔡晋康的不满，被抓起来关了三个月，慑于他的威望，蔡晋康最后还是把他放了。

出狱以后，刘维和积极配合减租减息，带头捐献土地财物，又被选为北海区参议会副参议长。其时，刘维和年事已高，但依然奔波于老四区的各个村落，为后寨兵工厂物色工匠，收集废铜碎铁，终于积劳成疾，不得不远赴北京大儿子处调养，从此离开了故土。

二十多里山路走得有点艰辛，傍晚时分，我们来到崮山脚下的后寨，落脚村支书杨春华的家里。老杨炖了只跑山鸡，弄了盘山鸡蛋，还有一些说不出名字的野菜，我就着地瓜烧，听着他们神聊海侃。

后寨东北就是崮山，分为南崮和北崮，海拔都在500米左右，山虽然不是太高，却地势险峻，道路崎岖，林深树密，便于隐蔽。蓬黄战区指挥部相中了这个地方，从黄县圈杨家兵工厂调来技术人员和工人，在后寨建立了新的兵工厂，不仅修理枪械，还生产子弹、制作炸药包，甚至试制成功了两门六五迫击炮。

不过，由于后寨交通闭塞，运输比较困难。副参议长韩玉琪听说后，直接把家里的骡子等牲口牵了出来，专门为兵工厂运送物资。

老杨说："苏家店这一拉溜村子的大户人家，在我党统一战线的指引下，差不多都是有钱出钱，有力出力。"

我想起来了，丁方明副省长的回忆中，还提到战前当过赵格庄镇镇长的朱干臣。赵格庄位于栖霞、招远、黄县交界之处，历史上曾经设镇，后来划归了苏家店。抗战开始后，已是50多岁的他毅然拿起武器，成为了八路军栖霞县大队三连连长，起到了很好的模范作用。

1941年春夏之间，栖霞县委指导成立了"栖霞县国民党抗敌同志协会"，韩玉琪任会长，朱干臣、谢建民任副会长。他们四处活动，团结国民党中的积极力量，对于扩大统一战线和根据地建设做出了重要贡献。

老林接着说："可不是嘛，小徐家村的大户王守春也是国民党员，在韩玉琪、朱干臣的影响下，把儿子闺女都送出来参加抗战，儿子王千一当上了县抗敌剧团的团长，女儿王明德担任了县妇救会会长。"

韩玉琪后来加入了共产党，改名孙子明，新中国成立后曾出任青岛市民政局局长。只是参议员潘藻，由于受苏鲁豫边区"湖西肃反"影响的波及，与弟弟一同被作为汉奸冤杀，留下了难以弥补的遗憾。

……

第二天晨曦微露，我们就起身上山了。山里很静，除了松涛阵阵，只有鸟儿的啁啾声。我伫立在太极顶上，任凭山风吹拂，眼前的崮山，巨石突兀，奇松挺拔；紧邻的艾山，峰峦叠嶂，云雾缭绕；东北方向的长春湖，波光粼粼，水面泛金。祥云瑞气，晓日和风，到处都是一片和谐的美景。

我不禁感慨万千，曾几何时，这里还是炮火连天、硝烟弥漫的抗日战场。然而，几十年很快就过去了，当年的铁马金戈、枪林弹雨似乎都已湮没在了岁月的风尘之中。但前辈先贤的情怀、信仰和脚印，却深深地在这片沃土里扎下了根，那些可歌可泣、义薄云天的故事将永远镌刻在高山之巅。

青山不老，艾崮永存！

作者简介：小非，本名张晓飞，烟台市散文学会顾问。创作以散文、随笔为主，作品散见于《海鸥》《老照片》《胶东文学》《烟台散文》《芝罘文艺》《烟台日报》《烟台晚报》等。

五龙河畔播火人

刘学光

雨点清脆地打在挡风玻璃上。车子在飞驰。7月是火热的，7月7日这天却是清爽的。到了。这里是莱阳市万第镇小院村的河套，这里是李伯颜烈士牺牲的地方。车刚停稳，暴雨突降，风雨齐来，我们手中的雨伞顿时摇摆起舞。同行的曾老师突然大喊："看呐，眼前多像是一座白色的石碑！"放眼望去，果真的，白茫茫的雨雾连天匝地，真像是一座顶天立地的纪念碑啊！惊讶中，我分明看见一位意气风发的青年，挥手，朝我们跑来，矫健的身姿，睿智的笑容，刚毅的神采，铿锵的脚步……我愣愣地看着，视野里变幻着火红的色彩。那青年的手中好像高擎一只火把。天地间的风和雨仿佛被他的火把照得通红通红。雷声响了起来，闪电划破天宇，雨下得更大了，风声呼啸，银亮的雨滴满天挥洒，像是千滴万滴的泪水在抛洒。哦，是冥冥中的天公在悲泣吧？为李伯颜悲泣，对这位传奇的年轻的共产党员惋惜、痛心、悲泣。瞬间，我的眼睛湿润，心潮激荡，不禁为这位在烟台统一战线历史上做出重要贡献的英雄而肃然起敬。

走近李伯颜，追寻他的英雄的足迹，探究他的人生成长经历，发扬他的革命精神，不忘初心，牢记使命，为新中国成立70周年献礼。这是我来此处的目的。

（一）

李伯颜1905年出生在一个贫苦的农民家庭，3岁母亲病故，6岁父亲去世，他过早地沦为孤儿，承受贫困和苦难。姥爷把他接到家中抚养。7岁时他入村塾读书，天资聪颖，学习刻苦，深得姥爷的喜爱。为了他读书，姥爷不惜变卖家资。8年里，他博览群书，除了完成学业，还阅读了《三国》《水浒》《史记》等古典文史名著，扩大了知识面，因而对某些旧的传统观念和伦理道德产生了怀疑，并能提出新的见解。他格外喜爱《水浒传》的英雄人物，对高俅、蔡京等赃官酷吏则深深憎恨。他经常和小伙伴玩绿林好汉斗土匪的游戏。他扮英雄好汉，树棍当枪，石头土块开火。每次都是英雄好汉打败了土匪。游戏中，他擅长组织，善于智取，赢得了小伙伴的尊崇信赖，外号"常胜将军"。他很喜欢诸葛亮的排兵布阵，经常给小伙伴们讲"草船借箭""空城计"等故事。夏天，他喜欢萤火虫，他说，萤火虫能给黑夜带来亮光，能在黑暗中传播光明。因为他聪明过人，有口才，有志向，姥姥和舅母都很喜欢他，有了好吃的，先给他吃，让他好好读书。

1920年，15岁的李伯颜与同村发小好友孙耀臣，考取了姜山高等小学，一起就读5年。这期间，他阅读了很多报纸杂志，进一步了解了帝国主义侵略中国的历史，认清了帝国主义与军阀相互勾结、长期混战是中国人民灾难深重的根源。1924年，他又读了李大钊写的《布尔什维主义的胜利》和《我的马克思主义观》，思想认识有了质的变化。他认识到，中国要改变面貌，必须走苏俄的道路。

1925年，李伯颜高小毕业，决心去中国共产党的诞生地——上海求学深造。初春时节，他告别亲人，踏上人生的新征程。大上海，十里洋场，灯红酒绿，李伯颜投去冷冷的一瞥；黄浦江上，形形色色的外国炮舰往来冲撞，如入无人之境，他双眉深锁；里弄里，难民乞丐，卖儿鬻女，哀叹声声，他流下同情的泪水……但是，攥紧的两拳虽然攥得双手发麻发疼，松开的掌间却是空空如也啊，要救国，要救民，得有本事啊！他寒窗苦读，夜以继日，废寝忘食，最终以优异的成绩考入上海的名牌大学暨南大学。读啥专业？不读容易扬名立万的理工科，不读容易发家致富的法律系，而是攻读容易洞悉救国之道的政治经济学。他的好友孙耀臣则同时考入军阀张宗昌在济南创办的军官学校，就读炮兵学。两人频繁通信，交流思想，对社会，对人生，对国家民族的未来，有着一致的观点和认识。

大学期间，李伯颜一面学习专业知识，一面阅读了《共产党宣言》《向导》周刊等进步书籍，还见到了邓中夏、瞿秋白、蔡和森、恽代英等著名共产党人，受到他们的影响和教诲，开阔了视野，提高了觉悟，逐渐地成长为一名为劳苦大众谋利益的革命者。

1925年，上海爆发"五卅"运动。李伯颜响应号召，走出校门，投入罢工、罢市、罢课运动，示威游行时，他领导学生高呼口号，揭露英日帝国主义的侵华罪行和军阀政府的卖国行径，并在码头工厂、街巷张贴标语，散发传单，为惨案中的死难者呐喊、抗争。在这次运动中，他受到了锻炼，认识上也有了新的飞跃。

1926年暮春，党组织吸收他为中共党员。从此，他更加自觉地从事党的工作。晚上和假日，深入工人宿舍，宣传革命道理，传播马列思想，受到工人的爱戴和拥护。

1927年4月12日和7月15日，蒋介石和汪精卫先后在上海和武汉叛变革命，血腥镇压共产党和革命群众，党组织遭到严重破坏，被迫转入地下活动。在这恶劣的环境中，李伯颜接受党的派遣，返回莱阳老家发展党组织，开展农民运动，迎接革命高潮的到来。当时，大学的一位好友同学为他的选择感到惋惜："你的学业成绩那么优秀，毕业后在上海找份好工作，或从政，或经商，都是轻而易举的啊，都会是大好的前程啊，何苦要回到贫穷落后的农村去呢？"因为党的纪律，李伯颜不能告以实情，他只是浅浅一笑，答了一句："人各有志。"

这"志"，就是解救危难中的中华民族，解救水深火热中的劳苦大众，为了实现这个宏伟目标，李伯颜甘愿吃苦受难乃至牺牲自己年轻的生命。

12月13日，李伯颜由上海搭乘火车，风尘仆仆地赶到济南，找到老同学——地下党员孙耀臣。两人彻夜恳谈，决定一起回老家开展党的工作。在济南，李伯颜还和中共山东省执委会接上关系，省委负责同志向他传达了我党"八七会议"的精神。12月18日，他回到老家前保驾山村，不久，便在农会积极分子中发展了孙文合、孙开山、林世卿、孙红成、孙公恩、林世茂6人为党员。12月26日，创建了中共莱阳前保驾山村党支部，孙文合任书记，孙开山任组织委员，林世卿任宣传委员。从此，胶东区第一个农村中共党支部诞生了。

（二）

1928年1月，莱阳大地天寒地冻。李伯颜不顾个人安危，从莱阳西部的前保驾山村，转移到莱阳东部万第的小院村，和共产党员宋海秋接上了关系，之后又奔走于万第、大夼、淳于一带，扩大党的影响，发展党组织。2月，他派宋海秋赶到群众基础较好的石龙沟村，建起了以宋式纯为书记的党支部，接着又在淳于、田家灌、王宋等村先后建立了党小组。3月，党员队伍已扩大到100多人。3月8日，根据省委指示，在水口村宋玉桂家中召开了党的代表会议，建立了中共莱阳县委员会，李伯颜任书记兼组织委员，孙耀臣任宣传委员。胶东区第一个县委正式诞生。

县委创建后，李伯颜以水口村为党的活动中心，又在蓝家庄、薛格庄、寨庄头、淳于建了4个党的地下交通站。党组织的活动范围很快扩大到大夼、姜疃和海阳小纪以西地区。同时，为了搞好统战工作，搞到敌人的情报和必要的军用物资，李伯颜安排孙耀臣打入东海警备司令施中诚部，任参谋长，还通过党员宋云程，发展莱阳县署保卫团分队长宋云甲为党员。

李伯颜的工作更艰难了。为了组织发动群众，他冒着随时可能被捕的危险，披星戴月，跋山涉水，走村穿巷，向群众宣传党的主张。他工作起来，真是到了忘我的境界，眼睛经常熬得通红。形势严峻的时候，为了避开敌人搜捕，他白天躲在山林中，一连几天不能下山。干粮吃光了，就野菜充饥、山泉解渴。夜幕降临后，再化装成小货郎，摸进山下的联络点，向群众开展宣传工作，陈述国耻，痛斥帝国主义的侵华罪行，揭露军阀政府的卖国行径。他的生活十分俭朴，在水口村住在同志家中时，他同大家一起吃菜团。他还趁着工作间隙，帮助家境贫苦的赵氏母子耕田播种，以爱民亲民的实际行动赢得人们的尊敬爱戴，成了穷苦人的知心朋友。

由于李伯颜忘我地工作，五龙河两岸的农民协会发展神速。3月时，会员只有100多人，到4月，已发展到2000余人，还有2万多名积极向农民协会靠拢的先进群众，这是胶东党组织发展史上前所未有的盛况。

（三）

1928年4月，山东军阀张宗昌滥发军用票，引起物价飞涨，怨声载道，民不聊生。县委抓住这个时机作出决定：各村党组织和农协积极搜集枪支弹药，发展武装，成立"胶东抗粮军"。李伯颜亲自编印传单，揭露张宗昌的罪行。4月上旬，他又在小院村青石窝召开了各村党组织和农协负责人会议，会上号召党组织和农协负责人带领群众进行武装暴动，攻城劫狱，建立苏维埃政权。

会后，有的党员获取到敌人的枪支，有的农会会员卖地凑钱购买枪支。经过一番努力，前保驾山村党支部搞到短枪2支、长枪5支，组成了200余人的抗粮军队伍；石龙沟村党支部，搞到长枪6支，组织100余人参加了抗粮军。

1928年的莱阳县署保卫团，下设3个保安分队，一个警备队，有400多支德国造的毛瑟枪，且弹药充足。除此之外，还有地方"土皇帝"成立的联庄会，队伍多者100多人，小者几十人；他们自立山头，控制一方，划定自己的势力范围。这些杂七杂八的队伍，既有同官府保持联系的一面，又各怀鬼胎，相互暗算，存有严重矛盾的一面。

李伯颜和县委的同志认真分析了这个复杂而有利的形势，决定争取友军，扩大统一战线。

统战的目光先是盯准了大夼的地方武装田益山部。1928年4月末的一个夜晚，李伯颜又出发了，在北石硼村地下党交通员刘风全的陪同下，他赶往羊儿山庙，以"闯江湖"的身份，会见了田益山。两人点燃一盏煤油灯，谈古论今，从西洋谈到东洋，从苏俄谈到中国，从政治谈到军事，从城市谈到农村，雄辩的口才，渊博的知识，深邃的眼界，阔大的襟怀，使经受几十年人世坎坷和人生风雨的田益山如沐春风如受甘霖，大喊相见恨晚。他请教李伯颜自己应何去何从。李伯颜指出面对反动政府丧权辱国、国家民族生死存亡的关头，应打起拥护北伐旗帜，扩大武装力量。田益山听得如痴如醉如梦方醒，佩服得五体投地，连连承诺。直到拂晓，两人才依依不舍地握手话别。5月初的一天，天刚亮，李伯颜又以"胶东抗粮军"首领的身份，冒着细雨，赶到羊儿山，与田益山再次会晤，磋商共同"攻城劫狱，建立莱阳苏维埃政权"大计。田益山当即表示不但鼎力相助，而且率部加入抗粮军队伍。不久，他又主动找到李伯颜，建议再联合毗邻的徐子山共同行动。徐子山，也是自发的一支农民武装头目，田益山与他同是闯江湖出身，有八拜之交。

5月中旬，李伯颜派遣党员于元丰与徐子山取得联系后，随即与徐子山面洽。徐子山开始甚是虚伪傲慢，李伯颜则不卑不亢，徐子山以百余人的"山大王"自居，李伯颜则以两百余人"胶东抗粮军"首领自强，徐子山巧言善辩，炫耀武功文采，李伯颜则推心置腹，以诚相待，语出惊人。几经论辩，徐子山心悦诚服，同意联合攻城。

从1928年1月开始，经过3个月的紧张工作，莱阳县委终于组成了200多人的"胶东的抗粮军"，又联合两支自发的地方武装200多人，还在敌人内部安插了搞策划、搞情报、搞武装弹药的两位同志。这些工作的顺利进展，显示了李伯颜同志非凡的策划能力和高超的组织能力。

（四）

1928年5月26日，县委在小院村西小河口的树林里召开了海阳西部、莱阳东部、北部、南部区域共百余名党员干部、农民协会负责人参加的会议。会上，李伯颜传达了县委关于"攻城劫狱，建立莱阳县苏维埃政权"的实施计划。会议确定了以鸡毛信传牌为信号，用高粱秸秆点火把为夜间行动联络暗号，兵分4路，统一攻城。田益山部主攻东门，以劫狱和夺取钟鼓楼为目标；徐子山部主攻北门，策应田益山部；李伯颜率抗粮军主攻南门，占领县署；前保驾山党支部主攻西门，策应李伯颜；城内宋云甲做内应。会上李伯颜对"胶东抗粮军"的行动方案，又专门作了部署：宋云程负责南路大夼一带，宋化鹏负责北路南务一带，李伯颜负责海阳、万第一带的组织领导工作。孙长道为突击队长。攻城打响以后，城外立即点火，燃放鞭炮，呐喊助威，鼓舞士气。

6月11日，适逢莱阳城内县署保卫团大部分下乡征收户捐，仅留下当日护城当班的卫士40多人，城内地下党员宋云甲抓住这个时机，连送两封密信，让田益山攻城。

当日下午，田益山按照攻城部署，倾其全部人马与徐子山的部分队伍，赶赴西蜆河东岸的密林中，集合待命。黄昏时分，发现城内有侦探出来活动，田益山怕敌人发现攻城意图，立即下令攻打东门。东门楼10多个护城兵，慌作一团，仓促迎战，大多抱头鼠窜。保卫团警备队长王秀山当场被击毙。起义军抢占了东城门楼。做内应的宋云甲，借机派人送出4箱子弹。起义军以风卷残云之势，迅速攻破了南门和西门，将顽敌彻底消灭。接着集中全力直攻县署，用30多支枪的火力，压制大堂内的反击，夺取了钟鼓楼。此时监牢狱卒全被打死，270名囚徒砸开镣铐，跑出监狱。战斗至午夜，大堂内火力依然很猛，田益山部减员10余人，战斗处于僵持状态。县长王宝仁早已弃城潜逃。田益山孤军奋战，终未见到李伯颜的各路大军进城，自知势力单薄，守城困难，只得当夜撤出县城东去。

（五）

李伯颜为什么没有按预定方案带领"胶东抗粮军"攻城呢？

原来，在小院村夹河套攻城劫狱预备会议前后，贪生怕死的小院村党组织负责人赵百原，将4月初县委在小院村青石窝准备暴动的机密，泄露给本村反动秀才赵会原。赵会原见有机可乘，便教唆、策划赵百原在武装暴动前秘密除掉李伯颜。

5月26日夜，在李伯颜周密布置攻城的会议上，赵百原暗中勾结本村一伙地痞，突然提出一些荒谬的意见，以攻城时机不当为由，搅得会议无法进行。直到午夜3点多钟，赵百原一伙仍无休止地胡搅蛮缠，造成人心混乱。个别不明真相的人，思想产生了动摇。李伯颜感到会议继续讨论下去效果不理想，于是宣布暂时休会，次日再作研究。

漆黑的深夜，参加会议的人陆续走散了。赵百原趁机谎称，留下本村干部继续开会，并邀请李伯颜也参加他们的会议。李伯颜当时正在聚精会神地思考刚才会上发生的不正常现象，听到要他参加会议，也就坐了下来。反革命分子赵百原、赵永恩、赵洪明、赵永思突然向他扑去，用腰带将其活活勒死……李伯颜怒目圆睁，死不瞑目，带着没有完成的使命和没有实现的伟大抱负和理想，遗憾地倒在了反革命分子的魔爪里。他被坏蛋偷偷地埋葬在小院村的河套里，那年他23岁。

暴雨持续，天地共泣。

我们冒雨来到小院村旁的那片坟茔，莱阳市委统战部的同志正在调研，请教得知，李伯颜为了逃避敌人的追捕，经常深夜在此召开党员会议，为他的过人胆略和智慧而惊叹。烟雨中，我仿佛看到李伯颜挥臂高呼：同志们，会后大家要积极到群众中去，宣讲我们统一战线的重要工作思想，让群众擦亮眼睛，明白是非，反封建压迫，反国民党统治，把与农民建立巩固的联盟，作为民主革命的保证。影绰中，开会的同志握着拳头，紧咬牙关，信誓旦旦，慷慨振奋。倏然，看到李伯颜起身带领大家阔步走在统一群众思想的大路上。后来知道，李伯颜经过一个月的统一战线思想指导，农民协会成员由100人发展到2000人，积极分子达到 2 万人。这真是创造了统一战线历史上的奇迹。在党的基层统一战线历史上，留下了一座高大壮美的丰碑。

李伯颜就像一粒火种，把五龙河两岸乃至整个胶东大地变得如火如荼，烧掉一个旧世界，换来一个生机蓬勃的新中国。他的革命精神，就像五龙河中滚滚激荡的波涛，势不可挡，奔腾不息。

作者简介：刘学光，中国散文学会会员，山东省散文学会会员，烟台市散文学会副会长、创联部主任，芝罘区作协常务理事，烟台市作协会员，《烟台散文微刊》执行主编。自 1995 年开始，在《烟台日报》《烟台晚报》《今晨 6 点》《齐鲁晚报》《联合日报》《北方文学》《当代散文》《大众文化休闲》《烟台散文》《胶东文学》《德阳散文》《北海文学》《半岛都市报》《烟台宣传》《中国青年作家年鉴》《日照日报》等报纸杂志上发表作品多篇。策划组织多次征文大赛，并担任评委。《心中的花园》入选烟台市 2019 世界读书日活动全民阅读 30 篇。

风雨涅槃　密送黄金

桑　溪

> 玲珑山十八层，
> 金梁玉栋在其中，
> 尖斗砂子平斗金，
> 牧师窃牛囚金洞。

这是广泛流传于招远玲珑山一带的童谣，唱出了玲珑山的巍峨，也唱出了玲珑山的富有。今年初夏，接受"烟台统一战线历史、文化、人物、故事采风"任务，我们一行去往招远玲珑金矿。

一夜雨后，空气湿润而清凉，山在淡雾里蜿蜒曲折，一块块巨大的岩石裸露在外，显得很陡峭，仿佛被斧头劈过一般。陪同我们采访的招远市统战部的同志说，那就是玲珑山，当地叫"玲珑背"，玲珑金矿就在玲珑山脊。抗日战争和解放战争时期，党对黄金的需要非常急迫。胶东党组织领导当地的工人、农民、资产阶级等爱国力量组成胶东地区抗日民族统一战线，一方面打击敌人对黄金资源的掠夺，一方面加紧黄金的生产和收购，秘密向党中央运送黄金43万两，成为党领导全国人民夺取战争胜利的重要经费保障。43万两黄金中，仅招远县就输送了黄金35万两，其中抗战时期共向延安输送了13万两，解放战争期间向党缴纳黄金22万两。玲珑金矿是抗日战争和解放战争中招远统一战线密送黄金到延安的主战场和大本营。

走进玲珑山麓的"山东黄金玲珑红色教育基地"，纪念馆前一樽金色的雕塑犹如一把金色的火炬点燃了我们的目光：一双遒劲有力的金色手臂托着一块沉甸甸、金灿灿的黄金，坚硬的大理石基座上雕刻着两个红彤彤的大字："奉献"！"红色玲珑，赤诚黄金"，我的心不禁有些激动。简短的两个字，包含着玲珑山下多少人的峥嵘岁月、枪林弹雨、前赴后继、家国情怀……

招远是天下有名的"金城天府"。据史料记载，春秋至晋唐时期，就已经有人在招远采金掘宝，宋中期开始设置课税，督办采金；清末"黄金大王"、红顶商人李宗岱也曾在玲珑开办金矿。招远素来是掘金掠富者的觊觎之地。1934年，原招远矿业株式会社董事津末良介纠合鬼怒川株式会社社长利光鹤松，到济南通过威逼利诱的方式签订了中日合办招远金矿股份有限公司的合同。1939年2月，日军武装侵占玲珑金矿，长期霸占并进行掠夺性开采。玲珑人民为保卫金矿、为延安红色政权筹集运送黄金，留下许多可歌可泣的故事和事迹。

（一）13万两黄金送延安

据招远市《黄金志》记载："七七"事变后，侵华日军小川支队于

1939年2月27日武装占领了招远城,翌日又占领了玲珑金矿,之后成立了"北支那开发公司",对黄金资源进行疯狂掠夺。保卫黄金,为国而战,迫在眉睫!此时的延安,急需抗战经费。当时虽然形成了抗日统一战线,但国民党拨给八路军的费用很少,而且国民党对经济进行封锁,中央财政非常困难,筹款成为燃眉之急。而战争中,弹药、医药的购置,非外汇莫属,非黄金莫属。

1938年夏天,时任中共中央山东分局委员、八路军山东纵队政委的黎玉冒着酷暑来到延安向党中央汇报工作,目睹了党中央财政紧张拮据的情况,他提出利用山东胶东和鲁中地区产金的有利条件,向中央输送黄金,支持延安的财政经济。其时,东北、华北的黄金矿区皆被日本占据,山东是抗日前线和根据地,黄金主产地集中在胶东和鲁中,而招远则占据胶东地区的绝大部分。

在敌占区秘密把黄金搞到手,无疑是一件有难度的事情。拥有智慧的招远人民在党组织领导下,建立抗日民族统一战线,采取组织采金、虎口夺金、秘密购金三条最主要的筹金渠道,为党中央和延安解放区筹集黄金。

为完成任务,中共胶东特委成立了一个绝无仅有的常设机构——胶东黄金工作委员会。1938年7月,天气炎热而干燥,胶东黄金工作委员会在玲珑山东麓九曲村一栋普通的胶东民宅里,成立了招远县采金管理委员会(1940年8月,分别改称玲珑采金局和灵山采金局),后移驻台上村,秘密领导招远及周边解放区的采金活动,组织工会发动群众发展黄金生产,开展抗日活动。很快采金工人达1万余人,生产也有了很大发展。

为筹集抗日资金,中共胶东特委在解放区和敌占区秘密筹建金矿,领导群众采金。罗山一带的九曲、欧家夼和蚕庄的金钱沟、虎头沟等地,都曾有我党创办的秘密金矿。

顺着九曲村深深浅浅的街巷，我们找到了招远县采金管理委员会成立时的旧址。这是一座很普通的胶东老房子，由于年代久远，在周围新房子的映衬下，显得有些沧桑，却又沧桑的厚重，有一种岁月沉淀下来的素朴和故事感。

在惊心动魄的"夺金大战"中，苏继光无疑是关键人物之一。1939年冬，中共胶东特委书记王文派胶东区职工抗日救国联合会主任苏继光到招远筹集黄金。苏继光是莱西市人，新中国成立后曾担任民政部副部长。

当时，招远西部产金区蚕庄尚未被日军占领，这一带七八个矿场控制在不同矿主手中。苏继光化装成矿工融入矿工队伍，凭着机智胆识，成为矿工的朋友和主心骨。

天津籍矿主许老板既拥有采矿权，又有枪支，且与控制该矿区的国民党地方武装头目孙务本矛盾很深，这个矛盾迅速被苏继光捕捉到，于是他便以国府官员和山东省总工会的名义"视察"金矿，取得许老板信任，得到所藏枪支，组成工人护矿队，顺利控制了矿区生产。

苏继光与王文磋商后，又以第五战区司令官李宗仁特派员名义，前来传达军令部"指示"，要求各方配合胶东作战，遏制日寇掠夺黄金，迫使孙务本撤离蚕庄金矿区，旋即由八路军14团1营进驻，全面掌控了蚕庄金矿。之后，中共胶东特委又拨款1.5万元在这一带新办金钱沟金矿，以5万元矿租费再办隆兴金矿。同时采用招标办法，对外租赁矿点采矿权，集中收购黄金。

  玲珑矿工斗豺狼，
  竹篮提手把炸药藏，
  只见破篮空荡荡，
  大摇大摆闯鬼岗；

金都儿郎玩日寇，

破棉絮里把金粉藏，

但见破袄兮兮脏，

不卑不亢骗倭狼！

这是电视《大金脉》中的唱词，真实的故事就来源于玲珑金矿的虎口夺金。为从敌人手中夺取黄金，胶东党组织采取了许多办法。一方面，向敌占区金矿派遣地下工作者，团结采金工人及爱国资本家，与日伪军展开黄金争夺战。另一方面秘密组织矿工罢工或怠工，破坏生产设备；并秘密收集黄金、水银、雷管和炸药等，上交党组织支援抗日。

在那风雨如晦的日子里，以姜选（玲珑金矿第一任矿长）为代表的玲珑中共地下党员借助选矿厂二级办事员的身份掩护，和穷凶极恶的侵略者斗智斗勇，冒着生命危险一次次巧妙地将黄金偷运出来。如将金粉抹在头发里、藏进破棉袄里、夹在双层鞋底里、藏在挖空的棍棒里和送饭篮子里。也有的把汞膏（也叫混汞金，回去加热使水银蒸发即得到品位很高的金子）塞到菜饼子里，一边吃着菜饼子一边大摇大摆地接受门岗检查。

工人尹淑新，1944—1948年在玲珑矿务局当工人，抗日战争期间就参与生产，后因捐献黄金有功被政府嘉奖。为争取更多的统一战线抗日力量，地下党还成功瓦解了部分敌派人员，使其成为抗日民族统一战线中的一员。

历史总是那样令人难以捉摸。1983年，日军占领玲珑时的选矿课长山本四郎和姜选二人在玲珑金矿首次重逢。说起那段历史，山本四郎感慨地说："当时真不知道老姜还是地下党员，并且还当着这么大官儿。"是啊，在我党领导下的抗日统一战线，代表的是国家和人民的利益，怎能不创造奇迹！

玲珑多山，苍翠的大山下是黄金矿脉，苍翠的大山就是天然的伏击战屏障。当年日军掠夺的成品金、金精矿和高品位金矿石，都用汽车通过龙招公路拉到龙口港装船运走。从玲珑到龙口港沿途经过数十个村庄，日军每隔几里就修建一个据点，岗哨林立。伏击敌人运金车队，武装夺取黄金，就成为虎口夺金的重要方式。胶东军民团结一心，紧密配合，在龙招公路沿线的沙埠、张华山头、小李家、张星、槐树庄、馆前姜家等处，多次伏击日寇运金车，炸毁敌汽车30余辆，消灭日伪军200多名，缴获大量富矿石、金精矿和军需物资。

筹集黄金还有一个重要的办法就是秘密购金。抗日战争时期，胶东党组织建立多处地下收购站，通过多种形式与日伪争购黄金。1942年，设在招远一带的地下收购站收购黄金3188两。当时黄金收购风险极大，必须绝对保密，哪怕是对自己的父母、妻儿也要守口如瓶。吕品三烈士出生于掖县吕家村，为党秘密筹集黄金不幸英勇献身。但直到几十年后，烈士的事迹才为后人所知。玲珑山下，漫漫岁月，还有多少先烈和默默的奉献者在时光深处悄然无语，他们用信仰和生命托起了今天的太阳，却无怨无悔，死而无憾。

这些黄金运送延安，同样经历了一番曲折。由于战时情况复杂，当时胶东支援抗战的黄金物资并不是直接到达延安的，而是一般先由采金委员会、采金局及其特设的地下收购站、北海银行等秘密收购，再在专门队伍护送下上缴胶东特委和胶东军分区，然后由胶东特委和胶东军分区派部队送至沂蒙山区山东抗日根据地，最后由中共山东分局转送延安。也有运金小分队由胶东将黄金直送延安的。有时甚至需要付出生命和血的代价。

1944年秋天，身为班长的王德昌被编入一支26人的送金小分队，在队长"孙大个子"带领下，从玲珑武装护矿队手中接过千余两黄金，每人携带四五十两，夜行晓宿，长途跋涉，由鲁经冀入晋，到达山西境内汾河流域一个叫雁鸣渡的河畔时，遭遇日军。孙队长临时将队伍一分为二，两人的黄金集中于一人携带，一半渡河送金，一半阻击掩护，最后黄金送达延安，但阻击人员全部牺牲，渡河的也牺牲2人，伤3人，包括孙队长在内总共20人捐躯。正是这些先烈，用鲜血和生命才打开了一条金黄血红的运金路。

这些通过"渤海走廊"和"滨海通道"，秘密送往延安的宝贵物资，为打破封锁、解决抗战经费问题起到了重要作用。仅以抗日战争时期密送延安的13万两黄金为例换算，相当于为陕甘宁边区1943年财政收入的7倍。折合法币54.574亿。据1942年4月—8月对滨海区调查，13万两黄金在当时分别可以购买约5.99亿斤小米或6.5亿斤高粱或4.99亿斤小麦。

1945年8月21日，招远解放，这段惊心动魄的夺金斗争终于画上句号，金矿重回人民手中。

（二）22万两黄金支援解放战争

1945年8月21日，玲珑金矿迎来解放。富饶美丽的玲珑，终于回到了祖国的怀抱，灾难深重的矿工，做了矿山的主人。

1945年8月23日第881期《大众日报》刊发头条新闻："我第三路前线大军占领华北第一大金矿"（新华社山东分社胶东23日10时急电）。原日本侵占的玲珑矿，由政府接管，九月份就恢复了生产，解放战争时期，人民政府对黄金收购，已基本上全面控制。

不久，国民党悍然撕毁停战协议，发动了全面内战。山东解放区成为国民党的重点进攻区域，玲珑金矿作为抗战胜利后我党解放战争重要的军用品和黄金来源，更是贡献着自己的全部力量。

解放战争时期，共产党领导招远工人、农民、资产阶级、开明绅士、其他爱国人士组成人民民主统一战线，大力发展黄金生产，支援解放战争。1946年4月，北海银行胶东分行在玲珑设"银行办事处"（对外称裕丰号），担负黄金收购工作。此时的招远人民政府基本上控制了黄金收购。据《招运县工商银行制》记载，1946—1949年，招远黄金产量22.8571万两，都直接支援了解放战争。

最为灿烂的一笔，是在解放战争中，招远向党中央、向上海秘送黄金。薛暮桥在《山东解放区的经济工作》中记载：当年仅由他亲自安排，从山东青岛用海轮秘密送到上海，经过中共设在上海的地下经济机构——华益公司（地下秘密金库），支援全国解放战争的黄金和美钞，就折合黄金至少12万两。为遮人耳目，黄金被装入盛花生油的油桶，到上海后再悄悄取出。美钞交予华益公司暂存备用，法币转交中共代表团驻沪办事处。

因为从山东运来的黄金大都是一两一个的小元宝，有的还盖有"烟台"字样，在市面上交易容易引起警方注意。于是，华益公司找到专做黄金生意的商人，把那些小元宝改铸为上海通行的10两金条。至上海解放，山东解放区通过"华益"等地下经济机构向中共中央上交的资金约合黄金12万两，其他固定资产折价1000万美元。

据不完全统计，抗日战争、解放战争期间，胶东区党委领导的抗日民族统一战线倾其所有，秘密运送到延安的黄金达43万两，为抗战胜利做出了巨大贡献。是雪中的炭、暗夜的灯，解了毛主席和党中央的燃眉之急，成为党领导抗战和解放事业的重要经费来源。对于这一历史壮举，当年周恩来副主席和朱德总司令都赞叹不已，感谢招远人民所做的特殊贡献，还特别邀请苏继光等人到延安见面。

"玲珑山十八层，金梁玉栋在其中……"玲珑的山是金山，玲珑山下的人民是金子铸就的灵魂。招远统一战线用金子般的赤诚之心舍生忘死、历尽艰险，为胶东红色文化史涂上了浓烈的重彩，为中国革命胜利抹上了厚重、灿烂的一笔。

距离那场战争已经 70 多年了，如今走进玲珑，战争的硝烟早已飘散于历史长河，站在有着万年历史的"玲珑背"上，一片翠绿缭绕着玲珑山，沧海桑田，换了人间。

唯有玲珑山背上卧伏的那条褐色多情的金矿脉，依然如一条腾空而起的金龙，傲视苍穹……

作者简介：桑溪，本名李华，山东省作家协会会员，山东省散文学会理事，烟台市作家协会副主席，烟台市散文学会副会长，芝罘区散文学会主席。作品散见于《儿童文学》《当代小说》《时代文学》《青岛文学》等报纸杂志，著有《宿于桑下》等作品集，并入选多种选刊。

初心永驻　光耀千秋

王　韵

1995年12月18日，郑耀南逝世五十周年，时任中央军委副主席迟浩田为其题词："峥嵘岁月渤海湾，忠魂千秋留延安。"

郑耀南（1908—1946），名盛宸，字德卿，号耀南。沿着郑耀南出生、学习和战斗过的地方，实地采访他的后人以及一些家乡耄耋之年的战友与知情人，追寻郑耀南走过的足迹，捡拾起了他戎马倥偬的一生。一段峥嵘往事被揭开了面纱，一个当年出走乡关的有志青年崎岖的脚印被收拢齐了，一个怀揣热血似的理想和信仰的共产党人短暂却光辉的人生被真实地还原了。

遍寻岁月的角落，在郑耀南故居，看到了郑耀南的一幅塑像，一帧照片。只见他身穿一套八路军军装，两根浓密上扬的卧蚕眉，黑框眼镜下一双坚定刚毅的眸子，目光炯炯正视前方，儒雅淡定不怒自威。而今，在郑耀南同志故居里，一株石榴树迎风开放。这棵火红的石榴树曾见证了郑耀南的成长，他和小伙伴们围着它捉迷藏，玩累了就坐在它青筋凸露的树根上有说有笑。后来它又伸出粗壮茂盛的臂膀，挥手目送着他洒泪离开莱州多次辗转北平、察哈尔、东北，直到最后来到革命圣地延安。

莱州和延安咫尺天涯。它们的距离很近，共同的信仰因志同道合而一步之遥；它们的距离很远，因为"埋骨何须桑梓地，人生无处不青山"，他离开故乡奔赴革命圣地后，再也没有回来。

在延安，有一座依山而建的"四八"烈士陵园，毛泽东亲笔题词："为人民而死虽死犹荣"。在最高的一排，掖县党组织的创建人和领导人、胶东根据地的奠基人——郑耀南，与叶挺、王若飞、关向英等七位烈士共息于此。郑耀南家乡有胶东区党委在1946年竖立的纪念碑，碑文如斯："郑耀南同志参加革命十八年来，多经颠沛艰险，但坚持工作，始终如一；尤以忠心对党，联系群众，气魄宏伟，堪称楷模。"

而今，73年过去，石榴树愈发苍老遒劲，却依然气根披拂，青翠欲滴。那一粒粒果实饱满、殷红如血的石榴籽儿，像一只只明亮的瞳孔，依旧清晰地印着他最后的背影，满树叶子随风唤着他的乳名，"熬，快回家"，就像父老乡亲在殷殷召唤，呼唤英魂兮归来。

1908年，郑耀南出生于掖县西障区郑家村（今莱州市平里店镇西障郑家村）的一个普通农民家庭，世代以务农为主。他的父亲郑毓煊，勤劳能干，性格刚烈，是一位典型的山东大汉。一生未走出家门，靠务农养活一家老小。农闲时，也做些豆腐，贴补家用。48岁那年，一个男婴呱呱落地，给这户普通的农家带来了希望和欢乐，郑耀南3岁那年，生父去世。生母姜氏为了给儿子寻找一条出路，忍痛将郑耀南过继给弟媳马云战。养母马云战年轻守寡，但性格刚强，知书达理，立志把郑耀南培养成为一个有志气有出息的人。从小受到良好家庭教育的郑耀南，果然不负养母厚望，一路翻越关山万重，引吭一曲碧血丹心。

郑耀南7岁那年，马云战决心将自己省吃俭用的钱，供儿子读书。

先是送儿子到本村念私塾，后又送到邻村上学。1919年，马云战见儿子聪明伶俐，勤奋好学，又亲自将郑耀南送到北障村高小念国文。在这里，郑耀南认识了他的启蒙老师孙康侯。孙康侯是一位思想开明的长者，德高望重的社会贤达。自己捐资募银，创办了这所学校，并被推举为校长。孙康侯闯过关东，去过海参崴，在课堂上采用新式教法，除了教书以外，孙康侯经常向师生们讲述他自己的经历，介绍民主革命新思想，向学生们介绍国内国际形势，宣扬孙中山的革命主张，培养学生的民主精神，让郑耀南接触到了外面的世界，萌发了反帝反封建、立志报国的思想，为他日后走上革命道路奠定了最初的思想基础。

1925年郑耀南考入山东省立第九中学，在这儿开始了他的革命生涯。在进步教师爱国反帝思想的教育和中国大革命浪潮的影响下，他的革命救国思想迅速增长，多次组织学生罢课，举行反对帝国主义侵略和抵制日货的游行示威，掀起反对山东省教育厅推行的尊孔读圣和毕业赴省会考制度的学潮斗争。1928年6月，在郑耀南故居的小南屋，郑耀南由九中老同学王鼎臣介绍，举行了隆重的入党仪式，毅然加入中国共产党。"岁阴寂寂暗锁春，金谷思深未沉沦。年少宫人新入道，晓妆施与口脂痕。""是处幽芳遍石阑，葵花中翠耐秋寒。山阴道土久不到，谁知笼归青眼看。"

生在古邑莱州这片底蕴深厚的沃土上，血肉里埋藏着这片土地特有的文化基因和性格密码，浸染着历史沿袭和现实风气。郑耀南与王鼎臣，情投意合，声气互通，在追求革命理想的共同目标下，追寻自己的理想，施展自己的抱负。以淋漓热血写下了各自的血色人生，从此汇入了中国革命的滚滚洪流。

1929年，郑耀南身份暴露，但他临危不惧，在得知消息的当晚，立即召开县委紧急会议，决定郑耀南和王鼎臣暂时转移外地。一路由天津至北平，在北京弘达学院组织开展学生革命工作。不久，国民党与日寇订立丧权辱国的"塘沽协定",顿时群情激愤,舆论哗然,全国各地组织起大规模抗日活动。5月26日,由中国共产党党员吉鸿昌和抗日爱国将领领导的察北抗日同盟军宣告成立。民族危亡的时刻,郑耀南和王鼎臣立即决定投笔从戎,奔向塞外疆场,奔赴察北作战,去察哈尔投奔民众抗日同盟军。部队接到总司令冯玉祥将军收复被帝国主义侵占的察东四县的命令后,星夜兼程,向沽源挺进。步行急行了一天一夜,饥饿考验着战士们的耐力,听着像青蛙一样咕咕喊饿的肚子,他和战友们四下寻找能吃的野菜;山中丛林密布,即使白天也难以透射进阳光,每到夜晚宿营更是寒凉浸骨。郑耀南腿部受过伤,留下了痼疾,行走不便,又发起高烧,头冒冷汗,浑身如水洗,为了加速行军,他找来一根树棍当做拐杖继续前行……

1929年年底,郑耀南腿伤复发,不得不再次潜回家中养伤。在养母马占云和贤惠善良的妻子周秀珍悉心调理下,郑耀南病情略有好转,又投入到了掖县革命武装斗争中。

1930年秋,中共掖县县委在郑耀南家中南屋秘密成立,郑耀南当选为第一任书记。在他领导下,多数区建立起党组织。郑耀南主持创办了掖县最早的党刊《红星》,亲自负责编稿。当时,国民党掖县党部筹备成立全县农民协会,郑耀南敏锐地认识到这是把农民组织起来、利用合法形式进行革命斗争的有利时机,因此带头成立郑家村农民协会,并动员共产党员积极参与农民协会组织创建工作。1931年3月,掖县农民协会第一次代表大会召开,选举产生了5名县农民协会领导人,其中共产党员3名,县委掌握了县农民协会的领导权。1932年4月,掖县县委决定秘密成立特务队,郑耀南任特务队队长。郑耀南在《红星》上发表文章,号召每一个共产党员都要积极搞枪做一名党的特务队员。他带头动员养母卖掉家里仅有的2亩好地买了一支手枪。在郑耀南的领导下,广大党员有的买枪,有的借枪,有的到富户提枪,特务队很快发展到二三十人枪。

郑耀南在多次战斗中,积累了丰富的实战经验,展现了一个共产党领导者出众的指挥才能。1937年秋,以郑耀南为核心的掖县县委积极筹备建立抗日武装。经过短短一个多月的努力,在掖县建立起6支由共产党人领导的抗日武装,其中郑耀南等人在平里店一带组建了"人民抗日义勇队"。

与此同时,掖县国民党人也在筹建"掖县民众抗敌前进队"(简称"民抗")。郑耀南认为,能否团结掖县的国民党员一起抗战,是能否结成广泛的抗日民族统一战线的关键。为此,县委特意安排县委委员王仁斋参与"民抗"筹建,并成为领导成员。1937年12月,济南失守前夕,韩复榘军队撤走,国民党掖县政权垮台。中共掖县县委决定公开出面吸收"民抗",组建"掖县民众抗敌动员委员会"(简称"民动"),担负起领导全县人民进行抗日的任务。经过与"民抗"的谈判,成立了5人组成的"民动"领导机构,其中共产党人占4人,县委掌握了对"民动"的领导权,掖县抗日民族统一战线正式形成。

1938年2月1日,日军侵占掖县城并建立伪政权,伪县长刘子容下令取缔抗日组织。针对形势的变化,掖县县委作出举行武装起义,消灭伪政权,建立抗日民主政权的决定。3月8日,郑耀南指挥起义军包围县城切断伪政权外援,在不放弃军事进攻的同时,开展强大的政治攻势,起义军一枪未发开进了掖县城。随后,成立"胶东抗日游击队第三支队",郑耀南任支队长,并向全县发布了《三支队抗日除奸宣传大纲》。三支队基层设立党支部,分设政治委员、政治指导员。短短两三个月,就发展到3700多人枪,成为抗战初期胶东地区共产党领导的最大的一支抗日武装,打响了掖县革命根据地抗击日本帝国主营略的第一枪。全体游击队队员斗志昂扬,内心升腾起一束束激情燃烧的火苗,映红了胸中心头的理想与信念。三支队后来成为胶东革命军队的精髓,更成为山东人民抗日救国军的基础与核心战斗力。

同时，山东第一个县级抗日民主政权——掖县县政府建立。为巩固新生政权，保证军政供应，改善人民生活，郑耀南聘请社会贤达人士孙康侯任三支队财经委员会主任，出台了一整套经济制度和政策，恢复发展生产。三支队军需处办起了兵工厂、被服厂，保障了部队军需。同年4月，八路军鲁东第七、第八支队东上黄县路经掖县，获三支队赠送2000多套崭新的军装及部分款项和粮秣。郑耀南又聘请原青岛中鲁银行经理张玉田筹建了北海银行，稳定了金融秩序。同时，还团结安排了一大批知识分子兴办文化教育事业。

正当三支队大发展的时候，盘踞平度的国民党顽固派张金铭派人给郑耀南下委任状，遭到当场拒绝。郑耀南说："我们是党的武装，只接受党的领导党的任命。"随后，张金铭勾结招远的焦盛卿、栖霞的秦毓堂、莱阳的刘东阳，于1938年5月，分四路对掖县抗日根据地发动军事进攻。郑耀南亲临一线指挥作战，在三军、八支队的援助下，击败了顽军的进攻，保卫了掖县抗日根据地。在三支队内部，以参谋长赵森堂为首的一小撮国民党右派分子，阴谋在"七七"抗战一周年纪念日发动反革命暴乱，篡夺三支队和县政府的领导权。掖县党组织从一开始就对赵森堂等保持警醒，得知叛乱的准确消息后，郑耀南召集特支领导成员紧急磋商，火速报胶东特委，并果断采取措施将其铲除，纯洁和巩固了革命队伍。

1938年8月，胶东抗日游击队第三支队被整编入山东人民抗日救国军第三军，郑耀南任六十二团团长。郑耀南从不居功自傲，服从组织安排。合编在三支队内部引起强烈反响，但郑耀南顾全大局，在三支队特支和郑耀南的教育说服下，合编顺利地完成。

1939年3月，郑耀南奉命赴中央报告工作，从沂水王庄出发，穿越数道封锁线，行程六七千里，10月到达延安。1940年1月，进入中央马列学院学习。由于长期艰苦转战和长途跋涉，郑耀南脊椎出现疾病，同志们多次劝他住院治疗，他总是说："学习机会难得，革命需要知识，我可以坚持。"1941年4月，郑耀南的病情加重，不得不入院治疗。在延安期间，郑耀南负责的工作量相当艰巨繁重，常常工作到深夜；延安开展大生产运动，郑耀南还带病坚持参加。1943年冬，郑耀南脊椎出现异常，经确诊为腰椎结核，再也不能坚持工作。1946年2月，病逝于延安。他的生命在狂飙似的奔涌呼啸中猝然断流，但精神仍在大地上化为五线谱歌唱不息。这年清明节，中共掖县县委、县政府召开郑耀南追悼大会，胶东、西海区和掖县党政军代表及群众两万多人参加。郑耀南的家乡西障郑家村为他树立起纪念碑。

　　38岁，正是人生最好的年华；38岁，英年早逝，戎马倥偬的一生就像一颗流星划过幽暗的天空，电石火光间，不负韶华。然而他的身影，他的生命，他的灵魂，始终在这支军队中，从创建开始，一直，都在。

　　一路追寻郑耀南革命的足迹，不难发现作为个体生命，他已隐藏在人民军队的滚滚洪流之中，他的所有足迹都散落在了那个由鲜血浇灌形成的中华大地上上。在那个非凡时代，他在一张传单中、一盏油灯中、一次战斗中，将自己短暂却伟大的人生谱写成一首壮丽的史诗。他的身影，他的血肉，他的生命，他的灵魂，以自己的精神血脉与信念胆气滋养了胶东这片沃土，为红色根据地打上了鲜明纯粹的底色。他的精神一直牢牢地扎根在大地之上，扎根于人民之中，如一杆大旗，在胶东大地迎风猎猎飘扬，永远鲜红热烈如一支革命进行曲。

　　作者简介：王韵，中国作家协会会员，九三学社社员，山东省新知联理事，山东作协签约作家，山东作协散文创作委员会委员，烟台散文学会副会长，烟台政协特约信息员，莱州政协委员，九三学社莱州支社副主委，莱州作协常务副主席。作品散见《人民文学》《文艺报》《美文》

《天涯》等多家报刊。多篇作品被《散文选刊》《散文.海外版》转载，或入选中国作协创研部等编选的《中国随笔精选》《中国散文排行榜》等年度精选。长篇纪实文学《低飞》入选2017年山东作协重点扶持项目，长篇非虚构作品《吾乡是海》入选2018年中国作协定点深入生活项目。曾获冰心散文奖等省级以上文学奖项30多个。出版散文集《尘埃里的花》《低飞的诗意》。

在有名和无名间

曹瑞敏

能去招远市辛庄镇采访，我心里是存了一份幸运的。因为1988年，作为蓬莱师范的一名即将毕业的学生，我在这个镇上实习了一个月的时间，所在的学校当时被叫作辛庄完小，也就是今天我要去的采访地——镇鼎小学，而另一个采访地——建荣医院与它相隔不远。

带我们去的是招远市委统战部冯军东副部长和于同祥主任。路上他们就说，可能寻到的关于学校和医院的材料会比较少，因为捐建的事情发生在九十年代初期，这么多年过去了，捐建人都已相继去逝，亲人都联系不上，学校和医院保留下的材料不多。心中重回故地的兴奋和可能收获不多的失望并存，担心此行得不到深度的材料。

寻寻觅觅：看不到捐建者的影像

镇中心的街道还在那里，路面拓宽出去两倍多，两面的建筑虽然布局同我们实习时相近，但现今整体高大而密集，职能单位和商用住地连缀成片，向外延展开去。扑面而来的现代气息和满眼所见的繁荣生机，把国家改革开放的行程与印迹描摹在这座烟台市最早实行对外开放的乡镇中。

接我们的镇委统战委员张丽带我们直奔学校。

小学还在原来的位置，几排平房推倒后建成了楼房，占地面积也扩成了当时的几倍。一进校门即见"建校纪念碑"，其反面介绍了建校情况："镇鼎小学系爱国同胞王镇鼎先生及夫人王惠丽女士先后捐赠人民币七十五万二千八佰元，镇政府及学校辖区所在村筹资十二万元，于一九九三年建成的一所高标准烟台市级规范化学校。"在教育领域工作的我明白，"市规范化学校"这项荣誉的分量之重。九十年代初期，中国的学校建设还在起步阶段，城市学校校舍中很大一部分还处于老、旧、差的局面，一所乡镇学校能够成为"市规范化学校"，可以想见其硬件环境在当时所达到的水平了。"从去年开始，这所学校已经是专门的社区教育学校了。"张主任向我们介绍，"可惜师生搬进新校的时候丢失了一些历史材料，现在能知道的信息也就这些了。""原来的校长退休后也不在本地住了，其他人都不太了解情况。"……一连串的"未知"让我不禁慨叹，光阴带走了很多旧事、旧人，连同这些本应纪念的东西也一并带走了。

走在这座三层的黄色楼体教学楼中，我又阅读了手中仅有的文字资料："教学办公楼分为三层共计57间，总建筑面积1924.54平方米，1993年竣工，1993年8月21日喜迁新楼，1995至2007年，政府又投资近30万元，改建厕所、新建教室10间，辛庄镇鼎完全小学现共有房屋6幢。"虽然只是简单的说明性文字，但隐藏在文字中这一系列数字背后是学校的发展轴线，是功利千秋的教育事业与当地人才培养发展状况的写实白描。想来正是王镇鼎先生首批大资金的投入，才促成了相关村庄、镇政府的后续投资，成就了镇鼎小学一路走来的辉煌时光。

在校舍间流连，我看得见那些生活在九十年代初，那些农村孩子们走进新的楼房里学习、活动时欣喜的表情；看得见因为全新环境的激发而使得那些老师们在教育中投入激情、热心教学和教研的情景。从辛庄镇中心完小到辛庄镇镇鼎完全小学，从接受十二个自然村的孩子学习，到接纳除东良村外全镇的孩子全部入学，再到如今成为承担全镇各类培训的专门学校，我们看到的是一所镇办小学的发展史，看到了一颗赤子之心所带来的乡镇学校教育的跨越发展图景。"王先生和王女士不忘桑梓之情，造福后代子孙，捐资助学之义举，辛庄镇人民将永世铭记。为昭彰王镇鼎先生及夫人王惠丽女士之功德，特立此碑，以示永恒的纪念。"这是刻于建校纪念碑上的部分文字，是辛庄人对捐建者的感谢与敬仰之情。遗憾于寻不见这福荫后世之人的影像与样貌，只凭只言片语的零散记录，已没有办法还原事件的原貌了。不过，也许这就是他们的本义，让这"树人"之地永存，让自己的名字和身份慢慢隐去，在岁月中磨到不留下什么痕迹。

溯本追源　　找不着捐建者的行迹

建荣医院现代气息浓厚，理石门柱、瓷砖铺就的地面和墙体，整洁、大气。没进大门就看到电子屏幕上滚动的医院服务范围介绍，贴在墙上的楼层医疗门类介绍、监督台上的医生们的照片和姓名，导医台、便民服务箱、检验项目一览表，还有镶嵌于宣传栏里的医院文化：崇德精医，救死扶伤、仁爱济世、创新发展……看得出来，如所有的医院一样，这里也是一个随时繁忙着的地方。

就在那个大厅里，现任医院副院长初春暖见过我们后就匆匆而去，一会儿捧来一面瓷盘。"这是捐款人夫妇。"他指着瓷盘上已经斑驳的人像说，"当时为了纪念，把他们的像铸在了这里"。那是一个现在看来很普通的瓷质圆盘，放置在木质的支架上，像中的夫妇高贵文雅，面带和善，笑看远方。"真是有心人呀，攒了钱来建医院，造福一方呀。""你们看看，关于这件事，这里面有记载。"初院长打开手中厚厚一本的《招远县医院志》，找到辛庄医院所在页指给我们看，那里记录着招远每一所医院建院的始末。我寻找到了这所建于1958年的镇医院在华侨投资后的发展情况：1991年辛庄东北村旅日华侨王建荣及夫人张顺子捐赠90万元人民币建设辛庄分院门诊楼，占地6700平方米，建筑面积1980平方米。1993年新建门诊楼竣工启用，设床位三十张。为纪念华侨王建荣先生，将医院名称改为'建荣医院'。"

记于医院志上的文字仅限于此。但这些文字向我们揭示了这样的事实：由于王建荣夫妇的投入，建荣医院在有了先进门诊楼的基础上，又陆续添置了脑电图机、设立脑电图室，购置胃镜、尿液分析仪、血栓检测仪等设备，由此省卫生厅又赠予300毫安双床、双球X光机1台，第二年医院又自行购置B超机1台……借助这样一个契机，建荣医院的发展走向正规化、现代化的方向，并发挥自身优势，在儿童疾病治疗方面很有建树，被家乡人信任，享誉一方，成为一级甲等医院、国家级"爱婴乡镇卫生院"。

建荣医院硬件的建设也吸引来了一批优秀的医界人才。发展到今天，这所医院已有执业医师、执业助理医师和乡村医生150余人，可以开展大生化、肿瘤筛查、甲功、免疫、心功能、心肌酶等多项目检查，可以实现CR、摇篮透视设备、彩超、动态心电图、胃镜影像等先进操作，可以进行甲状腺、阑尾炎、胃大部切除，可以完成疝修补、静脉曲张、子宫肌瘤、骨折内固定等手术。在发展现代医药的同时，医院还发掘传统中医药的宝藏，实施中医药品牌战略。同时，建成了自动化健康档案系统，1+1家庭医生团队组建，进行农民健身工程规划，发展成了招远市评比中排序第二的医院……一所乡镇医院，一所辛庄人家门口的高标准、现代化的好医院，解决了农民们看病难、就医难问题。一般的疾病，人们不再需要走几十里、上百里到县城、到烟台去求治，辛庄人脸上挂着的幸福是可见可感的。

站在医院的门厅里，看就医者进出有序，医生们各自忙碌，想的是医院为整个辛庄镇民众带来的健康和福气。可医院背后那个捐建者捐建的始末却寻不到半点印迹。"还会有谁知道当时的情况呢？"我向在场的每个人不断追问，但所有人都摇头。"老院长蒲文田倒是在招远，打过电话问他了，他说捐建者并没让过多宣传，也就没法再问了。"

学校、医院，教育、医疗，育心与治身，两个华侨家庭对家乡的捐助助推了两项最基本的民心事业的发展，但是除却从基本的信息里了解了两位先生及夫人的姓名和当年分别在香港和日本经营餐饮业外，其他都一无所知了。

山重水复　发现侨乡义举的背景

拿着统战部提供的医院原来的两位老职工的电话，我在回去的路上就打通，但得到的信息并不比先前多。打给得到的王镇鼎先生的侄子、招远侨联原主席王敬昌的电话，只寥寥数语，不过得到了王惠丽女士后期还给学校捐过奖学金的信息。拿着辛庄镇张主任给的学校原校长王英亮、也就是我实习时的老校长的电话，心就不免回看到31年前实习完成回校前的情景：接我们的汽车来了，孩子们被关在教室里，脸贴到门窗的玻璃上哭；我们几个实习生在门外，也哭。和王校长他们摆手，说再见……回蓬莱师范学习一个月后，我们忍不住思念趁一个星期天跑回辛庄看孩子们、老师们和王校长……辛庄人原本就有的重情谊的性情基础及和王校长之间有着的这样的情分，而且他又是整个捐建事件的见证者，掌握着第一手的原始材料，我想着我们之间一定会有愉快的交谈。电话打通了，对面依然是那个爽朗而洪亮的声音。几句寒暄、说明缘由后我们就商定了到他现在居住的开发区见面的时间。

不间断的网上信息交流和见面后的长谈，让王镇鼎夫妇的情况逐渐清朗起来。"王镇鼎是大家庭出来的，读过不少书，新中国成立前就去了香港。开始的时候给人打工，后来开了饭店，做餐饮生意。他的夫人王惠丽是上海人，上海女子师范学校毕业的，有文化。"王校长一贯的慢悠悠的说话风格把我带入那个年代。"八十年代，王先生回过家，就有了捐建学校的愿望。到真正捐钱的时候他已经去世了，是他的夫人替他完成的遗愿。""新学校开学时，王惠丽女士回来参加了开学仪式。当时很隆重，县委领导、镇领导、能来的百姓都来了。"王校长沉浸在那段历史中，目光悠远，仿佛穿越回那一段时光……"后来王惠丽还给学校捐建了电脑室。当时可是先进呀，外地参观的人羡慕得很。再后来，还给学校捐了一笔奖学金。""那些年，王女士最少回辛庄过两次，她的女儿也来过一次。王先生的朋友，老家是福山的王国梁也来看过一次学校。"在王校长的叙述中，王镇鼎先生的家庭、工作、修为以及他对桑梓之地的浓厚情感在我的眼前铺开，成为一股渗入人心的暖流，而其背后呈现的就是辛庄孩子们一直的自觉成长，长成参天之树，汇入高素质的家乡、国家的建设者和发展的引领者大军中的情形。

医院的更多信息是从鲁东大学张简慧教授那里得到的。偶然的相遇中了解到她的父亲就是当年的镇教育助理，母亲是当时辛庄小学的老师。这样的遇见真是让我心生喜悦。简慧教授与她的父母相谈后，整理了相关信息发给我。"王建荣先生少年时期去日本谋生，在一家餐馆做学徒，因忠厚老实且勤奋好学，深得餐馆老板赏识，便把女儿许配给他。老板过世后，餐馆由王建荣夫妇经营。王建荣颇有经济眼光，每年从餐馆的利润中抽出一部分资金在大阪周边购买地皮，因此积累了数量可观的资金。八十年代初，思乡情甚的八十高龄的王先生回乡省亲，看到当时的辛庄医院破败不堪，很多乡亲们生病需要跑到外地看，就有了捐资建院的想法。回日本后，本想直接和太太说，但餐馆是太太家族的，恐怕太太不同意，思来想去用了一个苦肉计。他一连几天不吃不喝，太太着急了问他怎么了。他说从老家回来后，老是做梦梦见老家的医院，破墙烂屋，冬天漏雪，夏天漏雨，老百姓看病太可怜了。太太说，这有什么，咱们出钱建一个医院不就行了，你也别上火了。"就这样，王建荣和太太就通过香港周转，开始了家乡医院的建设。

　　这是个温暖且带有传奇色彩的故事。那些走到香港、走到国外的侨胞，不管走多远、走出去多少年，都在记挂着生他们养他们的土地，一旦可能，他们就会回报那片土地、那些乡亲。简慧教授的父亲还补充了镇鼎小学奖学金设立的细节：2000年，港胞王惠丽女士又将30余万元人民币作为奖学金捐赠给镇鼎小学，这种长期的资助给了辛庄学子们长足发展的后力。

　　心意表达了，人就隐去了；只要无愧我心，只待后世评说。从王镇鼎和王建荣两位华侨的身上我读出了这样的高贵心灵。在辛庄的民间，记挂着他们的人很多。我当年实习时教过的王洪力和徐宝坤现在还在镇上经营自己的生意。在网上问起他们对这些事的感受，两个人满嘴都是赞叹，"竖大拇指呀。大家都说，看看人家，在海外有钱了，回来给家乡人造福。""感觉是落叶归根，回馈家乡呀。"

　　为什么捐资助教、助医的事情连续发生在辛庄这个地方？王镇鼎和王建荣先生的捐建行为只是此地特例吗？我带着这样的疑问继续探寻。从历史沿革看，辛庄地界里宋朝就有了人类活动，且历代发展繁盛，从至今发现的9处古遗址中就可见一斑；现存的高家庄子村，是具有典型胶东风格且保存完整的古村落……辛庄属人杰地灵之地。从地理位置看，辛庄是招远唯一的沿海乡镇，海岸线长13.5千米，岸对天津、大连。因为临海，水陆交通发达，辛庄人有着与之相邻的龙口人同样的特点，思想开放，外出经商者众，且多有远赴海外的经营者。据统计，全镇旅居海外侨胞分布在十几个国家和地区，计151户3000多人，是著名的侨乡。因为华侨众多，且多有爱乡、建乡之心，因此在1992年，镇政府把每年农历六月二十三日，这个原来辛庄镇民间的传统火神庙会，改为首届辛庄国际华侨节，当年就吸引了1000多名海外侨胞和国际友人前来度假、过节、观光，并在辛庄、在招远、在烟台投资兴乡。张主任发给我的光荣册上记录着这样的名字和数字：

1985年，旅美华侨王子春捐物，折合人民币9.1万元；

1981—1992年，旅美侨胞王凤歧先后为家乡捐款、捐物13.12万元；

1988—1992年，台湾同胞刘大华捐物，合计人民币8.3万元；

1993年10月，邢家村香港同胞宋家安为村委捐款；

……

辛庄籍的台湾、香港同胞宋家安、姜成山、孙竹生等于1989—1993前后先后投资176.8万美元在招远、烟台兴建齿轮有限公司、隆顺鞋业有限公司、华铭电器制造有限公司等，助推了家乡的发展和腾飞。如果说王镇鼎、王建荣是辛庄侨胞捐资建设家乡的一棵、两棵大树的话，那辛庄籍的几千侨胞就是其身后的爱乡建乡的一片繁茂森林。

在庆祝中华人民共和国建国七十周年、人民政协成立七十周年之际，辛庄统战系统也在积极用心，计划着再次聚集侨乡侨胞的人心和力量，期待他们以更饱满的热情回到家乡、回馈家乡、建设家乡。

作者简介：曹瑞敏，山东省散文学会会员，烟台市散文学会副秘书长，烟台市作家学会会员，芝罘区作协副主席。乡村系列、咏物系列几十篇发表于《烟台晚报》《烟台晨报》《烟台散文》，2013年教育散文《美国教育行》由山东人民出版社出版。

海路，让世界瞩目

姜远娜

"自古谁曾见，火车搭轮船，携山超海赛鲲鹏，凌波踏浪胜八仙。海路啊，海路，美丽又壮观，犹如神龙泅碧水，好似天鹅旋雪练……"每当这首豪迈奔放，慷慨激昂的歌声响起，一副无比壮丽的画卷就在眼前徐徐展开：苍茫无际的大海上，一轮红日从海平面上冉冉升起，万里霞光辉映之下，一艘白色巨轮，和着鸥鸣，追着彩云，劈波斩浪，浩浩航行在烟台—大连的海路上。

这，就是烟大渤海铁路轮渡海路。

2006年11月6日，是渤海两岸百姓永远铭记的好日子。这一天，"中铁渤海1号"渡船满载铁路货车从旅顺西站出发，顺利抵达烟台北站码头。这标志着公司正式投入运营，从此结束了"茫茫渤海隔连烟，半岛相望不相连"的历史，实现了"铁路轮渡金桥架，火车跨海当日还"的梦想。

作为中国第一条超过百公里的海上铁路轮渡，它从大连到烟台，比经山海关绕行缩短了 1600 多千米，是跨越东北、渤海湾、长江三角洲和珠江三角洲四大经济区的"八纵八横"沿海铁路通道的重要组成部分。铁路轮渡项目的开通，使得东北的木材、粮食，山东的化肥、农产品、矿产品等大量大宗物资通过海路实现了更直接便利的交流，成为造福百姓的"黄金"通道，在政治、经济、文化建设等方面都具有十分重要的意义。

功不可没的致公党烟台市委提议

每一个新事物的诞生，往往都历经磕绊，烟大铁路轮渡项目的诞生和发展也不例外。

20 世纪 90 年代初，社会各界第一次提出建设渤海海峡跨海通道的建议，因为各方面条件不成熟，决定先行建设烟大铁路轮渡项目。从 1993 年开始，烟台市以及大连市从政府部门到民间专业人士就开始为建设烟大铁路轮渡一事奔波，在不同的场合发声，但是相关工作进展缓慢，项目迟迟没有动工，山东半岛和辽东半岛依然隔海相望。致公党烟台市委主委，全国人大代表王夫先在第九届全国人大第四次会议上领衔提出了《年内开工建设大连至烟台铁路轮渡项目的议案》。这份议案得到了全国人大和国务院的高度重视，被列为 2 号议案。

烟台——大连铁路轮渡作为国家"十五"期间世人瞩目的重点建设项目，孕育之初就受到了社会各界的广泛关注。党中央，国务院的领导亲自过问项目建设情况，全国人大、全国政协、全国总工会、国家发改委、铁道部、交通部等有关部委和山东、辽宁两地省市领导都多次到公司视察，他们的关怀与支持为中铁渤海轮渡人抓好项目建设和运营增添了不竭的动力。

世界一流的铁路轮渡技术

这个我国自行设计、建造的国内第一条超过 100 千米的海上铁路轮渡项目，由铁路、港口、渡船和海上安监系统组成，是一个采用了多项世界先进技术的系统工程。为抓好项目建设，公司从成立开始，就提出了建设精品工程的目标，充分利用国内国外技术资源，把引进、消化、吸收与再创新结合起来，使主要技术装备跨入世界先进行列。其中，承担铁路轮渡运营的是三条全长 182.6 米，宽 24.8 米，服务航速 18 节，总吨位 25040 吨的"中铁渤海号"渡船。这三艘现代化的渡船能原地 360°回转，又能左右平移，它们都是世界上首次采用第三代综合全电力推进系统的火车滚装船，是目前国内吨位最大、技术最先进、性能最全、安全性能最好、舒适性最佳和服务设施最完善的大型铁路客运滚装船；先进的电力推进系统中运营中取得良好的节能减排效果，渡船燃油降耗率达到 28.5% 和污染物零排放，为国内同类船舶首创；渡船设有 12 项安全措施，减摇鳍可以在船遇到大风浪时自动伸出，使船的摇摆度控制三度以内；还有火灾报警、灭火、卫星导航系统等安全技术的应用，大大提高了渡船的安全性能。

铁路栈桥是项目建设的灵魂工程，是火车上下船的关键设备。它采用"两跨一坡"自动调节技术、"一对五"滑动道岔、液压储能器减载等八项技术，在我国都是首次应用。站在铁路栈桥上，拥抱着海风，听着工作人员的介绍，我真的无法想象，载满货物的火车进船舱的景象该有多壮观和神奇，想想都震撼得不得了！

位于铁路栈桥东面的旅客登船桥，是中国客运港口第一次采用航空标准设计的人行栈桥。旅客可以不受天气影响、方便快捷地上下船。

港站候船楼按世界一流标准设计，在宽敞明亮的室内，候船的旅客把难熬的等待当成了一种休闲享受的好时光。

正是这些先进技术和人性化设施，和一以贯之的上乘服务，使得中铁渤海轮渡船成为渤海湾上具有国际一流水准的航运公司。

别具特色的铁军文化

先进的企业文化是企业核心竞争力的源泉、持续发展的动力。中铁渤海轮渡公司的企业文化以"和谐"为核心，以"以人为本"为基础，以"安全文化、服务文化、家文化"为支撑，以"战必胜、攻必取"的"铁军精神"为特色。"铁军精神"的价值理念和精神追求包含了丰富的文化内涵，是中铁渤海轮渡公司面向市场、面向未来的真实写照。

"生命至上，安全为天"永远是企业发展的生命线。公司通过安全文化建设，全面推行安全风险管理，实施安全预想、提醒式教育和走动式管理，坚持"安全是最大政治、安全是最大效益、安全是最大福利"为重中之重，扎实推进"管理规范化，作业标准化"建设，构建"大安全"管理格局，不断探索安全管理规律，建立完善安全管理长效机制，确保安全工作万无一失。

中铁渤海轮渡公司创建"和谐海路，温馨家园"的服务品牌，以"客户服务是服务内容，客户满意的服务标准"为服务理念，全面推行"规范服务、特色服务、延伸服务"。客运人员仪表整洁、举止端庄、态度和蔼、文明用语达标。为老弱病残孕突发危重病情的旅客提供上下船"绿色"通道。旅客卧具做到一客一换，餐具、茶具一客一消毒。

客船上配备多功能厅、馨香四溢的咖啡厅、宽敞明亮的观景厅、影视厅、干净清爽的中餐、快餐厅以及温馨的特等舱和一等舱，个性化服务，让旅客们充分享受家的温馨、甜美。

中铁渤海轮渡公司领导，不仅为公司发展做决策规划，还为员工的衣食住行费心劳神。原综合部经理，现总经理刘君为了员工住房，为了见到相关领导，一遍遍等候在人家门口，从早晨到中午，跑细了腿，最终解决了安居的大事。

领导的真心大爱，让员工树立"公司是我家，家好我才好"主人翁责任感、归属感，职工力争"有尊严、有奔头、有乐趣、有朋友"，在这种"家文化"的熏陶下，公司里把工作当家事，爱岗敬业，"不用扬鞭自奋蹄"的员工比比皆是。

勇于奉献的中铁轮渡人

"看海和出海是两种不同的境界，一种是把眼睛给了海，一种是把生命给了海。"中铁渤海轮渡人就是把生命的全部奉献给大海的人。

2007年正月十五，暴风雪袭击旅顺西站，中铁2号船长王秀义，原港站站长毕满昌、运输管理部刘慧征等组成的抗风雪坚强团队，冒着生命危险将渡船缆绳拴住的情景，又有谁能忘记？王秀义曾动情地说："我喜欢大海，我热爱我的工作，从我大学第一天起，我的命运就和大海系在一起，和轮船系在一起，和旅客的生命系在一起。每当看到渡船离开码头，岸上频频招手的人群，作为船长，要带领全船员工保证安全，既有自豪感，更感到肩上责任的无比艰巨。"责任的巨大让他时刻细发如丝，不分昼夜地为渡船保驾护航，是王秀义习以为常的事情。

王秀义，从驾驶千吨级小托轮、日本的二手船，到万吨级的豪华滚客船，一直到亚洲第一铁路轮渡，指挥世界上最先进的铁路客滚渡船，见证了祖国航海事业的飞速发展。30年间，从二副到高级船长，他一共拿到10本职务证书，共有12次职务和船舶登记上的变化。他记得电视剧《闯关东》里面的一个场景：一条木制小渔船，从山东烟台离岸，船上衣衫褴褛的难民，经过几天几夜海上漂泊，几经生死劫难才到达大连。上世纪八九十年代，渤海两岸的人们出海，还是靠手摇橹船、渔船、木质汽轮。如今，他指挥着国内自己制造的豪华滚装船，心里感到无比自豪和荣光。

王秀义船长在轮渡工作13年，只在家过一个春节，妻子每次探望他，都不舍得牵他的手，怕这一牵手，就再也不想分开了……

"中铁渤海号"2渡船船长路巍，帅气亲和。他2006年进入公司，先后担任渡船三副、二副，2009年考取大副证书，2011你那担任渡船大副，2013年考取船长证书，2017年10月通过竞聘成为渡船最年轻的船长。

郝玲玲，秀气能干，负责港站客运工作，由于业务精湛，服务热情，寒来暑往，春秋几度，逐渐成长为今天的指导客运主任。她跟路巍相识相爱结婚，两人虽然在同一个公司上班，在一起的时间却屈指可数。每天两条船擦肩而过的时候，只能站在甲板上互望对方的船以解相思，他们视若生命般珍惜每一次重逢。他们默契地对视、微笑、交流，彼此的相依相偎、互相的鼓励打气，都让玲玲觉得这就是他们想要的幸福，实现了"愿得一人心，白首不相离"的爱情祈愿。最开心莫过于新婚第一年，他们虽然没能回去陪家人，却能在同一条船上过了一个难忘开心的除夕。"彩灯高悬吃年饭，歌舞相伴共联欢"，这于他们已经是很幸福的事情了。

过年回家，是每一个中国人最温暖的期盼。渤海铁路轮渡公司打破行业惯例，大年三十不停航，方便了渤海两岸的人们回家团圆的愿望。公司的员工只能把思念埋在心底，一如既往地为旅客真诚服务，让旅客享受到宾至如归的温馨。

按照公司规定，员工需要在船上连续工作三个月，才能集中调休一个月。赶上过年人员紧张，工作周期还会更久。这不，"海姐妈妈"隋英革，连续好几年春节都赶上在船上值班，四岁的儿子只能交给婆婆照顾。婆婆知道儿媳想娃心切，就商定等船靠港的时候，把孩子带给她看一眼，虽然只有俩钟头。

近港情更怯。马上就要见到日思夜想的孩子了，隋英革捏着自己的袄襟，居然有些无所适从。隔着船舱，她看到婆婆牵着儿子小小的手，站在远处的栏杆外。"子文，子文"，她在心里默念着孩子的名字，恨不能马上把孩子拥在怀里。待旅客有序下船，还是儿子挣脱了婆婆的手，飞也似的扑向妈妈。"锄禾日当午，汗滴禾下土……"见了面，孩子迫不及待地背唐诗给妈妈听，原来，隋英革哄他，听奶奶话，背唐诗，就带他到船上上幼儿园，就能天天跟妈妈在一起了。

相聚的时光总是匆匆而过，转眼，返航的汽笛声又响起来，她不得不跟婆婆和孩子说再见了。"等我长大了，我要当船长，让大船听我的，谁也带不走妈妈"，面对幼小的孩子，说着这天真的心里话，隋英革心里酸酸的，她偷偷抹去眼角的泪水，转身又投入到紧张的工作中。

正因为有了渤海轮渡人"舍小家，为大家"的无私付出，2017年，公司还荣获"渤海湾充满温情的值班船"称号，并入选全国企业文化优秀案例。没有比被大众认可更欣慰的事了！

恋爱、结婚、生子，每个人每个阶段都有不同的感受。聚少离多的日子里，中铁渤海轮渡人经历了太多太多。远离家人的心酸，孤对大海的惆怅，与滔天巨浪的生死搏斗，都考验着了他们坚强的信念和无悔的坚守。

郝德恩、郑军、高岚等为公司创建发展，为公司企业精神锻造，立下汗马功劳的老领导、老同志，都应深深铭记在心。

全国优秀海员徐学强、全路优秀党员张立明、富民兴鲁奖章获得者等，每一个英模的故事都可歌可泣！每一个为渤海轮渡精心付出的一线员工都可敬可赞！

硕果累累的骄人业绩

2006 年 11 月开通运营至 2018 年底,公司已保持安全运输 4439 天;累计渡运铁路货物 5650 万吨、旅客 408 万人次、滚装汽车 85 万辆次,实现利润总额 3.9 亿元,缴纳税金 3 亿元。

铁路栈桥荣获 2006 年度"中国建筑钢结构金奖"、2008 年"詹天佑土木工程大奖"、中国企业联合会、中国企业家协会授予公司 2008 年度"减排十佳企业"称号、2013 年公司被中国企业文化促进会授予"企业文化建设先进单位"、2012 年至今,公司荣获并一直保持山东省"精神文明建设先进单位"。

一组组惊人的数字,一张张烫金的证书,一个个精致的奖杯,是给予中铁渤海轮渡人最好的嘉奖。

璀璨辉煌的未来愿景

烟大海路,注定让世界瞩目。

"一带一路"的倡议,必定会使东北亚,欧亚大陆成为一体,必将带来代表性的物流革命。"一带一路"的倡议,也会使海陆联运天道日益繁忙,必定带来社会效益不断增加,经济效益连年增长。昂首屹立在世界东方的烟大渤海铁路轮渡海路,它向世人描述的,不仅是火车坐轮船的豪迈,更展示了中华民族无穷的智慧和力量。"如今生巨变,铁道贯天堑,方才还在胶东港,转眼已进辽东湾。海路啊海路,幸福又美满,乡音一样情相连,魅力浪漫手相牵。创新插翅膀啊科技扬风帆,海路盛开着富强花谱写新诗篇。"……

乘着歌声的翅膀,烟大渤海铁路轮渡必将扬帆远航,走向新的辉煌!

作者简介：姜远娜，中国散文学会会员，山东省散文学会会员，烟台作协会员，烟台散文学会理事，牟平作协理事。作品刊于《中国青年作家年鉴》《齐鲁晚报》《当代散文》《烟台日报》《烟台晚报》《今晨六点》《散文时代》等报纸杂志。

凌霄花开，信仰永在

王彦平

一个小村庄，就是一部历史；一个人、一个家族的故事，就可以带你穿越时空，辨寻、倾听烟云供养的、灵魂深处的纯美颤音。

我们一行人从胶东北部的海滨城市出发，一路行至南部的这片让人心头灼热的土地，来寻访这个坐落在海阳市的叫盘石店的村子——我是怀着一颗崇敬之心，轻轻走进这个小村庄的。

小山村静静地卧在苍山翠岭深处。木门瓦房，砖石院墙，篱笆木桩。几畦菜豆，几架黄瓜，在墙院外迎风谱写诗行，几棵向日葵笑绽脸庞，杜仲树上鸟雀追逐。蚂蚁、蜗牛静静行走，细心倾听植物突破土地，在阳光下成长的声音。农屋旁往往植有高大的柳树、榆树、香椿、梧桐……枝繁叶茂，错落有致，深绿浅绿地掩映着农家小院。这里没有喧嚣，没有高深，没有浮华，没有官绅大户、土豪达人的发迹故事。小村庄处处呈现着慈和的书卷气息，其柔腻、细致的风致，让我感到如此适意和喜悦。

适逢七月的小暑节气，空气中蔓延着夏季的温润与清新。在满目葱茏的绿意里，我偶见一簇簇绿叶纷披、藤蔓悠长的凌霄花，那一簇簇火红色的小喇叭缀于梢头，红绿相映，迎风舞动，蓬蓬勃勃，向着太阳开放，其凌空而上的气势，给人遥不可及的美感。

宋人杨绘有诗赞曰："直绕枝干凌霄去，犹有根源与地平。不道花依他树发，强攀红日斗修明。"敢与太阳比鲜妍的花，必是血性之花了。

我来拜谒的房子在一条小胡同里。这条胡同很普通。侯门深海的故事，离它很遥远，它一望到底，它纯净得你想不到它多纯净。毫无悬念，那所房子，屋顶是旧式的灰黑色瓦片，院墙是石头砌的，低矮，简朴，跟周围的房子没有什么两样。但是透过胡同里这座布满沧桑的老房子，我深知自己踏入了一方令人心颤的、滚烫烫的土地。志士的情怀，曾在被称为"红色胶东"的这片土地上萌生，滋长。

一代才女、爱国志士王隽英，就出生在这里。

王隽英是一位知识女性，她孩童时期蒙以养正，年少扬名；青春时节柳絮才高，享誉京华……她生于1908年，那是一个内忧外患、战祸连连的时代。那么，王隽英成年之后具备的古典雅致，尤其教育之美、思想之美和文明之美，兼具中国传统女性所缺乏的中西之美、独立精神和现代气质……到底来自于怎样的家庭教育背景？

如果说，每个人的人生行走都需要一个遥远的光点，像星斗，那么，这个星斗是什么，指引着王隽英的生命之河流经晚清之末、民国北洋政府、国民政府，再到1949年之后？百年中国的朝代更迭、战争逃亡、天灾人祸，她都无一幸免地亲历了，四处辗转留下了怎样的读书、抗争、奋斗的足迹？

这位不同寻常、历尽沧桑的女志士，唤起我的思绪向其血脉深处延伸。

王隽英一出生，正逢腐败无能、日薄西山的清朝乱世，她的父亲王以成，是为创立民国四处奔走的诸多革命人士之一。爱国志士王以成短暂的一生，是"复兴中华""浩气贯长虹"的壮烈一生。

王以成幼时励志笃学，深受中国历史传统文化的启蒙。范仲淹的"先天下之忧而忧，后天下之乐而乐"，陆游的"位卑未敢忘忧国"，文天祥的"人生自古谁无死，留取丹心照汗青"，林则徐的"苟利国家生死以，岂因祸福避趋之"，岳飞的《满江红》……尤其"岳母刺字""精忠报国"，无一不在激励着他，他浓厚的民族热情，在少年时代即已奠定。

甲午中日战争之后，王以成受时代维新思想影响，入登州文会馆学习西学。其诗作有："炎黄魂，气贯长虹，力挽嵩岳。莫邪金剑倚青天，无敌银戈耀日月。虎龙啸，神州奔铁流，奏浩歌。"雄心壮志跃然纸上。

王以成后入青岛工部局学习绘图。1903年萌生留学念头，遂东渡日本研习土木工程，在日本工学堂结识了日照留学生丁维汾，志趣相投两人成为莫逆之交。在留学期间，两人一起加入以孙中山先生为首的中国同盟会，是当时首次加入同盟会的两个山东人。

学成归国后，王以成潜心治学，著书立说，曾著有《论铁路工程》《论铁路测量》等著作，首开中国铁路界学术专著之先河。但是，面对自己热爱的祖国，铭刻在他脑海里的，却是太多太多的苦难追忆，有旱涝等自然灾害带来的饿殍遍野，有瘟疫带来的千里无人烟，有苛政猛于虎的民不聊生，有骨肉相残争权夺利等带来的战乱，有朝廷羸弱被外域侵略带来的血流成河……王以成豁然醒悟，以"师夷长技以制夷"为目标的"科学救国"之路已然不通，"革命""政治救国"已成救亡图存的唯一选择。

1910年，王以成自老家海阳奔赴北平，出任《国风日报》社编辑，从此走上了革命道路。由于《国风日报》宣扬捣君权、驱列强、复兴中华等进步思想，在全国引起了强烈反响，遭到清政府打击，报馆被查抄。王以成再一次面临革命方向的抉择，他深感非武力不足以推翻清王朝反动统治，遂决心投笔从戎。

在山东诸城一战中，王以成不幸被围。他临危不惧，愤然疾呼："速倒尔戈，共图富强。不然，余固不惜死也。天下党人，滔滔皆是，均能继续革命，独不能杀汝辈呼！"语未毕，即被清兵抓获，壮烈殉国，时年35岁。

王以成文武双全，颇有文采。曾作诗《箴女》："吾女师之庶乎近焉。浩气贯长虹，长缨缚妖精。炎黄基业，安如磐石，神州山河，展现新容。虎山巍巍，秋桐挺挺，有凤来仪，喈之和鸣。俊英豪杰，壮志凌空，允文允武，矢勤矢忠，隽笔绘宏图，英才锦绣程。"

王隽英的名字，源自她父亲诗作《箴女》诗中"隽笔绘宏图，英才步锦程"。王以成遇难时，王隽英年仅4岁。家境困窘，拮据度日，但出身诗书世家的母亲深知读书的重要性，尽管家境困顿贫苦仍供女儿读书。王隽英聪慧过人，立志图强。内有良母外有私塾先生的教诲，学识大进，尤擅诗画，没辜负母亲寄予的殷切期望，她13岁时，就以一首《捉月》小诗誉满乡里。

王以成的中国同盟会挚友、莫逆之交丁维汾，感念战友情、同志爱，主动承担起培养烈士遗孤之重任。年幼的王隽英在其影响下遂生忧国忧民情怀，时常为国担忧，并写下了五言诗："父为国难死，留下千古恨。女儿不为小，敢当后来人。"丁维汾看后十分欣慰，认其为义女，全力资助并悉心照顾她。

后王隽英考入烟台信义小学和烟台真光女中，受"五四"运动及进步思潮影响，她憧憬着做秋瑾式的女侠，自号"崆峒筱侠"，在同学中组织了崆峒学社，带头撰写进步诗文。她的《言志》一诗，显露壮志豪情："阔步朝登烟台顶，犹见烽火焰正红。祖逖壮志更激烈，挥戈驱虏庆升平。"

王隽英为追求进步,进入燕京大学读书,期间编写《伟伟华夏》三辑,由中华书局出版。在重庆时,目睹世道昏暗,官场腐败,洁身自好,不入污流。曾吟诗抒怀:"寒封空谷娇华枯,独见幽兰色倍绿。点点丹心傲霜洗,条条翠叶迎雪舞。"

王隽英幼受民主思想熏陶,长承父志。"九一八"事变后,她节衣缩食,捐薪救饥,并到工厂、学校、军旅、居民区发表演说,宣传发动抗日救国。并撰《告妇女同胞书》,严厉批判"女子无才便是德"等封建伦常,号召妇女"冲破樊笼,振翼高飞,允文允武,建功立业,争当巾帼英雄!"

1945年6月,王隽英曾偕同僚晋谒蒋介石,面陈民生大计,上书国民党中央,要义为精诚团结,抗日兴华——民族独立;大道之行,天下为公——民权自由;扶助农工,恤民减税——民生幸福;礼义廉耻,国之四维,行之则昌,失之则衰;为政以德,任人唯贤,饬厘弊政,励精图治。一片正论,反响强烈,"有识之仕,同声公允。载诸报端,纷传天府。"

日本投降后,王隽英出川入宁,眼见民不聊生而内战风云又起,心忧民众,愤然成诗:"懒听钟山霜雁声,愁看金陵残月影。峻鹰振翼飞九重,直把战云化升平。"

王隽英曾于四川教育学院从教七载,历任"国立"社会教育学院教授,因对振兴中华政教事业建树颇多,获"品学兼优政教并茂"之誉。

1949年,王隽英全家至台湾,她与丈夫丁观海均任大学教授。每念及故乡,泪痕沾巾,谈到国事,灼见在胸。殷切盼望早日实现国父中山先生的夙愿:"振兴中华"。

王隽英重视孩子们的情操培养,虽旅居海外,仍时时不忘祖国,她曾写过一首诗《思乡》:"磐石稳如盘,梦寐思故园。隔海望招虎,泣泪涌如泉。"临终前，她给儿子留下遗嘱：爱科学、爱祖国、双爱双荣。

王隽英以知识女性的智慧，以柔韧、清朗、独立的绝代风华践行了理智诚实的文化理想，保持了广度非比寻常的人文主义视野，这也正是传统中国文人困境浊世中的宝贵的知识分子情怀。她凭一代知识分子爱祖国、恋故土，对这片土地深深怀忧、爱得深沉的赤子之情，成为世人一个永久的记忆。

王隽英的长子，就是举世闻名的美籍华人、世界著名物理学家、诺贝尔物理学奖获得者丁肇中教授。丁肇中幼年在战乱中成长，喜欢中国历史，因战乱关系他流浪过很多地方。丁肇中读书勤奋刻苦，成为美国科学院院士，研究方向是高能实验粒子物理学。

他从事的反物质、暗物质研究是一个创举，能够揭示宇宙产生的根源，对世界文明、人类发展的贡献巨大，也为华人增光添彩。1976年丁肇中荣获诺贝尔物理奖，在斯德哥尔摩授奖仪式上，他用流利的汉语发表讲演，博得了各国入会者热烈掌声和欢呼声。在荣获诺贝尔物理学奖后，丁肇中为了中国高能物理的发展，经常来中国从事学术交流和参观访问，介绍国际高能物理的发展，努力促进国际物理学界同中国物理学家合作，为中国培养了一批实验物理的科研人才，为祖国的建设做出了重要贡献。他把爱国之情、强国之志、报国之行真正统一起来，把自己的梦想融入了人民实现中国梦的壮阔奋斗之中，把自己的名字写在中华民族伟大复兴的光辉史册之上。

"不论树的影子有多长，根永远扎在土里"，在丁肇中这位游子的心中，祖国、故土，永远屹立。丁肇中先生在1994与2005年，两次回访母亲的故乡烟台海阳市，他说："我的父母待我恩重如山，他们不但生育了我，抚养了我，更注重教育我，琢磨我，我的成才成器，首先应感谢我的父母——我的启蒙良师。"

"忠厚传家久，诗书济世长"，最好的怀念，是继承母亲王隽英的风骨，继承母亲做为一个文人志士，从民国以来历经时代变迁却依然源远流长、薪火相传的爱国血脉。好的家风，就是如此的化雨春风，护着家、护着国。

爱国，是人世间最深层、最持久的情感，是一个人立德之源、立功之本。孙中山先生说，做人最大的事情，"就是要知道怎么样爱国"。王以成、王隽英、丁肇中，"一门三代，代代爱国"，他们心有大我、前赴后继、至诚报国的爱国情怀，感人至深。

一声车鸣，我们离开了英雄志士的村庄。盘石店这个小山村，在历史的林荫深处，依然保持着它的沉浸。

在爱国志士故事的感召下，我重新回看海阳这片土地，它的原野、山峦，一切因为志士的故事而变得簇新，令人感动。

离开村庄时，我再次在路旁见到那些凌霄花。凌霄花缀满枝头，衬托着碧绿的浓荫，娇艳似火，一簇簇、一团团，架在空中，飞旋出一种力量的美。

我才发现，凌霄的美，美在一股子不屈向上、苍莽决绝的气势。

人生何曾都如意，弱质未必不凌天。清人李渔评价凌霄花"藤花之可敬者，莫若凌霄"，不管处于何种境地，凌霄都能兀自向上生长，即便贫瘠的土地，即便一道残垣断壁，凌霄只要有一粒种子，它都能迸发出生命的力量，冒出新芽。

凌霄花决不愿匍匐在地，凌霄花志存高远，它以柔弱的身躯，执着的精神，不管是狂风大作、烈日暴晒还是暴雨倾盆，都始终保持凌空盛开的姿态，一展凌云志，嫣红如霞，至百丈崖头甚至耸入云端，这就是凌霄花的大无畏与血性！

王隽英一家三代，虽然离开了故土，但代代相传的爱国信仰未曾改变。宋代贾昌朝赋诗赞曰："披云似有凌云志，向日宁无捧日心。珍重青松好依托，直从平地起千寻。"

你看，凌霄花依存着故乡，在这个美丽的地方，既高昂又明亮的地方，几度风雨几度花，花花相继，无穷无尽，生生不息，始终芬芳吐艳，直到最后落叶归根。

凌霄花忠心于脚下的土地，它紧紧箍住脚下的故土，也紧紧附着大树的枝干，古人说它"附木而上，高达数丈，故曰凌霄"，这脚下的土地，这棵附木，就是我们自己的祖国！每一个炎黄子孙，依存的也只能是自己的祖国，祖国是我们的唯一的后盾，也是我们的最终坚守、最后归宿。

——因为，我和我的祖国，一刻也不能分割！凌霄花开，信仰永在！

作者简介：王彦平，山东省作家协会会员，烟台作协理事。已有百余篇散文、文学评论发表于《中国校园文学》《诗歌周刊》《联合日报》《齐鲁周刊》《齐鲁晚报》《烟台日报》《烟台晚报》《东方散文》《胶东文学》等几十家国内报纸、杂志。至今共发表、出版作品至少120万字，创作并出版3本教育专著。

神来之笔

秋 实

七月赤日炎炎，但依山傍海的烟台，却不时吹拂着凉风，给人们送来清爽。来烟台度假的游客纷至沓来，在这一股人流当中，有一只小分队也来到了烟台。他们是周明、石英、王宗仁、许晨、董彩峰、綦国瑞、朱佩君、风飞扬、申瑞瑾、梅雨墨、曾祥书等当代散文家。

他们与众不同，不是来看海的，不是来登山的，也不是来消暑的，而是来围绕烟台统一战线的历史、文化、人物、故事进行采风的。以自己的感受，以饱满的热情，以满腹的经纶，以不同的视角去挖掘和讴歌烟台统一战线的历史、文化、人物和故事。他们妙笔生花，各有千秋，写过许多脍炙人口的文章。可谓："兰叶春葳蕤，桂华秋皎洁。欣欣此生意，自而为佳节。"

统一战线工作博大精深，内涵丰富，外延广阔；其最大特征就是大团结大联合，团结一切可以团结的力量；是一项重要而神圣的事业，在我们党的革命史上发挥了重要作用。世界上没有另一个政党建立统一战线工作部，这就是我们党的伟大和英明之处。

这也是我们党的历史上浓墨重彩的一笔，也是神来之笔。

元始天尊有"杏黄旗""打神鞭""方天印"三样法宝。当年姜子牙下昆仑山，元始天尊为使其立于不败之地便将这三样法宝赠予了他。我们党也有三样法宝：统一战线、武装斗争、党的建设。毛泽东的比喻恰如其分，这也是毛泽东对中国革命特点的总结和重要论述。统一战线一直以来都是我们党从胜利走向胜利的重要法宝。翻阅中国的革命史，你就会知道统一战线的法宝地位和作用在我们党的历史上是不可替代的。这样的事例也是不胜枚举的，且看几朵灿烂的花絮，人们就会更加懂得统一战线力量的强大。

先翻开历史的这一页，上面写着：冯玉祥的旧部被改编为第二十六路军后，被蒋介石调至江西"剿共"。曾受共产党影响较深的这个"杂牌军"到江西后，对蒋介石的情绪日益不满。我们党利用这一时机，派袁血卒等三名共产党员，会同原来就隐伏在该军中的共产党员一道，积极而谨慎地开展工作。不久就发展了包括参谋长赵博生在内的二十多名官兵为共产党员，后又由赵博生争取了所属的七十三旅旅长董振堂、七十四旅旅长季振同。同时，还在士兵及下级军官中积极开展教育和宣传活动，最后赵博生、董振堂率领的二十六路军约一万七千余人，携带两万多件武器，在宁都宣布起义。

再接着向下翻，便可以看到：陈济棠、李宗仁、白崇禧是国民党"两广"军阀。在我们党抗日民族统一战线政策的影响下，发动了两广事变，将所属军队改称为"抗日救国军"，打出"北上抗日"的旗帜，同南京政府形成对峙之势。他们赞同我们党关于建立抗日民族统一战线的主张，并派代表到陕北与我们党共同订立了《抗日救国协定草案》，确定了双方的合作关系。

阎锡山盘踞太原，我们党为争取其支持，委托"中华民族革命大同盟"负责人、阎锡山中学的老师朱蕴山入晋，并相继派南汉宸、彭雪枫、周小舟、薄一波等入晋，与阎锡山磋商联合抗日事宜，并在太原设立秘密联络站，正式确立了我党与阎锡山的合作关系。

再接着往下翻，还有曾被红军俘虏的东北军团长高福源，在我党政策的感召下，主动回到东北军劝说张学良同红军联合抗日。张学良表示同意与红军方面的代表正式商谈。我们党便派遣时任联络局长的李克农赴洛川与张学良及其军长王以哲谈判，双方就联合抗日的问题达成协议。最终，张学良、杨虎城对蒋实行"兵谏"，扣留了蒋介石以及国民党高级将领陈诚、卫立煌等十多人。这就是震惊中外的"西安事变"。西安事变的发动与和平解决，是我们党抗日民族统一战线的重大胜利；使面临危亡的中华民族，终于实现了由内战到团结抗战的历史转变。

这是我们党武装斗争的统一战线工作的神来之笔。

"江南有丹橘，经冬犹绿林。岂因地气暖，自有岁寒心。"

我们党历来在重视武装斗争的统一战线的同时，也始终把文化斗争的统一战线置于革命的重要位置。为了加强党对国民党统治区文化战线的统一领导，团结和组织广大的进步文化工作者反对国民党的文化"围剿"，在上海组成文化工作委员会，正式成立了中国左翼作家联盟。选举鲁迅、沈端先、冯乃超、钱杏邨、田汉、郑伯奇、洪灵菲七人为常务委员，创办《萌芽月刊》《拓荒者》等刊物。许多的作品犀利而锋芒，令敌人为之丧胆，令同志充满斗志；许多的作品灼灼其华，令敌人退缩，令同志奋进。

这是文化斗争的统一战线上文艺工作者的神来之笔。

后又相继成立了中国社会科学家联盟、中国左翼戏剧家联盟、中国左翼新闻记者联盟和电影、音乐小组等左翼文化团体。这个中国左翼文化界总同盟及其所属团体，是我们党领导的文化界的统一战线组织，团结和争取了大批左翼文化工作者，创作了大量具有很高水平的文艺作品和理论著作。鲁迅是其中的佼佼者，被毛泽东誉为是"向着敌人冲锋陷阵的最正确、最勇敢、最坚决、最忠实、最热忱的空前的民族英雄"。

这是文化斗争的统一战线工作的神来之笔。

烟台是1861年开埠的城市，历史悠久，人文璀璨，也是中国革命的老区。统一战线在这里发挥了重要的作用。烟台的历史从烟台山开始不断的延续。山上有许多的外国领事馆，山下有一条太平湾。其实，太平湾并不太平，因为太平湾连着广阔的汹涌澎湃的大海和云诡波谲的世界。在这片土地上有许多明媚的风光，也有许多可歌可泣的人物故事，涌现出无数为革命抛头颅洒热血的仁人志士。

在采风团来到的第一天，烟台召开了座谈会，周明先生说：以文艺表现统一战线的历史、文化、人物、故事是弘扬统一战线的最高形式。他说王勃写《滕王阁序》而使滕王阁闻名遐迩。"落霞与孤鹜齐飞，秋水共长天一色"多么迷人多么壮观的诗句，已成为了滕王阁的代名词；范仲淹写《岳阳楼记》，而使岳阳楼扬名天下，大家都不会忘记那句名言"先天下之忧而忧，后天下之乐而乐"。而烟台统一战线的历史、文化、人物、故事无不带有"落霞与孤鹜齐飞，秋水共长天一色"的迷人色彩；也无不带有"先天下之忧而忧，后天下之乐而乐"的高尚情怀和奉献精神。

采风团沿着开埠的、沿着革命的、沿着改革开放的路径展开了采风。从烟台山到红色纪念馆，到城市规划馆，到杨子荣纪念馆，到鲁东大学文学博物馆等，都感觉颇有些内涵；从民主党派到民营经济，从民族宗教到新阶层，从海外到台港澳等，都感觉素材丰富而多彩。

一路捕捉着，一路感受着。仅仅几天的时间，他们就像勤劳的蜜蜂一样，"携来百花酿佳蜜"。几天之后，三十多篇美文就好像插上了翅膀飞回了采风地的烟台。这时烟台统一战线的历史、文化、人物、故事也都熠熠生出光彩来。源远流长的历史，光辉灿烂的文化，活龙活现的人物，真情实感的故事，一一展现在眼前，读之令人缱绻。真乃神来之笔啊！

作者简介：秋实，原名金志海，中共烟台市委常委，统一战线工作部部长。